저 너머, 샹그릴라

이준옥 소설집

작가의 말

잎새에 이는 바람에도 나는 괴로워했다

서시의 이 문장을 읽으며 나는 잎새에 이는 바람에도 괴로워하는 글을 쓰고 싶었다. 잎새에 이는 바람에도 괴로운데 삶은 얼마나 괴롭고 힘든 일이 많은가.

태어났으면 살아내야 한다. 살아내는 게 당연한 일 같지만 어려운 일이다.

살아내는 일 중 자신의 힘으로 해결할 수 없는 상황이 되었을 때, 타인이나 사회로부터 차별과 폭력이 가해졌을 때 자신이 겪은 모욕과 좌절, 고통의 경계를 넘은 사람들은 어떻게 넘었을까, 늘 생각했다.

상처를 주는 것도 사람이고 그것을 회복시키는 것도 사람이다. 상처와 회복 사이에 무엇이 있나. 연민이 있다. 인간이 가지고 있는 본성 중 가장 아름다운 것이 연민이라고 생각한다.

「미루나무 여자」에서 두 화자가 경계를 넘을 수 있었던 것은 서로를 향한 연민이 있어서였다. 「저 너머, 샹그릴라」에서 철구를 고문하던 고문관이 철구를 저수지에 던져 죽이라는 지시를 받고 저수지에 온다. 고문관은 몇 번의 망설임 끝에 마지막 순간 철구를 저수지에 던져 죽이는 대신 길가에 풀어 준다. 그 순간 고문관의 본성 중 연민이 그의 가슴속에서 깨어난 것이다. 살려 줄 것인가, 조직의 지시대로 죽일 것인가. 그가 처한 상황에서는 당연히 죽이는 쪽을 선택해야 한다. 생사의 결정권을 쥔 경계에서 그는 자신은 물론 조직의 모든 것을 건 선택을 한 것이다. 「매듭」에서 시어머니는 문을 부수려고 한다. 시어머니는 문을 부술 것이다. 그러면 목을 매려는 화자는 어찌 될까? 「오, 나의 배트맨」에서 윤호는 승희에게 돌아오겠다고 말한다. 연민이 주는 희망이다. 나는 희망을 이야기하고 싶었다. 「매듭」의 마지막도 희망이다.

잎새에 이는 바람에도 괴로운데 어찌 절망을 이야기할 수 있겠는가. 삶을 살아내는 인간의 저 너머, 샹그릴라를 쓰고 싶었다.

어떤 환경에서도 살아내는 것. 그것이 샹그릴라다.

가자, 저 너머 우리들의 샹그릴라로.

오늘이 있도록 묵묵히 이 세상을 뚜벅뚜벅 걸어간, 그리고 걸어올 분들과 나의 소박한 글을 함께하고 싶다.

2025년 가을

이준옥

차례

작가의 말 … 2

미루나무 女子 … 7
破淚(파루: 눈물은 깨지고) … 41
매듭 … 69
봄밤의 세레나데 … 99
살아남은 자의 기록 … 125
오얏꽃 피면 … 151
저 너머, 샹그릴라 … 189
오, 나의 배트맨 … 223
피안으로 가는 길 … 253

미루나무 女子

1975년.

그즈음,

나는 길 위에 있었다.

나는 열아홉 살이었다.

나는 목적지 없이 걷고 또 걸었다.

때로는 길이 아닌 곳으로도 걸었다. 걷다 보면 길이 막혀 갔던 길을 되돌아올 때도 있었지만 때로는 막힌 곳을 고집스레 갈 때도 있었다. 그러면 그 순간부터 그곳은 길이 되었다. 길이란 사람의 발이 지나치거나 머물렀던 곳이다. 그렇다면 나는 그즈음 무수히 많은 길을 만들어 내고 있었다. 약간 곱슬인 나의 머리는 자르지 않은 채 그대로 두었더니 어느새 유행하는 장발이 되어있었다. 서울에선 경찰이 장발 단속을 위해 거리에서 머리를 기른 청년들의 긴 머리를 자로 재 본 다음, 귀밑 1cm가 넘으면 가위로 자르고, 그것을 피하기 위해 일본인인 척 몇 마디 일본말을 지껄이는 사람도 있다는 소문이 돌았다. 그러나 나는 염려 없었다. 내가 다니는 길에 경찰은 없었다. 그 대신 개나 닭, 들고양이 따위가 있었다.

부천의 남서쪽 성주산 자락 틈에 끼인 하우고개를 넘어서면 시흥읍의 대야리가 시작된다. 대야리와 신천리 그리고 그 사이에 끼인 곳을 댓골이라 불렀다. 이 세 곳이 다정하게 맞붙었다 갈라지는 곳에 있는 신천리 개울은 제법 수량이 풍부한 맑은 물이 흘러 가재나 도롱뇽이 살았다. 이들 뒤에 우뚝하니 서 있는 소래산은 이들의 울타리였다. 산은 양 날개를 펴 아늑히 이 모든 것을 감쌌다.

하우고개를 넘어서느라 이마에 맺혔던 땀이 이 개울 근처에 이르러 서쪽에서 불어오는 바람에 가실라치면, 거짓말처럼 거기 탁 트인 들판이 나타났다. 좌측으로는 정조가 아버지 사도세자를 모신 화성까지의 출행 경비 조달을 위해 강희맹이 바다를 막아 생긴 논인 호조벌이 있다. 세상에, 바다를 막아 논을 만들다니. 사람의 머릿속은 무서운 생각으로 가득하다. 그러나 나는 안다. 논 밑으로 바닷물이 흐른다는 것을. 우측으로는 소래 소금밭이 바닷물을 끌어오는 포구에 닿아 있었다. 그 포구에는 소금과 소금만큼이나 삶에 절여진 인생들을 실어 나르는 협궤 열차가 바다와 육지 사이를 가르며 달리다 멈추는 역이 있었다. 나는 이 모든 곳에 내 발자국을 남겼다.

나의 출발은 항상 신천리 소래산 밑 슬레이트 지붕의 약간 기우뚱한 집이었다. 집의 대문을 벗어나 목적지 없이 걷다 지칠 때쯤이면, 해는 내 머리 위에서 언제나 가장 강한 빛을 내뿜었다. 그때쯤이면 나는 쉴 곳을 찾아내 엉덩이를 내려놓거나 몸 전체로 햇볕을 받아들이며 벌러덩 누웠다.

가장 자주 가는 곳은 방산리의 야산이었다. 당나라 소정방이 신라와 연합을 위하여 남하하는 도중 넘었다는 소래산을 제외하곤 이

곳에서 가장 멀리까지를 바라볼 수 있기 때문이었다. 시계가 맑은 날은 대부도를 지나 멀리 발안이나 서신까지도 아득히 보였다. 때로 손을 뻗으면 손끝에 그곳이 닿을 것 같았다.

방산리의 산은 산이라기보다는 언덕에 가까웠지만, 잡목, 그중에도 참나무종이 우거진 곳이었다. 산 중턱에 앉아 밥에 소금을 섞어 꼭꼭 주물러 싸 온 주먹밥을 삼키며, 시선이 닿는 한까지 바라보다 보면 소래의 소금밭이 눈에 들어왔다. 햇빛을 받아 소금꽃이 되어 가는 중인 바닷물은 희게 피어나고 있었다. 물의 영혼을 데려가기 위하여 소금밭 위의 볕은 더 따가웠다. 물보다 무거운 바닷물을 끌어오느라 수차 위에 올라가 힘겹게 수차의 날개를 돌리는 아버지 모습도 보였고, 바닷물이 증발하여 생긴 소금을 긁어모으느라 고무래질이나 곰배질을 하는 어머니의 모습도 보였다. 그들의 모습은 한결같이 여위었다. 바닷바람과 햇볕에 그을려 얼굴은 석탄처럼 검고 거칠다. 간쟁이들 중 가장 작고, 가장 여윈 남자가 아버지였다. 그 소금밭의 주인은 서울에 산다. 일하는 사람이 주인이 아닌 것은 정말 이해할 수 없는 일이었다. 체구가 작고 다른 사람보다 더 말라, 멀리서 보면 아버지의 움직임은 바닷물을 끌어오는 수차를 돌리는 게 아니라, 수차의 날개에 빨려 들어가 그대로 소금밭으로 바닷물과 함께 쏟아질 것처럼 위태로웠다.

아버지의 다리에 건전지를 달아 주고 싶었다. 수차를 힘겹게 돌리는 아버지의 다리와 고무래질을 하는 어머니의 팔이 나를 키웠다. 나는 소금으로 키워진 자식이다. 우두망찰 그 모습을 따라 눈동자를 움직였다. 그러다 보면 명치끝이 쓰려오고 급기야는 먹은 밥이

체하였다. 나는 아버지와 어머니의 꿈을 빼앗아 버린 것이다. 그래도 그들은 나를 힐난하거나 질책하거나 하지 않고 자신들의 팔자를 한탄조차 하지 않았다.

동네에서 박 장로네 큰아들 종현이가 정신이 들락날락한다고 수군거렸다. 내가 정신이 들락했을 때는 집에 있을 때이고, 날락했을 때는 이렇게 길 위에 있을 때였다. 결국 박 장로와 사탄의 한판 대결이라며 사람들은 내가 정신이 온전히 들락만 할 것인가 아니면 사탄이 이겨 기어이 날락할 것인가에 신경을 곤두세우고 있었다.

내가 정신이 들락날락하게 된 것은 열아홉 살이 되던 이월이었다. 나는 고등학교 삼학년 진학을 앞두고 있었다. 사고가 있던 날 밤 범우사 문고판 『베르꼬르의 바다의 침묵』을 읽고 뒤척이다 잠이 들었다. 잠결에 속이 답답하고 토할 것 같았다. 거기까지만 기억이 난다. 그 후의 것은 어머니와 아버지를 통해서이다.

이월은 음력으로 정월이고, 구정을 지난 지 며칠 되지 않은 터라 가장 추운 날들이 이어졌다. 새벽녘 어머니는 배가 살살 아파 뒤란의 변소에 가기 위해 방문을 열고서야 잠든 동안에 희디희게 눈이 쌓인 것을 알았다. 정월에 눈님이 이리 푸진 걸 보니 올핸 대풍이 들 것네, 하는 생각을 하며 봉당으로 내려서던 어머니는 깜짝 놀랐다. 옆방의 내 방문이 열려서 펄럭거리고 마당에 내가 나뒹굴어져 있었기 때문이었다.

— 옴마야, 이기 종현이 아니가.

맨발로 달려 나와 어머니는 나를 안았다. 볼을 만져보니 볼이 싸늘하였다.

― 옴마, 애가 가스를 마셨나 보네. 종현아, 종현 아버지! 종현아, 종현 아버지!

어머니는 나의 볼을 두드리며 나와 아버지를 정신없이 번갈아 불렀다. 나는 그 새벽에 하우고개를 넘어 부천의 허내과로 실려 갔다. 그 사이 어머니는 김칫국물을 퍼다가 내 코를 양손으로 틀어막고 입에 들이부었다.

― 가스에는 김칫국물이 최곤기라.

잠을 설치고 꿰매거나 무릎이 나온 내복 위에 되는대로 웃옷을 걸치고 몰려나온 동네 사람들은 그렇게 웅성거렸다.

나는 일주일 만에 깨어났다.

아무 꿈도 꾸지 않았다.

저승사자가 오지도 않았다.

시커먼 것보다 더 검은 어둠과 고요함보다 더한 고요만 있었을 뿐이었다. 그 어둠과 고요함을 가르고 어느 순간 노란빛과 붉은 빛 그리고 초록의 빛들이 가늘게 내 머릿속을 뚫고 들어와 머릿속에서 섞이었다. 태풍이 불 때 뒷산의 나뭇잎이 바람에 쏠리는 것 같은 소리가 들렸다. 그 소리는 장마가 졌을 때 신천리 개울의 물 흐르는 소리처럼 또렷해지면서 커졌다. 나는 눈을 떴다. 눈을 뜨니 온통 흰색이었다. 쇠고 탁한 음성이 그 흰색에 부딪쳤다 되돌아오곤 하였다.

― 하나님 아버지의 거룩한 뜻을 믿, 싸오며, 아버지 하나님의 전지전능함을 믿, 싸오며, 실로 아버지의 뜻이 무엇인지는 모르겠사오나, 내 아들 종현이를 아버지의 힘으로 지켜주실 것을 믿, 싸오며,

아버지 앞에선 마귀의 삼지창이라 하더라도 그것은 한낱 풀잎에 지나지 않사오며, 하나님의 종, 하나님의 자식 종현이를 지켜주시리라 믿, 싸오며…. 그것은 아버지의 기도였다. 아버지는 '믿, 싸오며'에 유난히 힘을 주고 몸을 흔들었다. 얼굴이 불편하여 보니 산소마스크가 씌워져 있었다. 팔에는 링거가 매달려 있고 요도엔 소변 줄이 끼워져 있었다. 겨우 아버지를 보았다. 아버지는 두 손을 깍지 끼고 몸을 앞뒤로 흔들며 기도를 하느라 내가 눈을 뜬 것도 몰랐다. 이미 기도가 아버지를 먹어 아버지 자신이 기도였다. 목이 잠겨 쇠고, 눈은 떠질 것 같지 않게 완고히 감겨 있다. 언제부터 아버지는 기도를 하신 걸까.

아버지. 저 깨어났어요. 기도 그만 하세요.

그러나 말이 나와 주지 않았다. 나는 침대 모서리를 탁탁 두드렸다.

탁. 탁. 탁.

소리가 나자 아버지는 잠시 움찔하더니 다시 기도를 시작하였다. 오히려 아까보다 목청이 더 높아졌다. 할 수 없이 내가 다시 탁탁 두드리자 아버지의 고개가 들리며 한쪽 눈이 반쯤 떠지더니 나를 바라보았다. 이어 나머지 눈도 떠졌다. 아버지는 일어나려고 하다 그대로 모재비로 쓰러졌다. 나중에 들어보니 꼬박 일주일을 그 자세 그대로 울부짖으며 기도를 했다. 다른 환자들에게 항의까지 받았지만, 아버지의 기도를 멈추게 할 수 없었다. 아마 아버지가 소금밭 일을 시작한 후, 그렇게 길게 노동으로부터 벗어난 것은 그때가 처음이었을 것이다. 쓰러지면서도 아버지의 기도는 멈추지 않았다.

― 아버지 하나님. 진정 아버지의 능력은 위대하시며…

개학하여 학교에 간 나는 머리가 아파 교실에 앉아 있을 수 없었다. 그대로 학교를 나와 그 이후로 학교에 가지 않았다. 사람들은 내가 가스에 중독된 후 지능이 낮아졌다고 했다. 교회 사람들은 마귀가 들어서 안수기도를 받아야 한다며 나를 방 가운데 눕혀 놓고 빙 둘러앉아, 기도하며 나의 가슴을 치기도 했다. 내 가슴은 그 바람에 시퍼렇게 멍들어 꽤 오래갔다. 기도발이 먹히지 않으니 굿을 해야 한다고 했다. 아버지의 반대에 부딪히자 어머니는 몰래 나를 소래산 중턱에 있는 무당집으로 데려가 굿을 했다. 방울 소리가 맑았다. 무당은 버선발로 높이 뛰었다. 팥이 많이 들어간 떡은 달았다. 떡을 먹고 체하는 바람에 굿을 해서 예수님이 노한 거라고 또 누군가 어머니를 타박하며 아버지에게 지나가는 척 말을 흘렸다. 아버지는 무지한 어머니와 나를 용서해 달라고 몸을 흔들며 기도했다.

사람들은 나의 머릿속에 무엇이 들어 있는지 궁금해했다.

나는 그러나 내 머릿속의 생각을 그들에게 말하고 싶지 않았다. 그때부터 나는 길 위에 있었다. 낮에는 걷느라 들과 산과 길을 헤맸다. 밤에는 식은땀에 온몸이 푹 젖어 산만한 꿈들에 시달리며 공포 속을 헤매었다.

대체 산다는 것은 무엇이며, 죽는다는 것은 또 무엇일까. 내가 정해진 틀에 박힌 공부를 해야 할 필요가 있을까. 공부가 과연 인생을 사는 데 있어서 얼마만큼의 도움이 될까. 인생이란 무엇인가. 아버지가 믿는 신은 진짜 있는 것일까. 그런 생각들로 나의 머리는 터질 듯하였다.

내가 의식이 없던 일주일은 살아 있었다고 해야 할까, 죽었었다고 해야 할까. 사람들은 아무것도 기억 못 한 채 일 년이고 이 년이고 숨만 쉬면 그게 살아 있는 것일까. 난 어떻게 살 수 있었을까. 나를 살린 것은 어머니의 김칫국물인가. 아버지의 기도인가. 산소마스크인가. 무의식적으로 살고자 하는 나의 의지가 동하여 밖으로 기어 나와 쓰러진 것인가. 아니면… 현대 의학인가.

— 대체 산다는 것은 무엇인가.

열아홉의 내게는 영원히, 그것은 넘을 수 없는 산 같았다.

*

내 머리가 길어진 만큼 시간이 흘렀다.
열아홉에 흐르는 시간은 더디고 느려서 스무 살이 올 것 같지 않았다.
그날은 단옷날이었다. 소래산 입구의 가장 크고 단단하고 오래된 아름드리 느티나무에 그네가 매어졌다. 사람들은 아침부터 햇쑥이나 수리취를 넣어 만든 단오떡을 먹느라 입과 손이 부산했다. 누이동생도 그네를 탈 생각에서인지 수리취가 섞인 절편을 삼키다 말고 까르르 웃고는 했다. 막 고등학생이 된 누이는 그즈음 한번 웃으면 사레들린 것처럼 웃음을 멈출 줄 몰랐는데, 웃고 나면 얼굴이 발그레하니 물들곤 하였다. 난 누이의 그런 모습도 어리둥절하였다. 세상의 무엇이 저렇게 저 애를 웃게 한단 말인가.

　그날 아침 집을 나서 방산리 산에 도착하기 전 운동화 밑창이 떨어지더니 그것은 개 혓바닥처럼 늘어져 철버덕거리는 소리를 내며 땅과 부딪쳤다. 나는 운동화를 벗어들고 벌어진 밑창을 들여다보며 웃었다. 벌어진 신발 밑창과 내가 닮았다는 생각이 들었기 때문이었다.

　방산리 산을 가기 전 초입에 창고가 하나 있다. 그것은 몇 년째 방치된 채였다. 어느 날부터인가 그 창고 굴뚝에서 연기가 나기 시작했다. 원래 그곳은 창고였으므로 굴뚝같은 것은 없었다. 창고에서 연기가 나기에 유심히 보았다. 창고 뒤쪽에 양쪽으로 구멍이 뚫린 은색의 연통이 기우뚱하니 밖으로 보였다. 연기는 그 연통을 통해 나왔다. 허술한 창고지만 사람이 있는 모양이었다. 누굴까? 귀신이 사는 창고에 있는 사람은? 창고에서 연기가 나기 전 난 그 창고 앞으로 다녔었다. 그러나 연기가 나고부터 나는 창고 뒤쪽의 풀숲을 헤치고 산으로 갔다. 본시 그곳은 길이 아니었지만, 나의 발자국이 찍힌 순간 길이 되었다.

　몇 년 전, 창고에서 끔찍한 사고가 있었다. 내가 중학교 입학을 앞두고 있었을 때 동네에서 가장 예쁘고 그네를 높이 띄웠던 금자 누나가 그 창고에서 죽었다. 사람들 말이 목을 맸다고 하였다. 금자 누나는 서울에 있는 방직공장에 다녔다. 방직공장의 재봉틀 바늘에 손가락 찔려 가며 번 돈으로 동네에서 가장 공부 잘하고 똑똑했던 필윤이 형의 학비를 댔다. 필윤이 형이 대학에 합격했을 때, 하우고개 입구에는 현수막이 깃발처럼 펄럭였다.

장필윤 서울법대 합격.

다음 차례는 박 장로의 아들인 내가 될 거라고 사람들은 얘기했다. 아버지는 그 소리에 다 하나님 덕이지 뭘. 하며 막걸리를 벌컥벌컥 마셨다. 주님의 옥과 같은 말씀도 아버지에게서 막걸리를 빼앗지는 못했다. 나는 펄럭이는 현수막을 보며 거기 내 이름이 걸려 있는 상상을 했다. 서울법대 합격. 박종현. 마음이 흐뭇했다. 동네 사람들은 돼지를 잡아 공터에서 잔치를 열었다. 그날 모든 어른은 단체로 취해서 단체로 얼굴이 벌게져 지나치게 웃고 소리를 질러 대었다.

동네에서 우리 집보다 더 가난한 집이 필윤이 형네 집이었다. 금자 누나가 재봉틀 바늘에 찔려 가며 하루 열다섯 시간씩 일한 돈으로 공부를 마친 필윤이 형은 사법 시험에 합격하여 판사가 된다고 하였고 부잣집 딸과 결혼한다고 하였다. 그리고 금자 누나는 죽었다. 마을 사람들은 금자 누나가 죽을 당시 임신 중이었다고 했다. 그러니 필윤이는 두 사람을 죽인 살인자고, 그런 놈이 법관이 되면 무슨 법을 제대로 집행하겠느냐며, 청와대로 탄원서를 넣어야 한다고 떠들었다. 그리고 필윤이 형은 필경은 벼락을 맞아 뒈질 거라며 사람들은 땅에다 침을 뱉었다. 나도 금자 누나가 죽은 후 법대에 간다는 생각을 버렸다. 그 대신 내가 다니는 교회의 목사님처럼 목사가 되고 싶었다. 헌금 시간에 기도하다 실눈을 떠서 목사님을 바라보았다. 목사님은 단 옆에서 기도하는 대신 한쪽 눈을 째웃이 뜨고 헌금 바구니가 도는 것을 바라보고 있었다. 난 목사가 돼도 헌금 바구니가 돌 때 절대 눈을 째웃이 뜨고 헌금 바구니를 훔쳐보는 일은 하지 않으리라 다짐했다.

사람들은 빨리 잊는 습성이 있는 모양이었다. 그리고 청와대에 아무도 편지를 보내지 않은 모양이었다. 필윤이 형은 판사가 되었기 때문이다. 그러나 내가 중학교 이 학년을 앞두고 금자 누나가 죽은 날 밤에 필윤이 형은 금자 누나가 목을 맨 그 못에다 자신의 목을 걸었다. 사람들은 한동안 무서워하며 금자 누나의 이야기를 꺼내는 것을 두려워하였다. 애까지 배서 죽은 금자 누나의 혼이 억울해서 기어이 저 죽은 날 필윤이 형을 데려갔다는 것이다. 그 후로 창고는 금자 누나와 필윤이 형의 귀신이 산다고 마을 사람들은 생각했다. 창고는 아무도 가까이 가지 않는 흉물이 되었다. 그곳은 죽은 금자 누나와 필윤이 형의 혼이 사는 집이었다.

  그런 창고에 있는 이는 무얼 하는 사람일까.

  ― 이봐요.

  그날 내가 막 풀덤불로 접어드는데 뒤에서 목소리가 들렸다.

  날 부르는 소릴까. 설마… 나는 뒤돌아보려다가 내처 걸었다.

  ― 이봐.

  좀 더 큰 목소리로 나를 부른다. 나는 발을 멈추고 뒤를 돌아보았다.

  ― 왜 이 앞의 길로 가지 않고 길도 없는 그 숲으로 가는 거지? 내가 보니 처음엔 이 앞길로 가던데 언제부터인가 그리로 가더군.

  가슴이 철렁하였다. 그렇다면 나를 훔쳐보았다는 말인가.

  ― 오해는 말아. 이 창고가 워낙 허술해서 내 작업실에서 그 숲이 정면으로 보이는 것뿐이니까. 만약 이 빈 창고에 어느 날부터 살기 시작한 사람이 신경이 쓰여 그리로 다니는 거라면… 그냥 예전처럼

다니던 길로 다니면 좋겠어. 나도 신경 쓰이기는 마찬가지니까.

우리는 잠시 마주 보았다. 내가 우두커니 서 있자 여자는 나를 응시하더니

— 혹시 산에서 소나기를 만나거나 하면 들어와. 난 사람은 먹지 않아. 특히 남자는. 이래 뵈도 식성이 까다롭거든.

여자는 홱 뒤돌아서 창고 안으로 들어가 버렸다.

난 산에서 소금이 섞인 주먹밥을 먹은 후 까무룩하니 잠이 들었다.

무엇인가 찬 것이 얼굴에 뚝뚝 떨어졌다. 눈을 떴다. 소나기였다. 여자가 주술산가 하는 생각이 들었다. 멀리 발안 쪽은 하늘이 말갰다. 소래 소금밭에 우루루 쏟아지는 소나기가 보인다. 까맣다. 내 머리 위로도 사정없이 쏟아져 내렸다. 혀를 내밀어 빗방울을 핥아먹었다. 눈썹 끝에 빗방울이 대롱거린다. 빗물은 곧 온몸으로 흐른다. 내 몸에도 고랑이 생기고 계곡이 생겨 물이 흐를 것 같다. 대지의 잎들은 춤춘다. 바람은 비에 섞인 습기를 멀리까지 실어 나른다. 나는 옷을 벗어 나뭇가지에 걸고 춤을 추었다. 빙글빙글. 매가 공중에서 먹잇감을 노리고 빙빙 도는 것을 두 팔을 벌려 흉내 내었다. 난다. 난다. 날아라. 난 날 수 있을 것 같았다. 언젠간 날게 되리라 믿었다.

비를 한껏 맞은 나의 머리에서 김이 났다. 곧이어 거짓말처럼 해가 쨍 났다. 아무도 없는 숲에서 나는 비에 젖은 셔츠와 바지를 꽉 짜서 나무에 걸었다. 정신이 날락 중인 나는 옷을 벗어버린 몸이 날아갈 것처럼 가벼웠다. 말라서 갈비뼈의 구조가 다 보이는 가슴이 앙상하다. 나는 홀라당 벗은 몸으로 숲 사이를 이리저리 휘저어 보

다 소리 내어 웃었다. 그냥 웃음이 나왔다. 얼마 만에 웃어보는 웃음인가. 하지만 똑같이 소리 내어 웃는 웃음인데도 누이의 볼이 발그레해지는 깔깔깔 과는 달랐다. 누이의 깔깔깔이 무엇인가 가득 채우는 것이라면, 나는 웃으면 웃을수록 무엇인가 텅 비어 갔다.

내가 아주 어릴 적 우리 집에 펌프가 생기기 전에 어머니는 동네 공동 우물에서 새벽이면 물을 길어다 항아리에 가득 채우곤 하였다. 어머니는 항아리에 물이 떨어지는 것을 몹시 싫어했다. 그것은 항아리에 물이 비면 가난하게 살게 된다는 믿음 때문이었다. 땅도 없이 소금밭에서 노역을 파는 우리 집은 동네에서 필윤이 형네 다음으로 가난했다. 어머니의 우물은 항상 찰랑거리건만 왜 우리는 가난할까 생각했지만, 어머니나 아버지에게 묻지 않았다. 어머니의 믿음대로 항아리에 물이 떨어지지 않는 한 언젠가는 잘살게 되리라 생각했다. 맑은 물동이에 얼굴을 비추어 보는 놀이를 나는 지루한 줄 모르고 했었다. 동생의 웃음은 어머니가 가득 채워 놓은 맑은 물이 찰랑거리는 항아리라면, 나의 웃음은 그 물을 퍼 써서 비어 가는 항아리 같았다. 비어 가는 항아리에 얼굴을 들이밀고 워~워~ 낮게 소리 지르면, 내 입에서 나온 소리는 동굴에서 울려 퍼지는 메아리처럼 나의 귓속을 간질이곤 했었다.

비를 흠뻑 맞은 낮은 잡목의 잎들이, 내가 몸을 빙글 돌릴 때마다 내 넓적다리에 물기를 묻혔다. 물기가 대충 마른 옷을 꿰어 입고 집으로 가기 위해 숲을 벗어났다. 뒤 숲으로 가려다 창고의 앞으로 가기로 했다. 무슨 작업을 하는지 모르지만 여자의 작업실에서 내가 보인다지 않는가. 누군가 나를 훔쳐보는 것은 싫다. 내가 도둑맞는 것 같아서.

창고 가까이 오자 나는 잽싸게 창고의 앞을 지나치기로 마음먹었다.

— 이봐.

갑자기 창고의 문이 덜컹 열리더니 그 여자가 내 앞에 딱하고 섰다. 나는 놀라서 나도 모르게 계집아이처럼 엄머나 하는 소리를 지르며 두 손을 가슴에다 대고 움켜잡았다.

— 그 비를 고스란히 다 맞았지. 들어와. 코코아를 한 잔 줄 테니.

여자에게서 독특한 냄새가 났다. 뭐랄까. 휘발성이 있는 냄새였다. 나는 다시 한번 여자가 주술산가 하는 생각이 들었다. 여자는 창고의 문을 활짝 열어젖혔다. 내가 무연히 서 있자 여자는 내 손을 낚아채 잡아끌더니 창고의 문을 닫았다. 창고의 문은 아귀가 꼭 맞지 않았다. 나는 이 여자가 여기에서 있었던 그 무서운 일을 알고 있을까 하는 궁금증이 다시 들었지만 물어볼 수 없었다.

창고 안은 의외로 훌륭하게 개조되어 있었다. 한가운데에 연탄을 두 개씩 세 군데나 넣을 수 있는 화덕이 있는 난로가 있었다. 창고의 반은 칸막이로 막아져 있고 부엌이 있었다. 오월인데도 난로 위의 노란 양은 주전자에선 쉬익~ 하는 소리를 내며 물이 끓고 있었다.

— 이리로 앉아.

우두커니 서 있는 나를 여자는 난로 옆의 의자에 앉혔다. 의자 다리의 못이 헐거운지 내가 앉자 흔들렸다.

여자는 익숙한 솜씨로 커다란 컵에 코코아를 넣어 휘저어서 나에게 내밀었다.

― 비를 맞으면 내 속의 지저분한 게 다 씻겨 내리는 것 같지. 내가 새롭게 태어나는 것 같고. 마치 내가 아닌 다른 사람이 되는 것 같지. 그리고 몸을 떨며 앓게 되지. 이를 딱딱 마주치면서 말이야. 그런데 비를 맞고 난 후에 앓는 것만큼 짜릿한 게 또 없지. 나 살아 있구나 하는 느낌을 생선 비린내처럼 속일 수 없으니까.

나는 아무 대답 없이 코코아 잔을 내려다보다 마셨다. 뜨겁고 달콤한 액체가 나의 목구멍을 통하여 배 속으로 내려가는 게 느껴졌다. 처음 맛보는 오묘한 맛이었다. 검은빛의 달콤함이라니. 악마의 음료인가 싶었다. 여자는 혹시 마녀인가. 뜨겁고 달콤한 게 들어가자 수축된 몸의 근육이 스르르 풀리며 안온해졌다.

― 나도 한때는 그렇게 비를 맞으며 걸은 적이 있었지. 자살한 전혜린의 글 중에, 다니엘이여, 비를 받아들이자. 라는 대목이 있었는데 그 구절을 읽고는 괜히 비를 맞고 싸돌아다녔으니까. 비를 맞아 본 사람은 알지. 비가 주는 그 선명함을.

나는 대꾸도 없이 코코아를 마셨다.

― 사람은 살면서 아무 말도 하기 싫을 때가 있고 또 한없이 무슨 말인가를 지껄이고 싶을 때가 있지. 지금 너는 한없이 말이 하기 싫을 때고, 나는 한없이 지껄이고 싶은 때인가 보다. 하지만 이 상극이 결국은 하나라는 것을 넌 아직 모를 나이이지.

― 난… 그러니까… 난 가스를 마셨어요…. 그리고 일주일 만에 깨어났어요. 그리고 나는 지금 열아홉 살이고 머리가 아파서 학교에 가지 못해요… 그리고 지금 난 길 위에 있어요. 매일 걸어요. 걷지

않으면 무서워서 있을 수가 없어요.

그녀는 고개를 끄덕였다.

— 너도 경계인이로구나.

— 경계인이 뭐죠.

— 그러니까 모든 사람은 경계인이라 할 수 있지. 다만 잊거나 아니면 경계를 넘어섰거나…. 말하자면 삶과 죽음의 경계. 배고픔과 포만의 경계. 슬픔과 기쁨의 경계. 애정과 증오의 경계. 믿음과 배반의 경계… 너와 난 삶과 죽음의 경계에 있는 것 같구나. 과연 그 경계의 어느 쪽으로 넘어가느냐는 자신을 꽉 붙잡는 일에 달렸지.

— 자신을 꽉 붙잡는 일. 그건 어려운 건가요.

— 적어도 경계인에게는… 어렵다기보다는 고통스러운 거다. 경계에 서 있지 않은 사람들은 평상시 이 자신을 붙잡는 일이 얼마나 고통스러운 일인가를 놓아 버리거든.

— 고통. 고통. 고통….

나는 중얼거리며 일어나 창고의 숲 쪽을 향해 다가갔다. 거기에 그녀가 그리던 그림이 있었다. 짓이겨진 물감과 화폭이 있었다. 난 여자가 말하는 작업이라는 것이 그림을 그리는 일이구나 생각했다. 거기서 보니 내가 앉곤 하는 방산리 숲이 창고의 판자 틈 사이로 아주 잘 보였다. 내가 옷을 걸었던 나무와 내가 홀딱 벗고 춤을 추었던 곳이 정면으로 보이는 것에 놀랐다.

— 그러니까… 내가 춤추는 것을 다 보았나요.

— 보았지.

— 옷을 벗은 것도?

― 그럼.

나는 잠시 망설였다. 두 손을 가지런히 모아 바지 앞섶을 가리며 나지막한 목소리로 천천히 물었다.

― …나의 방울도?

여자는 갑자기 웃기 시작했다.

― 뭐 너의 방울? 방울? …멀어서 방울은 보이지 않더라. 다만 언뜻언뜻 네가 수풀 사이를 왔다 갔다 하는 것만 보았을 뿐…. 아름다웠다. 그걸 보면서 네가 나와 같은 경계인인 걸 알았지. 나도 때로는 그렇게 비를 맞으며, 다 벗어 던지고, 비에 나를 맡기고 싶은 충동을 느끼니까. 나를 처절히 느껴보고 싶으니까.

끝의 말은 여자 혼자 자기 자신에게 하듯 웅얼거렸다.

여자의 화폭에는 이파리가 하나도 없는 나무가 잔뜩 그려져 있었다. 어떤 것은 원근법을 충실히 나타내는 큰 나무에서, 작아지는 나무로 사열 받는 병사처럼 나란히 그려져 있고, 어떤 것은 홀로 한 그루, 어떤 것은 어린나무. 특이한 것은 전부 미루나무였다. 미루나무는 어린것이나, 큰 것이나, 홀로 인 것이나, 떼로 있는 것이나 전부 하늘을 찌를 듯이 화폭의 끝까지 치솟아 있었다.

― 미루나무로군요.

― 그래. 미루나무지.

― 근데 왜 잎이 없죠.

― 잎이 무성한 것은 지기를 기다리는 것이고, 잎이 없는 것은 잎이 날거라는 희망이 있지 않니. 언젠가는 잎이 돋을 거야.

― 봄이 오면요.

─ 그래. 봄이 오면.

─ 지금이 봄 아닌가요. 소래산에 그네를 매었는데. 그리고 종화가 그네를 타는데. 아, 종화는 내 동생인데 그 앤 요즘 깔깔거리고 너무 자주 웃어요. 그리고 이불을 뒤집어쓰고 울고요. 이불이 들썩이면 소리는 나지 않지만 난 종화가 울고 있다고 생각하죠. 그리고 볼이 빨개지죠.

─ 그 애에게도 봄이 오느라 그렇단다. 그리고 그 미루나무에는 언제쯤 봄이 올는지는 몰라.

난 하늘을 향해 빈 가지로 곤두서 있는 여자의 미루나무를 들여다보았다. 미루나무들은 하늘에 대고 무슨 말인가를 하고 있는 것처럼 느껴졌다.

─ 미루나무가 뭐 하는 것인 줄 아세요.

─ 뭐 하는 것인데.

─ 그거 있잖아요, 왜. 조각구름을 걸어 두는 곳이에요. 미.루.나.무. 꼭.대.기.에. 조.각.구.름.이. 걸.려.있.네.

─ 솔바람이 몰고 와서 걸쳐놓고 도망갔어요.

여자는 나를 따라 불렀다. 우리는 다 부르고 나서 동시에 웃었다.

─ 나도 잊고 있었네. 미루나무에 조각구름을 걸쳐놓는 것인 줄은.

─ 잊고 있던 걸 기억나게 해주었으니 코코아값은 됐죠. 가스를 마시고 나서 처음으로 오늘 말을 많이 했어요. 말을 하고 나니까 시원한 것 같아요. 머리도 아프지 않고.

― 그래. 그게 중요해. 말을 하는 것. 그게 중요해. 경계인은 끊임없이 말을 해야 해. 혼자에게라도 자꾸 말해야 해. 그래야 경계 이쪽으로 넘어올 수 있어. 안 그러면….

― 안 그러면요.

― 아니다.

― 오늘은 가야 하겠어요. 또 와도 될까요.

― 언제든.

― 언제든?

나는 나오다 여자에게 물었다.

― 근데 언젠가 우리는 어디선가 만났었던 것 같아요.

여자는 고개를 끄덕였다.

― 그래. 우리는 만났었을 거야. 그래서 지금 이렇게 다시 만나게 된 걸 거야. 그리고 우리는 또 무엇으로든 만나질 거야.

여자는 자기 자신에게 속삭이는 것 같았다.

나는 여자의 말을 머릿속에 잘 집어넣은 후, 난로 앞에서 바싹 말라 보송보송해진 옷의 촉감을 즐기며 방산리의 논둑길을 걸었다. 그리고 날락 중인 나는 계속 같은 노래를 불렀다.

미루나무 꼭대기에….

*

― 어디서 온 거예요.

― 저 산 너머에서.

— 산 너머? 산 너머 어디요?

— 그냥 산 너머서….

여자는 산을 넘어왔다고 했다. 난 여자가 어느 산을 넘어왔는지 궁금했다. 하지만 여자는 더 이상 산을 가르쳐 주지는 않았다. 이곳 방산리로 오려면 하우고개나 여우고개를 넘어야 한다. 그런데 여자는 고개를 넘지 않고 산을 넘어왔다고 하였다. 궁금했지만 난 더 이상 묻지 않기로 했다. 우리는 가까워져서 그즈음 나는 걷는 것 보다 여자의 창고에 있는 날이 더 많았다. 여자는 일제 소니 턴테이블을 가지고 있었는데 주로 모차르트와 바흐를 들었다. 여자가 자신이 듣는 곡들을 내게 모차르트와 바흐라고 일러 주었기 때문에 나는 그런 줄 알았다.

여자는 그림을 그리고 나는 만화책을 읽었다. 내가 가장 재미있어하며 읽은 만화는 주인공이 독고 탁이 나오는 만화였다. 때로는 나도 미루나무를 그렸다. 여자의 미루나무는 하늘을 향해 길게 뻗었다. 나의 미루나무는 땅을 향해 넓게 퍼졌다.

여자는 내 미루나무를 보더니, 넌 잘 이겨낼 거야. 하며 내 어깨를 다독였다.

— 왜.

— 봐라. 너의 미루나무는 땅을 향해 넓게 가지가 퍼져 있지 않니. 이것은 네 마음속에 대지에 단단히 발을 디디고 싶다는 의지가 있는 거야.

우리는 앞치마를 두르고 수제비도 만들어 먹었다. 여자는 내가 먹어 보지 않은 여러 가지를 맛보게 해주었다. 그 여러 가지 중에 카레가 있었다. 처음엔 한약 냄새 같은 냄새가 익숙지는 않았지만, 색깔은 호박죽 색깔이라 거부감은 없었다. 그것은 내가 최초로 접한 이국의 음식이었다. 그 후 나에게 이국은 모차르트와 카레의 노란색과 강황의 향으로 자리 잡았다. 김치가 최고의 반찬인 줄 알았던 나는 다양한 먹거리만큼이나 다양한 걸 여자로부터 받았다.

가을이 깊어 갔다. 방산리의 산은 옷을 갈아입었다. 소래의 소금밭에도 가을이 내려 저녁나절의 음영이 더 깊어져 갔다. 아버지는 여전히 물보다 무거운 바닷물을 끌어오느라 수차의 날개를 발로 힘겹게 돌렸다. 방산리에서 소금밭으로 이어져 있는 둑의 억새가 하얗게 제 터럭을 부풀렸다. 그 하얀 터럭이 휘는 방향을 보면 바람의 방향을 알 수 있었다. 그리고 소금은 하얗고 통통하게 살쪄 가고 있었다.

난 산에서 돌아오다 여자의 창고에 들렀다.

여자는 여전히 미루나무를 그리고 있었다. 내가 길 위에 있을 때 여자가 나를 방해하면 안 되듯이, 여자가 그림을 그릴 때 나도 여자를 방해하면 안 된다. 나는 난로 옆의 탁자에 놓여 있는 김치전을 먹으며 전날 읽었던 허영만의 만화 각시탈을 다시 읽기 시작하였다.

— 김치전 먹지 마라. 그거 안주하려고 부친 거다.

— 안주?

— 그래, 안주. 이리와 봐.

여자는 내 손을 잡더니 반으로 나뉜 창고의 안쪽을 열었다. 거기엔 여자의 침실이 있었다. 문을 여니 시큼하면서 후각을 자극하는 냄새가 진동했다.

― 냄새 좋지? 야, 발효가 이렇게 좋은 냄새인 줄 몰랐다.

여자는 방으로 꾸민 한쪽에 자신의 검은색 겨울 오버를 뒤집어써워 놓은 것을 훌러덩 젖혔다.

― 야, 정말 냄새 죽이지 않니.

여자는 탄성을 거듭 발했다.

여자가 고무줄로 챙챙 감은 보자기를 벗기자 부글부글 끓기 시작한 막걸리가 나타났다. 우리는 둘이 동시에 작은 옹기 항아리에 코를 들이댔다. 콧구멍을 뚫는 쎄한 내음이 좁은 공간에 쏟아졌다.

― 신기하지 않니? 이 냄새, 이 빛깔, 죽인다. 내가 술을 담그게 되다니.

여자는 새로운 도전에 대한 기대감으로 들떠 있었다.

나에겐 익숙한 냄새였다. 소금밭에서 돌아온 아버지가, 과한 노동과 염분에 절여진 삭신이 쑤시고 아픈 것을 잊기 위하여 언제나 마시고 잠드는 그 막걸리였다. 과한 노동으로 뼈가 녹는 것 같은 통증은 기도의 은사를 받은 아버지의 기도로도 물리치지 못하였다. 아버지는 통증을 이겨내는 것으로 두 가지를 섬겼다. 예수와 막걸리였다. 별이 총총한 겨울밤 종화와 함께 주전자에 막걸리를 받아오다 넘어져 쏟는 바람에 혼날 것이 무서워 울고 왔던 막걸리다.

― 내가 경동 시장에 몰래 누룩 파는 할머니가 있다는 이야길 듣고 이걸 구하느라 얼마나 애를 먹었는데. 사실 먼저는 실패했는데 오늘은 제대로 됐다. 너 술은 먹어 봤냐.

― 배가 아프다고 하면 어머니가 막걸리에다 설탕을 타서 줬어. 마신 후 자고 나면 배가 안 아팠어.

― 야, 너의 집에선 그럼 막걸리가 약이로구나. 이게 없었으면 우리나라 그 많은 머슴들 힘들어서 어찌 일했겠니. 기다려 봐. 여기 이렇게 체에다 베 보자기를 깔고 술을 거른 다음…. 여자가 걸러낸 술은 뽀얗다.

　우리는 김치전을 안주 삼아 여자가 빚은 막걸리를 앞에다 두고 사기대접에 따라 마셨다.

　― 야, 경계인. 가끔 네가 이곳에 와 주고 들려주어서 내가 얼마나 좋았는지 모른다.

　― 나도 좋았어. 여기 와서 이야기하다 보면 뒤죽박죽인 나의 머리가 잘 정돈된 서랍 속처럼 되곤 했거든.

　우리는 주거니 받거니 술을 마셨다.

　― 술은, 독으로 한독 있으니, 취할 때까지 마셔 보자꾸나.

　어느덧 어둑해졌다. 그녀는 등을 끄더니 간델라 불을 켰다.

　― 이 간델라는 말이지. 내가 누구였었다는 것을 일깨워 준다.

　곧 간델라에서 치익 하는 소리가 나더니 깨꽃 모양의 불을 피워 올렸다.

　우리는 취했다. 열아홉 살의 나는 취해서, 가스를 마신 후 어지러운 머릿속이 더 어지러웠다. 미루나무 여자도 취했다. 여자는 취해서 탁자에 엎드렸다가 일어나더니 갑자기 옷을 벗기 시작하였다. 눈 깜짝할 사이 여자는 웃옷을 다 벗었다. 나는 어지럽긴 했지만 눈을 크게 뜨고 바라보았다.

　― 보이니?

　보였다. 여자의 판판한 가슴팍이 보였다. 밋밋했다. 뭔가 이상했다. 뭐가 이상한지는 알 수 없었다. 그게 무언가. 나와 똑같지 않은가. 이상하다. 여자의 가슴은 저렇지가 않은데. 그럼 미루나무 여자는 남자였단 말인가. 하긴 여자는 언제나 헐렁한 상의를 입고 있어서 알 수 없었는지도 모른다.

여자는 벗은 채로 탁자에 앉았다. 술이 오른 가슴팍도 군데군데 붉은 모란을 꽃 피우고 있었다. 그러더니 사기대접의 막걸리를 벌컥벌컥 들이켜곤 캬 소리를 냈다.

— 막걸리를 마실 땐 반드시 이 캬~ 소리를 내어야 하는 거야. 그래야 제대로 술맛이 난다고. 너도 해 봐.

— 캬~

우리는 동시에 소리를 냈다. 그리고 동시에 키들거리며 웃었다.

— 야, 경계인. 내 가슴이 이상하지?

— 응.

여자는 허리를 곧게 폈다. 한 손을 들어 가슴의 무언가를 소중히 들어 올리는 시늉을 하더니 스윽 베는 손짓을 했다.

— 어느 날, 정말 어느 날, 날짜라든가, 계절이라든가, 나이 따윈 지금 와서 기억하고 싶지도 않다. 어느 날, 내가 유방암이라는 거야. 그래서 이렇게 가슴 한쪽을 도려내었다. 난 그때 지독한 사랑에 빠져 있었지. 남자는 괜찮아. 괜찮아. 그러더라. 나도 생각했지. 그래. 한쪽이 있으니까. 한쪽을 그의 입에 물리면 되니까. 그런데 빠졌던 머리가 다 자라고, 얼굴도 살이 통통히 오를 때쯤 한쪽이 재발해서, 다시 한쪽을 스윽… 남자는 또 괜찮아. 괜찮아. 라고 했다. 그러나 나는 괜찮지 않더라. 두 쪽을 다 잘라내고 나니…. 나는 생명을 잃

은 것을 알았다. 여자에게 있어서 젖이란, 단순히 사랑을 할 때 남자의 입에 물리는 것이 아니고, 새끼를 키워 내는, 생명을 길러내는, 그런 것이라는 걸 두 개를 다 잃고 나서 알았다. 내게서 더 이상 생명을 키워 낼 젖은 나오지 않는다는 사실이 나를 더 슬프게 했다. 남자는 계속 괜찮아. 괜찮아. 라고 했지만. 그리고 다시 머리칼이 자라고, 얼굴에 살이 오르고, 어떡하든 살아보려고 그림을 그리는데 이번엔 척추였다.

미루나무 여자는 일어나더니 등을 보여주었다. 등에는 오목하게 엉덩이와 구분 지어지는 선에서 견갑골 못미처까지, 염주 알 같은 등뼈를 따라, 껍질을 홀랑 벗긴 긴 실뱀이 한 마리 지나가는 듯 굴곡진 띠가 있었다. 아직 다져지지 않은 새로 낸 길 같았다. 그 위에 꽃봉오리 같은 것이 얹혀져 있었다. 나는 여자의 등판을 보면서 나도 옷을 벗었다. 그게 그녀에 대한 예의라고 생각했다. 나의 앙상한 갈비뼈가 다 드러나는 가슴이 보였다. 술이 취해 가쁜 숨을 내어 쉴 때마다 갈비뼈를 둘러싼 거죽이 움직였다.

여자가 돌아섰다. 그녀는 벗은 나의 앙상한 가슴을 보더니 갑자기 웃었다. 그리고 울었다. 그리고 내 가슴을 쓸어보았다.

— 얼마나 많은 사념들이 너의 가슴을 갉아 먹었으면, 가슴이 이렇게까지 여위었니. 나를 위해 네가 옷을 벗었니. 그래. 경계인. 너는 그런 마음을 가졌기 때문에 괴로운 거다. 세상의 모든 아픔에 넌 단단해질 필요가 있어.

우리는 웃통을 홀렁 벗고 말없이 술을 마셨다. 마치 먼 바다에서 돌아온 뱃 사나이들이, 육지를 보지 못해 허기진 그리움을 달래느라 웃통을 벗어 던지고 술을 마셔 대는 것처럼 말이다.

아무 말이 없었다.

— 그래도 넌 거기 끝알이 박혀 있네.

그제야 나는 여자가 뭔가 다른 것을 확실히 알 수 있었다. 여자에겐 꼭지조차 없었던 것이다.

— 뒤의 봉오린 뭐야? 문신 같은데.

— 그래. 그건 문신이야. 매화지. 남자는 자꾸 괜찮아. 괜찮아. 라고 말했지만, 나는 그 괜찮아 소리가 나를 위한 게 아니고, 남자가 자기 자신을 달래는 소리라는 것을 알았지. 그래서 어느 밤, 그에게 문신을 새겨 달라고 했다. 매화 꽃봉오리를. 생으로 그리는 문신이었지만, 이미 아픔을 견디는 일은 내겐 이골이 난 일이었지. 매화 문신을 새기는 내내…. 나는 마음속으로 노래 불렀다. 아리랑. 아리랑. 아라리요. 아리랑 고개로 넘어간다. 나를 버리고 가시는 님은, 십 리도 못 가서 발병 난다. 창밖엔 그해 첫눈이 소담히도 내렸다.

우리는 갑자기 노래를 부르기 시작했다.

— 아리랑. 아리랑. 아라리요. 아리랑 고개를 너~ 머 간다. 나를 버리고 가시는 님은 십 리도 못 가서 발병 난다.

마지막엔 발정 난 오리처럼 꽥꽥 소리를 질렀다.

— 그런데 발병 나는 사람 없더라. 척추의 그 수술자욱, 매화 등걸 같지 않니. 언젠간 매화가 필 거야. 언젠간. 매화를 새긴 그 밤. 남자와 난 울었다. 난 엎드려 울고, 남자는 매화 문신을 새기며, 내 등에 눈물을 떨어뜨렸다. 저기 저 간델라를 켜고 문신을 새겼거든. 저 간델라가, 그날 밤 켰던 간델라다. 문신이 덧나 고름이 흘렀다.

난 마이신도 먹지 않고, 소독도 하지 않았다. 그게 덧나, 내 살이 썩는다 한들, 썩는다 한들….

여자가 탁자를 젓가락으로 두드리며 노래 부르기 시작했다.

헤 일 수 없이~ 수많은 밤을~ 내 가슴 도려내며, 슬픔에 겨워~ 얼마나 울었던가. 동백~아가씨~. 그리움에 지쳐서, 울다 지쳐서, 꽃잎~은 빨갛~게 멍~이 들었소.

나도 불렀다. 그러다 같이 불렀다.

술 마시고 노래하고 춤을 춰 봐도 가슴에는 하나 가득 슬픔뿐이네. 무엇을 할 것인가 둘러보아도 보이는 건 모두가 돌아앉았네.

술과 생에 대한 끓을 수 없는 애착이 마구 짓이겨져 익어 가는 밤이었다. 나는 취했는지, 울었는지, 어지러운 건지 모르게, 여자의 꽃 피지 못한 붉은 매화가 슬펐다. 여자에게 다가가 여자를 포옹했다. 여자의 갈비뼈와 내 갈비뼈가 딱 맞부딪쳤다.

여자는 내 긴 머리카락에 손가락을 집어넣어 흐트러트리며 속삭였다.

— 경계인. 절대 너를 놓치지 마. 그럼 너는 넘을 수 있어.

나는 가야겠다고 생각했다. 여자는 내게 다가와 노란색 카메라를 주었다.

— 이거 코닥 자동인데 한 십 년 된 자동카메라다. 아직 끄덕 없어. 잘 찍히고. 경계인. 흔들릴 때는 그냥 걷기보다 사진을 찍어 봐. 사진을 찍다 보면 너를 네 안에 오롯이 다시 담을 수 있을 거야.

나는 카메라를 받아 들고 비척비척 나왔다. 그리고 집으로 가는 대신 소래 소금밭으로 이어지는 억새밭으로 숨어들었다. 별이 파랗게 흔들리고 있었다. 파랗게 돋은 별 사이로 꼭지도 없이 판판한 미루나무 여자의 가슴과 등의 매화 봉오리가 돋았다. 울었다. 울고 나자, 나는 내가 부푸는 걸 느꼈다. 그리고 억새밭에서 나는 눈물과 함께 수음을 했다. 무언가 덜컹거리며 빠져나가고 나는 잠들었다. 사람들이 나를 서리 내린 억새밭에서 찾아내어 드디어는 정신이 완전히 날락해 버렸다고 했다.

그러나 그때부터 나는 길 위에 있지 않았다.

나는 사진을 찍기 시작했다.

창고에서 더 이상 연기는 나지 않았다.

나는 창고에 가지 않았다.

*

— 이봐 경계인. 너 경계인 맞지!

웬 여자가 지하철 안에서 소리를 질렀다. 1호선 지하철을 탄 나는 눈을 감고 있었다. 여자의 목소리는 탁했다. 술에 취해 있었다. 나이가 마흔은 넘었을 것 같았다.

— 야. 경계인. 네가 아무리 안경을 쓰고, 머리를 자르고, 볼에 살이 통통하게 올랐다 하더라도 난 너를 알아볼 수 있어. 우리는 한때 같은 경계인이었으니까.

난 눈을 떴다. 그리고 소리 나는 곳을 바라보았다. 미루나무 여자였다. 창고에서 봤을 때 보다 더 살찌고 중년의 풍미를 여실히 풍기고 있었지만 미루나무 여자였다. 나는 벌떡 일어나 다가가 손을 잡았다.

― 너, 드디어, 경계를 넘어섰구나.

― 선생님도 경계를 넘어서신 것 같아요.

나의 입에서는 자연스럽게 선생님이란 소리가 나왔다.

― 전 지금 사진을 찍어요.

― 난 술도가에서 술 만드는 법을 배우고 있다. 그때 우리가 마셨던 그 술 기억하지. 그 후 본격적으로 전통주를 빚고 싶어서 술도가에 취직했다. 지금은 송하주 담는 법을 배우고 있다. 그래서 시음하느라 매일 술에 취해 있지. 아니 시음은 핑계고, 지금은 술과 연애 중이지.

우린 지하철 안에서 그렇게 서로를 확인한 후 다시 헤어졌다.

*

나는 아프리카와 사막에 오래 있었다. 사막은 언제나 모습을 바꿨다. 바람의 방향에 따라 바뀌고, 우기철이 되면 바뀌고, 매일매일 다른 것으로 바뀌었다. 그런 사막은 나를 붙잡고 놓아주지 않았다. 내가 전갈에 물리지 않았더라면 나는 돌아오지 않았을지 모른다. 그랬더라면 결국 사막의 모래에 나는 묻히어 썩기도 전에 전갈의 먹이가 되어 흰 뼈만 달뜨는 밤이면 파랗게 인광을 발했을 것이다. 그래서 전갈의 몸을 통통히 살찌웠을 것이다.

전갈에 물린 오른쪽 다리를 절게 되었지만 나는 이십오 년 만에 사막에서 돌아왔다.

하우고개를 나는 차로 넘고 싶지 않아 오른쪽 다리를 절며 걸어서 넘었다.

이십오 년의 세월은 엄청난 것이었다.

하우고개의 황톳길은 사라지고 포장되었으며, 댓골에는 보신탕집과 오릿집이 들어서 있다. 도롱뇽과 가재가 살던 조붓한 계곡은 훼손되었다. 야산이었던 대야리와 은행리에는 산이 없어진 대신 우뚝우뚝 아파트가 들어서 있다. 아버지의 다리에 건전지를 달아 주고 싶었던 수차와 소금밭은 사라졌다. 소금이 있던 자리에는 퉁퉁마디가 우거지고 염기에 강한 잡초들이 자라고 있었다.

내가 걸었던 십구 세의 그 길들은 목적지가 없어 아득했다.

소금 창고는 을씨년스럽게 바람만이 들락거리고 있었다.

어머니는 교회의 묘지에 몸을 누이셨다. 아버지는 치매 시지만 가끔씩 쩌렁쩌렁한 목소리로 기도를 했다. 종화 내외는 똥 때문에 짓무르는 아버지의 엉덩일 열심히 씻기고 거기에 파우더를 발랐다. 똥구멍을 딸에게 맡긴 아버지는 수치심도 잊은 지 오래라 모로 누워 그저 이 소리만 반복했다.

— 우리 종현이를 지켜 주리라 믿, 싸오며…. 아버지의 기억은 내가 가스를 마시고 의식 없이 누워 있는 그 병실에 머물러 있는 것이다. 그때 그 일은 아버지에게 자신의 믿음을 확인받는 순간이었나 보다.

나는 미루나무 여자를 생각했다.

그녀의 등에 매화는 피었을까.

그녀는 경계를 다시 넘어가지는 않았을까.

소래의 폐허가 된 소금 창고에서 나는 빛의 양과 각도에 따라 변하는 퉁퉁마디와 잡초 무성한 소금밭을 촬영한다. 사진이란 정직한 것 같지만 빛을 이용한 교묘한 속임이다. 내 뷰파인더에 잡힌 소금밭은 아이를 낳고 다 길러낸 후 세상에 이별을 고하기 위하여 누워 있는 여자 같다.

이젠 내 할 일은 여기까지야.

난 쉬겠어.

원래의 나로 되돌아갈 거야.

너희들이 바닷물을 가두어 나를 절였잖니.

그렇게 내게 속삭이는 것 같다. 거기 수차에 올라가 힘겹게 수차를 돌리던 햇볕 속의 아버지가 있다. 나는 빛의 양과 각도에 따라 변하는 잡초 무성한 소금밭을 바라보며 상대 남자에 따라 표정을 바꾸는 요부 같다는 생각도 한다.

간밤 소금 창고에 손님이 있었나 보다. 앙증맞은 브래지어와 팬티가 있고 신문지가 널려 있다. 나는 한쪽으로 모아 그걸 태운다. 앙증맞은 팬티에 장미가 피어 있다. 누구인지 순결을 잃은 것이 아니라 새로운 세계를 향해 날아오른 것이다. 잃는다는 것과 난다는 것의 차이는 얼마나 큰가. 단지 경계가 아닌 사랑의 감정이 있는 날갯짓이었기를 바랄 뿐이다. 신문을 태우려다 문득 어떤 기사가 나의 눈길을 끌었다.

'전통주 탐방'이란 기사였는데 시흥시 매화동에서 송월주를 담그는 화가에 대한 기사였다.

나이 69세. 김하경. 화가.

나는 주욱 읽어 내려갔다.
— 전통주에 관심을 갖게 되신 계기라도?
— 나는 암에 걸려 여성으로서의 기능을 가진 것을 전부 내주어야 했다. 여성으로서의 기능을 다 내주었다는 것은, 사실 죽은 것이나 다름없다. 난 죽음이 두렵지는 않았다. 다만 내가 죽음 앞에 비루해질까 봐, 그게 두려웠다. 나는 죽음 앞에 비루해지지 않기 위해 술을 담그기 시작했다. 발효란 조화다. 내가 남과 섞여 완전히 동화되는 것. 나를 멸한 것 같지만 상대 속에 내가 온전히 살아 있는 것. 그게 발효다. 거기에 미쳤다. 불광불급. 발효의 매력에 빠지면서 우리나라 유명한 술도가는 다 다니면서 일했다.
— 그럼 처음 담그신 건 언제쯤?
— 방산리 창고에 와서 그림을 그리면서였다. 그때는 집에서 술을 공공연히 담글 수 없었기 때문에 몰래 밀주를 담갔다. 처음 담갔던 막걸리의 맛을 잊을 수 없다. 내가 담근 어떤 술도 그 맛만 못한 것 같다. 술이란 맛보다 정서다. 어느 분위기 누군가와 마시느냐에 따라 술의 품격이 매겨지는 것이지, 어떤 재료를 썼는지, 몇 년 발효를 시켰는지에 따라 품격이 정해지지 않는다는 것이 나의 지론이다. 가격에 따라 품격을 매기는 것은 술의 낭만을 모르는 사람이다.
— 처음 담갔던 그 막걸리는 그럼 혼자 드셨나요?
— 아니다. 술이란 때로는 혼자 조용히 잔을 기울이는 것도 좋지만, 그래도 술의 흥취를 가장 돋우는 것은 대작이다. 최고의 술은

사랑하는 사람과 마시는 술이다. 최고의 독주는 사랑하는 사람과 이별한 후, 홀로 마시는 술이다. 그렇게 따진다면 우리나라 전통 혼례의 합환주야말로 가장 낭만적인 술이다. 러브 샷의 원조가 합환주다. 발효의 과정을 거쳐야 술이 되듯이 서로 섞이어, 나를 버리고 상대가 되라는 뜻에서 마시는 게 합환주 아닌가 싶다. 내가 처음 담근 술을 함께 마셨던 사람은 그 당시… 십구 세 된 소년이었다.
— 그 소년이 아직도 기억나는가.
— …아마, 잘 발효되어서, 세상 속에 건강히 있으리라 여긴다.

나는 처음으로 여자의 나이와 이름을 알았다. 그리고 산 너머 왔다던 여자의 말도 그제야 뚜렷이 깨달을 수 있었다. 산 너머 이쪽은 여자의 꿈이었으며, 저쪽은 생활이었다. 여자는 꿈으로 왔다가 생활로 되돌아갔다. 그리고 지금은 꿈과 생활을 다 곁에 두었다.
나는 타고 있는 앙증맞은 팬티와 브래지어 위에 신문을 태우며 여자의 매화가 만개했음을 알았다.
우리는 둘 다 무사히 경계를 넘었던 것이다.

내가 아직도 그 코닥 카메라를 가끔씩 사용하는 것을 안다면 그녀는 어떤 표정을 지을까.

破涙(파루: 눈물은 깨지고)

가마의 문이 열리자 안으로부터 후끈한 열기가 밖으로 빠져나왔다. 중복을 막 넘긴 날씨는 바람을 허락하지 않아 천지가 짜증으로 가득했다. 이런 날씨에 노산군이 탄 가마는 사실상 위리안치(圍籬安置)에 처해졌던 원골 금성대군의 저택을 나와 수강궁을 지나 창덕궁의 돈화문을 나섰다. 종로와 흥인지문을 거쳐 종일 흔들리며 낙산의 청룡사에 다다른 시각이 인시이다. 해거름인데도 더위는 가난만큼이나 사나움을 떨치며 수그러들지 않아 땀이 야윌 대로 야윈 노산군의 가슴팍을 타고 주르륵 흘렀다.
  "어서 나오시오."
  어득해의 재촉에도 가마 안은 아무런 기척이 없다. 어득해가 이마의 땀을 훔친 후 가마 안을 기웃이 들여다보았다. 땀으로 범벅된 노산군이 가마에 기대어 눈을 감고 있다. 상투가 한곳으로 쏠리고 더위를 참지 못해 저고리 고름을 풀어헤친 그 몰골이 한때 왕이라고 불리었던 열일곱의 청년으로 믿기지 않았다. 사십 중년의 노쇠한 남자로 보였다. 왕에서 상왕으로, 다시 역모를 꾀했다는 죄목으로 대군도 아닌 군으로 강봉된 죄인의 신세가 되기까지의 삼 년은 열일곱 청년에게는 버티어 내기조차 버거운 시간이었다.

"나오시오."

다시 한번 어득해는 힘을 주어 감히 명령하듯 노산군에게 말을 했다. 말본새와 행동이 거칠고 경거망동스러웠다. 아무도 노산군을 부축하거나 잡아주지 않았다. 그는 더 이상 왕도, 상왕도 아닌, 역모를 꾀하다 발각이 되어 귀양을 가는 죄인일 뿐이었다.

노산군은 자신으로 인해 죽어 나간 사람들이 떠올랐다. 모진 고문 끝에 생의 문이 타인에 의하여 닫히고, 가문이 멸문지화를 당하거나 풍비박산 나 식솔들은 노비로 전락했다. 가슴이 미어졌다. 분노조차 사라진 줄 알았건만 똥구멍부터 치밀어 오르는 분노가 더위와 허기와 흔들리는 가마멀미에 시달린 노산군을 일으켜 세웠다.

'네 놈들이 설사 내 손을 잡는다 해도 내 잡지 않으리라.'

노산군은 입술을 사려 물고 기듯이 나와 가마의 한쪽을 잡고서야 겨우 섰다. 하루 종일 그는 아무것도 먹지 못하였다. 물 한 모금 주지 말라는 세조의 명으로 이 더위에 노산군은 몸에 남은 수분을 땀으로 날리며 청룡사에 당도한 것이다. 입속에 침조차 고이지 않아 오랜 가뭄에 쩍쩍 갈라진 논바닥처럼 노산군의 혀는 갈라지고 입을 다실 때마다 넘길 침이 없는 목울대는 따가웠다. 영월에 당도하기도 전에 죽을지도 모른다는 생각에 정신을 다잡았다.

과연 다시 한양 땅에 돌아올 수 있을까. 돌아와 종묘에 사직을 고할 수 있을까. 목숨을 부지하여 중전 송 씨를 다시 만날 수 있을까. 죽음에 대한 공포와 익숙한 것들과의 헤어짐에 대한 공포 앞에 허기는 무력했다.

노산군이 위리안치되어 있던 창덕궁 요금문 밖 원골의 금성대군 집을 나설 때 따라나섰던 중전 송 씨와 후궁 김 씨와 권 씨, 그리고 나인 두 사람도 변변한 신발도 없이 먼 길을 걸었다. 중전 송 씨에게조차 가마가 허용되지 않았다. 태어나 처음으로 걸어보는 먼먼 길이었다. 그것도 헤어지기 위하여 걷는 길이었다. 땡볕에 걷느라 송 씨와 후궁 김 씨와 권 씨 그리고 나인들은 몇 번이나 주저앉았지만 용케도 쓰러지지 않고 기를 쓰고 걸어 모두 청룡사에 당도하였다. 가마를 짚고 선 노산군의 눈에 지칠 대로 지쳐 겨우 발걸음을 떼는 송 씨 일행이 시야에 들어왔다. 노산군은 가마를 짚었던 손을 얼른 떼고 바로 섰다. 그들을 지켜주지는 못할망정 자신의 공포와 나약함을 드러내어 송 씨의 마음에 아픔을 보태고 싶지 않았다.

 노산군과 송 씨는 세조에게 함께 영월로 유배가기를 청했으나 세조는 이를 거절하였다. 같이 보낼 수도 있었겠지만 만약 조카인 노산군과 조카며느리 사이에 후사라도 생기면 그것은 여간 골치 아픈 일이 아니었다. 성삼문 일행이 노산군의 복위를 꾀하는 것을 김질의 밀고로 잡아들여 새남터에서 거열형을 내린 것이 불과 얼마 전이다. 노산군의 영월 유배도 그것이 빌미가 되어 내린 명이었다. 한명회를 비롯한 대신들의 반대를 빌어 세조는 중전이었던 송 씨와 후궁을 낙산의 청룡사에 머무르게 하고 노비로 격하시킨 후 노산군은 영월로 유배하였다. 청룡사는 선대의 왕이 죽을 경우 남아 있던 후궁들을 출궁시켜 여승 생활을 하다 세상을 하직하는 사찰이었다.

 유배 행렬은 청룡사에서 하루 묵고 갈 계획이었다. 수행원의 책임자인 금부도사 왕방연은 노산을 유배 보내는 세조의 냉혹함이 마음에 들지 않았지만, 벼슬을 버리지 않는 한 그로서는 명을 어길 수 없었다. 세조는 치밀하였다. 그 치밀함은 두려움에서 비롯된 것일 터였다. 그 두려움은 자신이 하고 있는 일이 정당치 못하다는 것으로부터 오는 것일 터였다. 오십여 명의 압송관 대부분은 세조가 벼슬을 내린 자들로 채워졌다. 세종이나 문종의 치하에서 벼슬을 산 자들은 압송관에서 배제시켰다. 그들이 가질 반감이나 백성들 사이에서 날 소문이 두려워서였을 것이다. 그 두려움은 성삼문 일행이 노산군의 복위를 꾀하다 새남터에서 거열형을 당한 후 세조는 문무백관을 자신의 측근들로 채웠다. 김종서, 황보인 등을 척결한 후 안평대군에 이어 집현전 학자들까지 참형에 처했지만, 세조는 불안증에 불면과 체증에 시달렸다. 피부병까지 생겼다.

  하루 종일 굶으며 가마 안에서 허기와 더위에 시달렸을 노산군에게 왕방연은 청량사 뒤뜰의 석간수를 떠다가 주었다. 하루 종일 물 한 방울 주지 말라는 세조의 명을 어긴 셈이었다. 압송관들 중 누군가 이 일을 세조에게 고하여 자신이 형을 받는다 하여도 어쩔 수 없었다. 왕방연의 마음은 노산군이 왕이어서가 아니고 단지 한 사람의 인간으로서 그가 처한 절박함을 외면할 수 없었다.

  왕방연은 먼지를 뒤집어쓴 송 씨 일행의 짚신 속 맨발을 애써 외면하였다. 먼 길을 걷거나 사나운 일을 해보지 않은 여인들의 짚신 속의 맨발은 발가락이 거친 짚신에 쓸려 까졌는지 짚신에 피가 배어 있었다. 못 본 척 외면한 왕방연은 머리를 써서 압송관들에게 술을 먹인 후 새벽길을 재촉해야 한다며 일찍 잠자리에 들게 하였다. 압송관들이 잠들자 왕방연은 송 씨 일행을 찾았다.

"마마, 어서 우화루로 가십시오."

"마마라니… 그런 말 입 밖에 내지 마십시오. 그러다 큰일 납니다."

자신의 아비가 하루 전 하옥되고 오늘은 또 노산군이 유배에 처해지니 반은 혼이 나간 송 씨이지만, 왕방연의 마마라는 소리에 등줄기에 서늘함이 일었다. 더 이상의 참혹한 죽음을 듣고 싶지 않았다. 왕방연에게 나지막이 말하는 송 씨는 침착하려 애를 썼지만 떨리는 목소리를 어쩌지 못하였다. 이제 전하라든가 마마라는 소리는 노산군과 송 씨의 주변에선 써서는 안 될 말이었다.

송 씨는 황급히 우화루로 발걸음을 옮겼다. 발가락이 까여서 쓰라린 것도 몰랐다. 우화루 전각 안으로 달이 희미한 빛을 쏟아붓고 있었다. 그 달빛을 받아 눕지도 못하고 우두망찰 앉아 있는 노산군의 모습이 전각의 문에 비치었다. 그 모습을 보자 가슴 속에서 절구공이가 내려치듯 통증이 일었다. 송 씨는 큰 숨을 들이마셨다. 오늘 밤이 지나면 어쩌면 다시는 못 볼지도 모른다는 불길한 생각에 몸과 마음이 다 허둥거렸다. 정신을 바짝 차려야 한다고 스스로 채근하고 다짐했다. 노산군과 송 씨는 원골을 떠날 때부터 눈물과 비루함을 보이지 말자고 서로 다짐했었다. 삼 년 동안 이미 눈물은 쏟을 만큼 다 쏟았다.

"고맙습니다."

그 상황에서도 송 씨는 왕방연에게 치하를 잊지 않았다. 송 씨의 치하에 왕방연은 자신도 모르게 부복을 하였다.

"어서 들어가 보시지요."

왕방연은 송 씨를 재촉했다.

송 씨는 우화루 전각문을 조심히 열었다. 문틀이 제대로 맞지 않는지 삐이걱 소리가 고요한 전각 마당으로 내려앉았다.

"전하!"

"중전!"

두 사람은 그저 두 손을 그러쥔 채 말없이 한참을 있었다.

왕방연은 긴 한숨을 쉬며 달빛에 더 시커메 보이는 우화루 현판을 올려다보았다. 우화루란 이름과 걸맞지 않게 간판의 서체는 힘차고 기상이 넘쳤다. 전각이라고는 하지만 세 칸 정도의 아담한 기와집에 지나지 않았다. 전각이라고 하기엔 터무니없이 작았다. 왕방연은 다시 한번 긴 한숨을 내어 쉬며 우화루를 벗어났다.

송 씨는 전각의 바닥을 살펴보았다. 아무리 강봉되어 죄인의 몸으로 유배간다 해도 이 나라의 왕이었건만 침구조차 없는 맨바닥이었다. 승방에 수 놓인 이불이나 베갯잇은 없더라도 무명으로 된 침구는 있을 터인데 그거라도 주어야 할 것이 아니겠는가 싶었다. 이런 맨바닥에 전하를 어찌 잠들게 하겠나 싶었다.

방안을 둘러보다 한켠에 놓인 개다리소반에 밥이 그대로인 것이 송 씨의 눈에 들어왔다.

"전하, 아직 수라를 안 드셨습니까?"

밥을 안 먹기는 송 씨도 매한가지였지만 송 씨는 기겁하여 소반으로 다가갔다.

소반에는 굶기기가 무엇 했는지 보리밥 한 덩이와 맑은 물김치 그리고 멀건 된장국 한 그릇이 놓여 있었다. 그리고 냉수가 한 바가지가 있었다. 물부터 마시게 해야 한다는 생각에 냉수를 집어 드는 송 씨의 손이 부들부들 떨렸다. 냉수는 소반에 놓여 있는 동안 찬 기운을 잃어 미지근해져 있었다. 오히려 굶은 속에 차가운 물보다는 미지근한 물이 낫겠다고 생각하며 물대접을 노산의 입으로 가져갔다.

"천천히 조금씩 목을 축이십시오."

송 씨가 물바가지를 노산군의 입에 대자 노산군은 송 씨를 바라보며 물을 마시기 시작했다. 두 사람의 눈동자가 허공에서 얽혀 단단히 비끄러 매어졌다. 송 씨도 노산군의 눈길을 피하지 않았다. 서로를 두 눈동자에 또렷이 새겨두고 싶었다. 노산군이 물을 넘길 때마다 말라서 도드라져 보이는 목울대가 물이 넘어갈 때마다 움찔거렸다. 송 씨를 바라보는 노산군의 눈동자는 넋이 나간 듯 아득해 보였다. 송 씨 눈동자 역시 마찬가지였다. 문종의 붕서(崩逝) 후, 지난 3년은 끊어질 듯 팽팽히 당겨진 활시위 위에서 하루하루 연명해 온 것이나 마찬가지였다. 하루도 맘 편할 날 없는 공포와 두려움에 시달리며 두 사람은 서로에게 의지하며 그것을 견디어 냈다.

"내가 마시겠네."

송 씨의 손에서 물대접을 받아 드는 노산군의 손이 떨리었다. 가볍기 그지없는 물바가지이건만 송 씨나 노산군에겐 천근의 무게였다. 물바가지가 밑으로 기울자 노산군은 얼른 다른 한 손을 뻗어 물바가지를 두 손으로 들었다. 그 순간 사레가 걸려 물이 입 밖으로 쏟아져 나왔다. 마를 대로 마른 몸이 흔들리면서 물대접을 떨구어 바닥은 순식간에 물바다가 되었다.

"물, 물….
송 씨는 자신도 모르게 바닥의 물을 손으로 쓸어 모으며 웅얼거렸다. 오늘 하루 물조차도 귀하게 여겨졌다.
"내 어찌 이리도 박복하단 말이냐… 물조차도 나를 버리는구나."
노산군은 탄식하며 무명바지 사이로 비집고 흘러들어 가랑이를 적시고 흐르는 물을 무연히 내려다보았다. 내려다보는 노산군의 눈으로 바닥의 물을 쓸어 모으는 송 씨의 쪽찐머리가 눈에 들어왔다. 흰머리가 반이었다. 숱 많고 까맣게 윤기 나던 머리카락이었다. 나인들이 동백기름을 발라 곱게 빗겨 트레머리를 얹어 장식해 놓은 머리로 노산군에게 환하게 웃어주면 고른 잇바디가 햇빛에 반짝이며 볼우물이 옴푹 파이던 송 씨였다. 송 씨의 머리를 무겁게 장식했던 옥잠이나 비녀도 모두 사라지고 대추나무로 깎은 비녀가 하나 쪽찌워져 있을 뿐이었다. 그러던 것이 삼촌인 수양대군에게 양위하고 다시 역모했다는 죄인으로 몰려 유배가는 삼 년 사이 송 씨는 마를 대로 말랐다.
이제는 머리까지 세기 시작해 숱이 준 머리는 흰머리가 반이 넘었다. 열여덟 나이의 머리카락이 아니었다. 마르기는 노산군 역시 마찬가지였다. 노산군의 머리카락도 세고 빠져 두 사람의 몰골은 힘이 넘치는 열일곱 열여덟이 아니라 노쇠한 노인에 가까웠다. 노산군은 머리를 흔들었다. 삶이 고단했다. 오늘 가마를 타고 오며 보았던 들에서 일하던 노비들이 오히려 자신보다 나아 보였다. 그들은 죽음의 공포에 시달리지는 않을 터였다. 대체 왕의 자리가 무엇이기에 이렇게 태종 할바마마 때부터 형제간에 인척간에 피를 뿌려야 하는가 싫었다.

 수강궁에서의 하루하루는 칼날 위에 서 있는 것 같았다. 공포가 사라지기도 전에 노산군과 송 씨를 둘러싼 사람들의 끔찍한 죽음이 전해져 왔다. 성삼문 일행이 새남터에서 거열형을 당한 후 시신이 흩뿌려졌다는 소식에 노산군은 이레가 넘도록 밥을 넘기지 못하고 고열에 시달리며 신음했다. 삼촌인 수양대군이 어찌 이리 모질고 독하기가 독사보다 더할까 싶었다. 다음엔 또 누가 죽어 나갈까 싶어 숨이 제대로 쉬어지지가 않았다.

 꾸르륵~ 비어있던 위장이 물이 들어가자 비로소 살아나 움직이며 물과 음식을 들여보내라고 요동을 쳤다. 그러는 사이 왜앵, 파리란 놈이 음식 냄새를 맡고 식은 보리밥 위에 앉는다.

 "파리도 나처럼 굶었나 보다 이 시각까지 잠들지 못하고 헤매는 걸 보니…."

 노산군은 파리를 보며 허허롭고 허탈하게 중얼거렸다.

 "파리야, 네가 나보다 낫구나. 너는 자유로이 네 가고 싶은 곳을 갈 수 있으니…."

 송 씨는 노산군의 그런 소리를 못 들은 척 나인을 불러 물을 떠 오라고 시키려다 황급히 일어나 물바가지를 들고 문을 열고 나섰다. 문틀이 잘 맞지 않아 삐이걱 하는 소리가 슬픔을 배가시켰다. 송 씨가 물바가지를 들고 나가자 문 앞에 앉아 있던 나인이 황급히 일어나 받으려 했다.

 "아니다. 내 직접 물을 뜨러 가겠다."

 "마마."

나인의 마마라는 소리에 송 씨는 기암하며 눈이 휘둥그레져 주위를 둘러 본 후 나인에게 다짐을 두었다.

"이제 더는 마마라고 부르면 아니 되는 것을 모르느냐. 저들이 들으면 어쩌려고. 아마 너도 끌어다 곤장을 치려 할 것이다. 두 번 다시 입 밖에 그 소리 내지 마라."

"하지만, 마마."

"그래도 또…."

송 씨의 나지막하나 결기가 서린 말에 나인은 고개를 숙이며 입술을 사려 물었다.

"알겠습니다. 그럼 제가 물만 떠다 드리겠습니다."

송 씨는 잠시 망설이다 물바가지를 넘겨준 후 문 앞에 모여 앉아 있는 후궁 김 씨와 권 씨 그리고 나인을 살펴보았다.

"밥은 먹었느냐."

자신이 굶었기에 그들도 굶었으리라는 생각에 걱정이 들었다.

"네, 배불리 먹었습니다. 걱정을 놓으십시오."

하는 나인의 말이 거짓임을 알면서도 송 씨가 할 수 있는 일은 아무것도 없었다.

그러는 사이 허둥지둥 나인이 낙산의 산자락이 내어주는 석간수를 바가지에 떠 와 송 씨에게 건넸다.

"여기 이리 무릎 꿇어 있지 말고 들어들 가거라. 너희도 오늘 종일 제대로 먹지도 못하고 걸었으니 지쳤을 터인데."

후궁과 나인들은 도착하여 석간수를 배부르게 마신 후 쉬었더니 피로가 한결 가셨다.

"소인이…."

물바가지를 든 나인이 방안으로 들이겠다는 뜻으로 말을 하였다.

"아니다. 이리 다오."

송 씨가 물바가지를 받아 들고 전각 안으로 들어가자 나인이 뒤에서 문을 조심스레 밀었다. 다시 삐이걱 하는 소리가 방안에 가라앉은 무거운 공포와 두려움을 화라락 깨웠다.

"전하."

송 씨는 조심스레 물바가지를 가져다 노산군의 입에 대어 주었다.

"천천히…."

노산군을 향해 송 씨는 고개를 끄덕였다. 노산군은 이번에는 물을 쏟지 않기 위해 송 씨와 함께 물바가지를 잡은 후 천천히 물을 마셨다. 꿀꺽,꿀꺽, 목울대로 물 내려가는 소리가 우화루 안에 조용히 일었다. 몸이 말라 더욱 도드라져 보이는 목울대의 뼈를 위아래로 움직이며 물은 노산군의 몸으로 들어가 노산군을 깨웠다.

그제야 눈이 또렷해졌다.

"중전도 안 마셨잖소. 어서 물을 드시오."

송 씨는 소반을 당겨 파리가 앉았던 이미 다 식은 보리밥을 노산군의 앞에 놓았다. 노산군이 먹기 전 보리밥을 입에 대어본 송 씨는 깜짝 놀랐다. 원래가 잘 쉬는 보리밥에서 쉰내가 났다.

"전하, 잠깐만 기다리십시오."

송 씨는 얼른 보리밥이 담긴 그릇을 들고 밖으로 나갔다. 눈치

빠른 나인이 금세 무슨 일인지 안다. 송 씨의 손에서 밥주발을 받아 들었다.

"마마, 날이 더워 안 그래도 걱정했습니다. 얼른 씻어 오겠습니다."

나인은 주발을 받아 들고 식어 빠진 보리밥을 헹구러 우물로 갔다. 우물로 가는 나인의 뒷모습을 바라보며 치밀어 오르는 통곡을 참느라 송 씨의 팔과 다리가 후들거렸다. 가슴이 아파와 주먹으로 소리 나지 않도록 가슴을 두드렸다. 나인이 씻은 보리밥을 들고 왔다. 안 그래도 찰기가 없어 이리저리 굴러다니는 보리밥이 물에 헹군 터라 제각각 굴러다녔다.

불을 대로 불어 최대한 제 몸을 부풀린 시커먼 막보리 한 숟갈을 떠서 송 씨는 노산군의 입에 넣었다. 보리알이 입속에서 이리저리 굴러다녔다. 역시나 식은 멀건 된장국을 입에 넣자 하루 종일 땀을 흘린 몸이 간기를 받아들였다. 노산군은 허기를 면할 정도로 먹고 소반을 물리었다. 필경은 송 씨와 후궁들도 요기를 못 했을 터였다.

"배가 불러 더 이상은 못 먹겠구나."

"전하, 몇 수저만 더⋯."

"아니다."

"그럼 한 수저만이라도⋯."

송 씨는 보리밥 한 수저를 떠서 노산군의 입에 가져다 대었다. 어떡하든 보리알갱이 한 알이라도 더 노산군에게 먹이고 싶었다. 노산군은 서너 수저를 더 먹은 후 고개를 돌려 상을 물렸다. 음식 냄새를 맡은 송 씨의 배에서도 요동을 쳤다.

"상을 내어가거라."

나인이 들어와 소반을 내어가며

"마마도 잠시 나오시지요."

하며 송 씨를 채근했다.

송 씨가 나가자 후궁과 나인이 노산군이 들을세라 남은 보리밥을 송 씨에게 먹으라고 나직이 권했다. 다 같이 굶은 터라 자신이 먹지 않으면 이들도 먹지 않을 터였다. 한 사람의 허기를 채우기도 부족한 양이었다. 송 씨는 물바가지를 들어 보리밥에 물을 부었다. 물이 들어가자 보리밥 알들이 둥둥 떴다. 송 씨가 한 수저를 뜨고 옆의 후궁에게 수저를 넘기자 후궁은 송 씨와 같이 자신도 한 수저를 뜨고 옆의 후궁에게 넘겼다. 그들은 그렇게 전각의 마루에 쪼그려 앉아 허기를 면했다.

나인의 얼굴 위로 눈물이 주르륵 흘렀다. 그런 나인을 송 씨가 입을 꽉 다물고 노려보며 고개를 가로저었다. 울지 말라는 지시였다. 모두들 전하를 보내며 눈물을 흘려선 안 된다고 다짐을 한 것을 잊었느냐고 송 씨는 눈빛으로 나인을 채근했다. 나인이 마루에 엎드리며 두 손으로 입을 틀어막았다. 앙상한 어깨가 흔들렸다. 송 씨는 일어나 전각 안으로 들어가며 후궁과 나인들이 가여웠다. 어쩌다 복 없이 나 같은 주인을 만나 이 고생을 하는가 싶었다.

밤은 고요히 깊어지고 먼 산에서 구구거리며 산비둘기가 울었다.

"답답하오. 문을 열고 밖을 좀 보고 싶소."

노산군의 말에 송 씨가 문을 열어 보름을 지나 이지러져 가는 달빛을 방안으로 맞아들였다. 달빛에 불을 밝히지 않아도 희미하니 보여서 두 사람은 서로를 바라보다 달을 올려다보았다.

"무엇이 바빠 달이 저리 빨리 어디로 갈까."

노산군은 탄식하듯 시름이 가득 담긴 목소리로 중얼거렸다. 송 씨는 그런 노산군의 손을 가만히 잡았다. 먼저 손을 잡기는 처음 있는 일이었다. 손이 뜨거웠다. 단순히 날이 더워서는 아니고 미열이 있었다. 땡볕에 물조차 마시지 못하고 멀미를 하며 와 더위를 잡수셨나 하는 생각이 송 씨의 머리를 스쳤다.

그 사이 나인이 요사채로 가 사정을 하여 허름한 이불을 얻어 왔다. 무심한 달은 그런 두 사람을 비추며 바삐 길을 재촉하고 있었다. 두 사람 사이에 긴 침묵이 흘렀다. 사실상 말이 필요 없었다. 삼 년간 말과 근심과 걱정을 서로 매번 나누었다. 이젠 상대가 말을 하지 않아도 느끼는 고통과 슬픔, 절망의 무게를 서로 똑같이 느끼었다. 하루 종일 시달렸건만 잠이 오지 않았다. 시간이 흐를수록 오히려 잠은 멀리 달아나고 정신은 또렷해졌다.

"전하."

송 씨가 겨우 입을 열어 노산군의 손을 두 손으로 감싸 쥐며 불렀다.

"전하라는 말이 오늘처럼 슬프게 들리다니. 할바마마와 아바마마가 지하에서 얼마나 통탄해하실까. 또 숙부들은···."

노산군은 송 씨에게 손을 맡긴 채 기운 없는 목소리로 중얼거렸다. 유배되기까지 일 년 반 동안 노산군은 기개도 패기도 세조와 한명회 패거리에게 다 빼앗겼다. 종내에는 유배길에 오르며 목숨을 보전할 수 있을지 전전긍긍하게 되었다.

김종서 부자가 무참히 살해되고, 노산군의 복위를 꾀했다는 이유로 숙부인 금성대군을 삭녕으로 유배 보냈다. 중전의 아비인 장인도 하루 전 성삼문 일행의 역모에 가담되었다 하여 하옥되었다. 장인과 숙부 금성대군은 어찌 될 것인가, 또 자신은 영월 땅에서 한양으로 돌아올 수 있을까, 영월 청랭포는 어떤 곳인가, 수양 삼촌이 나를 살려 두기는 할 것인가. 두 사람의 주변에는 그저 의지할 사람 하나 없이 둘만 덜렁 남겨졌다. 그마저도 이제는 생으로 갈라놓아 한 사람은 노비로, 한 사람은 영월로 이 밤이 지나면 생살 찢듯이 찢어 놓으려는 세조다.
  삼촌 많은 곳이 호랑이 굴보다 살기가 무섭다더니 틀린 말이 아니었다.
  두 사람의 손에서 손으로 전해지는 것은 미미한 온기였다. 부부간의 사랑을 나눈 지도 오래였다. 세조는 송 씨가 달거리를 하는지 매달 보고를 받았지만 열여덟 나이에 경복궁에서 창덕궁의 수강궁으로 쫓겨나 다시 원골 숙부인 금성대군의 집으로 내쫓겨 위리안치 생활을 하며 열여덟의 나이에 송 씨는 달거리가 끊기고 흰머리카락이 검은머리카락보다 많았다. 노산군 역시 본래부터 몸이 허약했지만, 삼촌과 한명회 무리의 겁박에 시달리며 여자에 대한 욕정이 시나브로 사라지며 두 사람은 부부가 아닌 남매 같은 사이가 되어버렸다.
  송 씨가 경이 끊겼다는 보고를 받고도 안심할 수 없었던 세조는 수라간에 명하여 노산군의 수라상에 고사리를 끊이지 않고 올리게 했으며 보내오는 찬거리는 남새 일색이었다. 그나마도 두려움과 불면은 두 사람의 식욕을 앗아가 보리밥마저 제대로 먹지 못하였다. 먹어도 고역이었다. 감당하기 어려운 공포는 음식이 배 속에서 돌덩이처럼 뭉쳐 소화가 되지 않아 두 사람은 속쓰림과 복통에 시달려야 했다.

멀리서 꾹꾹 거리며 산비둘기가 다시 울었다. 산비둘기 울음은 산을 휘감고 마당에 내려앉았다가 우화루 안으로 스며들어 두 사람의 가슴 속으로 파고들었다. 그 소리는 애달팠다. 두 사람을 대신하여 우는 것 같았다.

종일 땀을 흘린 데다 보리밥과 함께 먹은 저(菹)의 쉰내가 더해져 방안은 쉰내가 가득했다. 송 씨는 노산군을 목욕시켜야 하겠다고 생각했다.

"음, 음….."

송 씨가 나지막이 헛기침을 하자

"무엇이 필요하신지요."

하는 나인의 목소리가 마루에서 들린다.

"전하가 목간을 하셔야 할 것 같다."

"알겠습니다."

나인들이 청룡사 뒤뜰에 흐르는 석간수에 무명 수건을 빤 후 커다란 바가지에 물을 떠 가지고 왔다.

"전하 일어나시어 팔을…."

나인들이 노산군의 옷을 벗기려 하는 것을 송 씨는

"되었다, 두어라, 내가 직접 하리니…." 하였다.

"전하, 옷을 벗으셔야 합니다."

노산군은 지금껏 상궁과 나인들이 옷을 입히고 벗겼으며 버선을 벗기고 신겼다. 노산군이 화려한 옷 대신 입은 무명옷도 오늘 아침 송 씨가 입혀 드린 것이다. 오늘만큼은 나인들의 손을 빌리고 싶지 않아 숙부인 금성대군의 집에서 출발할 때 송 씨가 직접 옷을 입혀 드렸다. 두 사람이 매일 불안에 떨며 하루하루를 보내던 중 급박하게 내려진 유배길이었다. 송 씨의 아비가 하옥되었다는 소식을 듣고 두 사람이 슬퍼할 겨를이나 세조를 만나 구명을 청해 보는 것은 차치하고라도 노산군이 장인을 만나 볼 시간도 없이 하루 만에 내려진 유배였다. 아무것도 지니지 말고 몸만 나가라는 명이었다. 실제로 다 빼앗긴 그들이 지니고 나올 것도 없었다.
  나인 둘이 양쪽에서 노산군을 부축해 일어나기를 도왔다. 두 팔을 벌리고 선 노산군의 행색은 누구의 손을 빌릴 필요도 없이 초라하기 짝이 없었다. 아무런 장신구도 없고 물들이지 않은 무명 저고리와 바지를 두 후궁과 송 씨는 벗기었다.
  앙상한 노산의 몸이 희미한 달빛 아래 드러났다. 차라리 불을 밝히지 않는 것이 얼마나 다행인가 싶었다. 송 씨가 노산군의 얼굴을 먼저 수건으로 정성스럽게 닦았다. 노산군의 이마, 눈, 코, 입, 귓불을 정성스럽게 닦으며 송 씨는 견디고 견디어 꼭 다시 만날 수 있기를 빌었다. 그런 마음이 부족하여 행여 안 좋은 일이라도 날까, 송 씨는 노산군의 솜털 하나라도 몸에서 빠질세라 조심스럽고 정성스럽게 닦았다.
  "팔을 좀 들어 주게나."
  송 씨의 말에 후궁 권 씨와 김 씨가 노산군의 팔을 양쪽에서 조심히 들어 올렸다. 송 씨는 나인이 새로이 빨아서 주는 수건으로 노산의 겨드랑이를 닦았다. 어찌나 팔이 말랐는지 뼈가 드러나 보였다. 등과 배를 닦고 손을 닦은 후 바가지 물에 발을 씻기었다. 희고 창백하게 고운 발이었다. 여름에도 맨발이 아닌 홑버선을 신고 흙을 밟지 않았던 발이라 부드러웠다. 노산군의 발에 연신 물을 끼얹으며 눈물이 터지려는 것을 참느라 송 씨는 숨쉬기가 어려웠다. 자신도 모르게 노산의 발을 두 손으로 싸안아 가슴에 안고 두 눈을 스르르 감았다. 그런 송 씨를 바라보며 노산군은 중전의 눈물샘이 터지면 필경은 감당키 어려우리라는 생각에 일부러 목소리를 높여

"어, 어, 시원하고 개운 하구나." 하며 능청을 부렸다.

그제야 깜박 정신을 차린 송 씨는 조심히 노산군의 발을 바닥에 내려놓았다. 죄인의 몸이라 좋은 옷도 못 입는다. 황급히 원골을 떠나며 지어 두었던 고운 흰 무명옷을 노산군에게 입히고 성긴 머리칼을 다듬어 상투를 틀었다.

이 밤이 지나면 어쩌면 영영 챙기어 드리지 못할지도 모른다는 생각이 자꾸 이는 것을 떨구려 더 집중하였으나 마음에 이는 불안과 비통함을 누르기는 힘들었다.

전각 안에 무거운 침묵이 흘렀다. 누구도 침묵을 깨기가 어려웠다. 내일 새벽 먼 길을 가려면 자야 하겠지만 이 밤을 잠으로 보낼 수가 없었다. 모두들 잠이 오지 않았다. 어미를 잃고 눈도 뜨지 못한 채 한겨울 추위에 엉겨 떨고 있는 강아지 새끼들처럼 그들은 한 덩어리로 앉아 있었다. 문득 다섯 여자의 운명이 자신 한 사람 때문에 결정되었다는 것이 노산군은 어리둥절하였다.

"그만 침소에 드십시오."

후궁 권 씨가 자리에서 일어나며 말하자, 김 씨도 함께 일어나 나갈 채비를 하였다.

"아니다, 오늘은 모두 함께 있자."

물러나는 권 씨와 김 씨를 향하여 노산군이 말하였다.

"그리하게나."

송 씨도 노산의 말을 거들었다.

"너희들은 가서 쉬어라."

그제야 나인들은 일어나 나갔다. 나간다고 해도 딱히 나인들의 잠자리가 있는 것은 아니고 그저 툇마루에서 잠을 청해야 할 처지였다.

"전하, 어서 누우시지요."

노산군은 아무 대답이 없이 그저 전각의 문을 응시하였다. 눈물도 말라버렸다.

나는 이 나라의 왕이다. 이 나라는 할바마마 아바마마 그리고 나의 나라이다. 노산은 어깨를 펴며 아랫배에 힘을 주었다. 어떡하든 견디고 살아남으면 다시 이 나라를 내 것으로 할 날이 오리라. 그때까지는 견디어 내야 한다.

천천히 송 씨의 손을 잡았다.

"박복한 짐을 만나 중전이 고생이 많소."

노산군의 말은 낮았으나 위엄이 있었다.

"전하."

송 씨가 노산군에게 한 손을 잡힌 채 허리를 숙였다.

이윽고 노산이 두 후궁을 바라보았다.
"두 빈들도 마찬가지요."
"전하."
권 씨와 김 씨가 엎드리며 얼굴을 숙였다. 떠나올 때 송 씨는 두 후궁과 나인에게 단단히 일렀다.
"절대 전하 앞에서 눈물을 보여서는 안 된다. 참고 또 참아라. 먼 길을 떠나시는 전하 앞에서 눈물을 보여서야 되겠느냐."
딱딱 목탁 두드리는 소리가 고요한 새벽을 깨트렸다. 도량석을 도는 시각이었다. 목탁 소리에 송 씨는 마음이 급해졌다. 곧 날이 밝고 노산군은 영월 땅으로 떠날 것이기 때문이었다. 아무것도 지니지 말고 떠나라던 세조의 명에도 불구하고 쌀독에 아끼고 아끼어 두었던 쌀을 박박 긁어 나인이 보따리 속에 챙겨 왔다. 목탁 소리에 송 씨와 후궁 그리고 나인은 챙겨 온 쌀 한 줌을 꺼내어 공양간으로 갔다. 공양주 보살에게 사정하여 밥을 지었다. 맑은 우물을 길어 세수를 한 후 손을 씻고 정성스레 쌀을 한 톨이라도 바닥에 흐르지 않도록 조심히 씻었다. 그리고 봇짐 속에 챙겨 온 노산군의 놋주발을 꺼내었다. 노란 놋주발 안의 흰 쌀밥은 흰 목단꽃이 막 피어난 듯 어여쁘고 정갈했다. 하얗게 제 몸을 익힌 쌀은 달큰한 내음을 뿜어내었다. 밥상을 들여가기 전 송 씨는 정성스레 절을 하고 빌었다.
'이씨 사직을 여신 태조 할아버지와 조상신님들이시여 부디 이 사직을 굽어살피시고 전하를 살피시고 보호해 주소서, 영월 땅에서 다시 한양으로 돌아와 이 사직을 받들게 해주소서!'
갓 지어진 밥과 반찬은 소금이 전부였다. 소반에 밥과 소금, 물

한 바가지를 얹어 우화루로 총총 발걸음을 옮기었다. 도량석을 돈 지가 한참 되었다. 여름 해는 일찍 솟는다. 모르긴 해도 더위를 피하여 일찍 출발할 것이다. 송 씨의 마음은 바빠졌다.

갓 지은 밥에 소금뿐인 소반을 앞에 두고 송 씨와 노산군이 마주 앉았다.

이리 이른 밥을 먹기는 지금껏 처음이었다. 모두들 밤을 새운 터라 입이 깔깔 하였다. 무거운 침묵 속에 놋주발에 닿는 수저 소리가 '챙강' 하며 맑은 소리를 냈다. 두 사람은 그 소리에 놀라 움찔하였다. 노산군이 못 먹겠다는 듯이 고개를 가로저었다. 그러나 송 씨의 손은 집요하게 밥을 퍼서 노산군의 입에 가져다 대었다. 이 밥 한 그릇을 다 먹어야 액운을 이겨내고 다시 만날 수 있을 것 같았다. 노산군은 넘어가지 않는 밥을 물을 마셔 가며 억지로 삼켰다. 송 씨의 마음을 알기 때문이었다. 이 밥 한 그릇이라도 다 비워야 송 씨가 마음이 놓이리라는 것을. 마침내 밥 한 그릇이 다 비어졌다.

마지막으로 송 씨는 가위로 노산군의 손톱과 발톱을 잘랐다. 이제 누가 이 손톱과 발톱을 손질해 주나 싶었다. 방바닥에 떨어진 노산군의 머리카락과 손톱, 발톱을 송 씨는 자신이 지니고 있던 향낭에 조심스레 넣었다. 노산군이 보고 싶을 때마다 보며 다시 만날 때까지 간직할 노산군의 옥체였다.

그럴 즈음 우화루 건너에서 소란스러운 소리가 들리기 시작하였다. 압송관들이 일어난 모양이었다. 아침을 가다가 주막에서 먹을 요량인지 서둘러야 한다는 소리가 우화루까지 들리었다. 송 씨의 마음은 다급해졌다. 무엇을 어찌해야 하나.

채신머리없는 자발스런 발걸음 소리가 들리더니 우화루 문 앞에서 멎었다.

"나오시오, 출발해야 하오. 엿새 안에 영월에 당도하려면 서둘러야 하오."

오백 리 길을 가야 한다는 말인데 오백 리면 얼마나 먼 거리일까. 송 씨나 노산군으로서는 가늠할 수 없는 거리였다. 오늘 걸어온 거리가 백 리쯤 될까? 그렇다면 이만한 거리를 엿새 동안 가야 한다는 얘기다. 가는 길은 또 어떨까. 대체 영월은 어떤 곳이기에 그리로 유배를 보낼까. 사람이 근접하지 못할 깊고 깊은 산속은 아닐까. 그저 그들이 아는 것은 강원도라는 것과 영월이라는 이름밖에 몰랐다. 나인이 애를 써서 알아다 준 것으로는 깊은 산골에 큰 강물이 흐른다는 것이 전부였다. 또한 노산군이 태어난 다음 날 산후조리를 제대로 못 하여 세상을 떠난 생모 대신 노산군을 키워주었던 세종의 후궁 혜빈 양 씨가 유배 갔던 청풍이 가깝다는 정도가 전부였다. 그러고 보니 노산군과 가까웠던 사람은 다 일찍 세상을 떠났다. 영월은 송 씨가 꿈에라도 가보기에는 너무 먼 거리였다.

"어서 나오시오."

밖에서는 소리를 높여 또다시 채근하였다.

"기다려라."

송 씨의 입에서 나지막하나 위엄이 서린 음성이 우화루 문밖으로 나왔다.

"준비한 것을 들여라."

송 씨의 말에 나인이 들어왔다. 나인의 손에는 가위가 들려 있었다. 송 씨는 천천히 비녀를 뽑았다. 흰 머리칼이 더 많은 머리털이 툭 하고 어깨 위로 떨어졌다.

"자르거라."

나인이 주춤거리자 송 씨는 책망하였다. 나인이 송 씨의 머리 한 줌을 잘라 송 씨의 손에 쥐어주었다. 송 씨는 잘린 머리칼을 받아 또 다른 향낭에 넣어 노산의 손에 건네주었다. 노산은 향낭을 받아 두 손으로 꼭 쥐었다. 송 씨가 다시 비녀를 꽂은 후 천천히 일어서 두 손을 이마로 가져가 앉으며 노산에게 큰절하였다.

"전하, 부디 옥체를 아끼시고 잘 돌보시어 다시 뵈올 때 강녕하셔 야 하옵니다."

이마에 두 손을 포개어 댄 송 씨의 머리가 천천히 올라왔다. 두 손을 이마에서 떼고 노산군을 바라보았다. 노산군은 손을 뻗어 송 씨의 손을 잡았다. 송 씨의 손바닥을 뒤집었다. 그리고는 송 씨의 손바닥 위에 글자를 쓰기 시작했다. 송 씨의 손바닥 위에 노산군의 손가락이 힘을 주어 첫 글자를 썼다. 必 송 씨가 노산군의 손가락을 따라 움직이며 자신의 손바닥에 쓰인 글자를 읽었다.

"필."

노산군이 고개를 끄덕였다. 이어 두 번째 글자를 쓰기 시작하였 다. 生

"생."

송 씨가 두 번째 글자를 읽었다. 두 사람의 눈동자가 허공에서 얽혔다. 노산군이 고개를 끄덕였다. 송 씨도 고개를 끄덕였다. 노 산군이 송 씨의 손바닥을 조심스럽게 오므려 꼭 쥐었다. 필생 이것을 반드시 움켜쥐고 놓치지 말라는 듯이. 이번에는 송 씨가 노산군의 손바닥을 폈다. 그리고 창백한 그 손바닥 위에 썼다. 必. 노산군이 고개를 끄덕였다. 송 씨가 한 글자를 더 썼다. 回. "필회!" 노산군이 읊조리며 고개를 깊이 끄덕였다. 송 씨는 노산군이 자신에게 했던 것처럼 창백한 노산군의 손바닥을 오므려 자신의 두 손으로 감싸 쥐었다. 우리가 나누어 가진 이 두 글자를 절대로 놓쳐서는 안 된다고 다짐했다. 밖에서 압송관의 짜증 섞인 채근이 들렸다. 노산군이 일어섰다. 송 씨도 일어섰다. 노산군이 송 씨에게 다가와 송 씨를 안았다. 터질 듯 빠르게 뛰는 두 사람의 심장이 서로에게 전해져 왔다.

"중전!"
"전하!"
"어서 나오시오."
더는 참지 못하겠다는 듯이 우화루 문이 벌컥 열렸다.
"무엄하구나!"
어디서 그런 배포가 생겼는지 송 씨의 서릿발 같은 목소리가 전각 마당까지 굴렀다.
"끌어내기 전에 나오시오."
나졸은 역정을 내며 전각 안으로 성큼 들어왔다. 그러더니 노산군을 문 앞으로 밀었다.
"감히 어디다 손을 대느냐!"
송 씨는 부들부들 몸을 떨며 벼락같은 고함을 쳤다. 노산군은 아무리 이를 사려 물고 의젓하려 해도 걸음이 비칠거렸다. 나약한 모습을 보여서는 안 된다고 자신을 채근해도 두려움을 떨치기가 어려웠다. 지금껏 중전과 둘이 의지하며 죽음의 공포를 버텨내었다. 이제 그 중전과 헤어져야 한다. 황망하고 머리가 어지러운 게 몸이 따라주질 않았다. 전각 아래로 겨우 내려갔다. 발걸음이 떼어지질 않았다. 송 씨가 따라나섰다. 송 씨도 후들거려 나인이 부축하고서야 겨우 전각 아래로 내려설 수 있었다.

우화루 마당에는 어제 타고 왔던 가마는 보이지 않고 초라한 남여가 놓여 있었다. 한양을 벗어나는 동안 백성들의 눈이 두려웠던 세조는 염복에 밖을 보지도 못하도록 가마의 발까지 내려 바람 한 점 통하지 않을 정도로 노산군을 싸매서 오더니 한양을 벗어나자 남여(藍輿)로 바꾸어 영월까지 노산군을 모셔 갈 요량인가 보았다.

"어서 오르십시오."

나졸에 끌려 노산군이 남여 위로 올라 앉았다. 더 미룰 이유도 없고 이별할 시간도 충분했다는 듯이 남여는 덜렁 들렸다.

"멈추시게들!"

남여가 막 앞머리를 돌리려 할 때 위엄어린 송 씨의 목소리가 밖으로 나왔다. 주춤 남여가 멎었다. 노산군이 앉은 남여를 향해 다시 한번 송 씨가 큰절을 하자 후궁과 나인들도 따라서 큰절을 올리었다. 곧 후궁과 나인들의 울음소리가 터졌다.

머리를 숙인 채 송 씨가 말하였다.

"전하가 먼 길 가시는데 내가 울지 말라고 하였지 않았느냐. 그리고 곧 다시 뵈올 텐데 웬 방정이냐."

뒷말은 세조와 그 무리를 향하여 하는 소리였다.

나인과 후궁들이 흐느끼는 정경에 무뢰한 같은 나졸들도 눈시울을 붉히며 외면하였다. 송 씨가 고개를 들어 노산군을 올려다보았다. 노산군의 입술이 경련하며 씰룩거렸다. 그 순간 매정하게도 남여는 덜렁 들리더니 앞머리를 틀어 청량사 입구로 향하였다. 남여를 든 압송관들이 움직일 때마다 노산군의 뒷모습이 우쭐거렸다. 그런 남여의 양쪽 대를 움켜잡은 노산군의 손이 부들부들 떨렸다.

나인이 송 씨를 부축하여 일으켰다. 어지러운 발소리와 함께 송 씨와 일행은 남여를 따랐다. 마침내 노산군이 앉은 남여가 청량사의 일주문을 나섰다.

"더 이상 따라오면 안 됩니다!"

그 소리에 의연한 모습을 보이려 애쓰던 노산군이 홱 고개를 돌렸다. 웬일인지 시야가 침침하여 송 씨가 눈에 들어오지 않았다. 햇볕 때문인가, 노산군이 남녀의 대를 잡았던 두 손을 들어 눈을 사정없이 비볐지만 여전히 송 씨의 모습은 희부였다. 그런 노산군을 두 눈을 부릅뜨고 놓칠세라 바라보던 송 씨의 시야는 하얗게 변하는가 싶더니 검게 변하며 아무것도 보이지 않았다. 스르르 주저앉으며 한없이 나락으로 떨어져 갔다.

"중전!"

노산군은 끝내 그 소리를 입 밖으로 내지 못한 채 고개를 떨구었다.

"전하!"

후궁과 나인들의 울음소리가 청량사 뜰에 가득하고, 열어 젖혀진 우화루의 문짝 안으로 여름 아침을 여는 무심한 햇빛이 환하게 속절없이 비추고 있었다. 거기 밤새 아무도 눕지 못한 무명 요가 덩그 러니 놓여 있었다.

매듭

보셔요.

우리는 지금 이렇게 한 공간에 있습니다. 하지만 당신은 병풍 저 뒤쪽에, 나는 병풍 앞쪽에 있습니다. 당신은 병풍 뒤쪽에 누워 있고 나는 앞쪽에 앉아 병풍을 바라보고 있습니다. 병풍엔 단지 검은 먹으로 대나무와 새와 앙상한 등걸에 꽃 두어 송이를 달고 있는 매화와 초서체로 흘려 쓴 글이 있습니다. 그러고 보니 지금껏 그 글이 무슨 뜻인지 알려고 하지 않았네요. 하긴 그 글의 뜻을 알았다 해도 뭐 내 신산한 생활이 달라질 건 없었을 테지만요. 아니 오히려 그 뜻을 이해하려 애쓰느라 고단한 내 생활만 더 무겁게 했을 테지요. 이 병풍을 사던 때가 생각나네요. 그때는 여름이었어요. 9층의 9살 난 대길이가 쭈쭈바를 먹으며 아파트 입구에서 우리에게 허부죽이 웃었었지요. 미처 대길이의 입으로 들어가지 못한 쭈쭈바의 분홍색 물이 목이 늘어진 대길이의 흰 면티 위로 흘러내리고 있었어요.

대길아. 빨리 먹어라. 쭈쭈바가 녹아서 옷으로 흐르잖니. 그래. 그렇게 옳지. 먹을 땐 먹는 것에만 집중하는 거야.

어디가.

대길이는 흐르는 쭈쭈바를 후루룩 소리 나게 빨아들이더니 우리에게 물었지요.
　응, 복지관에. 아줌마 갈게.
　응, 알았어.
　대길이는 이내 무심한 표정으로 쭈쭈바를 빨기 시작했는데 쭈쭈바는 다시 그 애의 목이 늘어진 흰 면티 앞으로 그 분홍색 끈적한 물을 흘리기 시작했습니다. 그 애가 입고 있던 면티는 어디서 얻어 입혔거나 그 애의 어미가 다른 동네의 헌 옷 의류함을 뒤져 가져다 입힌 것이거나 했을 겁니다. 왜 그렇게 생각했느냐구요. 그 옷이 크기도 했지만 그 옷 앞에 그려진 인물이 우습게도 베레모를 쓴 체게바라의 얼굴이었기 때문입니다. 그 애나 그 애의 어미가 체게바라가 누군지 모르는 게 당연하지요. 또 안다 한들 그것은 그들 모자에게는 쭈쭈바만도 못한 인물일 것입니다. 대길이는 눈이 사시라 언제나 초점을 맞추기가 어려웠습니다. 게다가 그 애는 뇌에 약간의 문제가 있어서 사람들은 그 애를 장애우라 부릅니다.
　대길이와 헤어져 당신이 내 휠체어를 밀고 차가 있는 쪽으로 가는데 한 노파가 검은 보자기로 싼 길다란 장방형의 물건을 검은 띠로 묶어 어깨에 매달고 오고 있었습니다. 내 눈에 비친 그 검은 끈은, 노파의 어깨를 당장이라도 파고 들어가 본래 거기에 있던 힘줄을 살갗 밖으로 밀어내기라도 할 듯, 노파의 어깨를 옥죄고 있었어요. 노파의 얼굴은 까맣고 굵은 주름투성이고, 키는 가로로 졂어진 병풍보다 짧았고, 힘이 들고 지쳐 반쯤 벌린 입술 사이로 보이는 이는 듬성듬성 빠져 있었습니다.

노파의 쪼그라든 젖가슴이 노파가 입은 갈색 반팔셔츠 위로 비추름이 그 모양을 만들고 있었지요. 대길의 티셔츠에 쮸쮸바의 달콤한 분홍 물이 흘렀다면 노파의 갈색 셔츠 위로는 찝찔한 땀이 흘러 갈색의 셔츠를 군데군데 더욱 짙은 색깔로 만들고 있더군요. 저렇게 작고 마른 몸에서 흐를 땀이 있다는 게 의아했습니다. 노파 가까이 가니 노파는 힘이 들어서 하아하아하며 애절한 숨을 배 속에서 밖으로 뿜어내고 있었습니다. 뿜어내는 숨보다 들이마시는 숨이 더 적은 것 같아 안타깝더군요.

병풍 사. 싸게 줄 테니. 날이 아직 초복도 안 되얏는디 밉살스럽게 덥구만.

그렇게 말하는 노파의 음색엔 우리가 병풍을 사리라는 기대는 없다는 것이 묻어 있었지요.

당신은 내 휠체어를 딱 하고 세웠지요.

보소. 장사를 할라믄 팔릴 만한 곳에서 해야 제. 이런 곳에 누가 병풍을 사것다고…. 여긴 장애우 아파트라 병풍거튼 호사시런 물건 살 인간 아마 모르긴 해도 없지 싶니더. 고마 힘 빼지 말고 팔릴 만한 곳으로 가 보소.

아이그. 이거나 좀 부짜봐 줘 바. 좀 땀이나 들이그로.

노파는 등을 당신에게 돌려대었고 당신은 병풍을 받아서 땅에 내려 아파트 주차장 모서리에 기대어 놓았지요.

힘도 좋을 시더. 노인네가 이 무거운 거를 짊어지고 다니니. 다른 것도 많은데 하필 와 이 무겁고 잘 팔리지도 않는 병풍장사를 하느라꼬.

딴 거슨 밑천이 있어야 하지만 이 거슨 밑천이 안들 거든. 하나 팔믄 파는 데로 주거든.

당신은 노파를 우두커니 보더니 다시 병풍을 바라보다 나를 보고는 내가 배시시 웃자 얼만교. 하고 노파에게 물었지요.

노파는 후우 하고 숨을 몰아쉬더니 고마 12만 원인데 8만 원만 내라. 날도 덥고 그냥 오늘은 수당 포기하고 들어 갈란다. 삭신도 쑤시고. 아이고 귀신은 얼매나 바쁘믄 날 같은 인간 안 잡아가고 누굴 잡으러 댕기나 몰라. 그마 칵 죽어 버리믄 삭신 쑤신 것도 모릴 텐데. 사는 게 무섭다니까. 날 밝는 게 웬수 같아.

해서 그 병풍을 우리는 8만 원에 샀지요. 나중에 딴 곳에서 우리는 그 노파를 보았는데 5만 원에 팔고 있었지요. 노파는 여전히 아이고 귀신은 얼매나 바쁘믄 날 같은 인간 안 잡아가고 누굴 잡으러 댕기나 몰라. 그마 칵 죽어버리믄 삭신 쑤신 것도 모릴 텐데. 사는 게 무섭다니까. 날 밝는 게 웬수 같아. 하는 소리를 하고 있었지요. 우리는 그런 노파를 모른 척하며 지나쳤었습니다.

그 병풍이 이렇게 쓰일 줄이야. 8만 원이 당신을 가리고 있는 셈입니다.

참 이상하지요. 나는 병풍 저 너머에 누워 있는 당신이 왠지 나처럼 이런저런 생각을 할 거라는 느낌입니다. 전혀 슬프지도 않고 눈물도 나지 않아요. 오히려 가슴 한구석에 두웅 하고 뜨는 풍선 하나가 들어앉아 있는 느낌입니다.

내가 그 전화를 받은 것은 요즘 놓기 시작한 십자수의 돈황곡자

(敦煌曲子)―보살만(菩薩蠻)의

枕前發盡千般願	베개 위의 머리 다 빠지도록 원하노라
要休宜侍靑山爛	청산이 다 썩어
水面上枰鐘浮	물위에 저울추가 뜨고
直侍黃河徹底枯	황하가 다 메말라도 그대에 대한 사랑 변함없어라
白日參辰現	낮에 별이 보이고
北斗回南面	북두칠성이 남쪽에서 돌아가도
休卽未能休	그만둘 수 없노라
直侍三更見日頭	밤중에 해가 뜨기 전에는

중 마지막 연 한글의 밤중에 해가 뜨기 전에는 중 '에' 자를 수 놓기 시작했을 때였습니다. 돈황곡자 보살만은 인천 관교동 신세계 백화점 선물 코너에서 중년의 아줌마들에게 잘 팔리는 십자수입니다. 이 싯구가 맘에 들어 내 스스로가 십자수 본을 만들고 수를 놓아 석 장을 백화점 선물 코너에 의탁했는데 이외로 인기가 좋았습니다. 아직도 중년의 여성들에게는 사랑이 영원하기를 바라는 마음이 있는 모양입니다. 그녀들은 아마 이 싯구가 적힌 액자를 경대 위나 거실의 티브이가 자리한 벽에 걸겠지요. 그렇지만 우습지 않나요. 낮에 별이 보이고, 북두칠성이 남쪽에서 돌아가고, 밤중에 해가 뜨다니요. 시란 불가해하고 추상적일수록 사람의, 그것도 여자의 마음을 사로잡는 모양입니다. '에' 자의 윗변 가로획을 뜨는데 전화가 요란하게 울렸습니다. 바늘을 천의 면에 꽂느라 몰두해 있었기에 전화벨 소리는 유난히 크게 들리고 나는 놀라 바늘이 천을 받치고 있는 왼손 중지를 찔렀습니다. 피가 천에 배어들까 봐 재빠르게 천을

무릎 위에 놓고 손가락을 입으로 가져가 피를 빨며 시계를 힐끗 보았습니다. 시계는 새벽 한 시 십오 분이더군요. 어, 벌써 시간이 이렇게 되었나 하는 생각과 함께 갑자기 가슴이 빨리 뛰기 시작했습니다. 그 사이도 전화벨이 계속 울렸는데 이 짧은 사이에 나는 위의 행동과 생각을 하며 전화를 받았습니다.

여보세요.

전화를 받는 내 목소리가 탁하게 갈라져 나왔습니다. 날이 바뀌기도 한 시각이었지만 아마 수를 놓느라 얼굴을 한참 동안 숙이고 있었기 때문일 것입니다.

저, 나, 김 기사여.

예?

아, 김 기사란 말이시. 신일 교통 김 기사. 철구 애비 말여.

아, 예. 그런데 어쩐 일로 이 시간에.

놀라지 말드라고. 그랑께 그게 뭐시냐 하믄 말여. 아. 씨팔. 좆같이 왜 나한테 이런 즌화를 하라고 시키고 지랄들여. 즈그가 못하는 거 나는 뭐 별다른 가. 좆같은 인생이랑께 암튼.

김 기사는 나한테 전화를 해서 울음기 묻은 목소리로 횡설수설하는데 가슴이 바늘 끝으로 찌르는 것처럼 짜르르해 지더라구요. 그런데 이상하게 머리는 차가워지는 느낌이었어요. 아마 당신도 알거예요. 그 기분. 당신이 동료가 잘못되었다는 전화를 받았을 때의 그 표정과 말투를 기억하니까요. 당신은 새벽에 동료가 잘못되었다는 전화를 받았을 때 전화기를 냅다 던지며 이렇게 나지막하게 외쳤으니까요.

아. 씨발. 정말 엿 같은 인생이야.

난 손가락에 똥그랗게 올라오는 핏방울을 바라보았지요. 그건 꼭 우리 엄마 손가락에 끼어있는 산호 반지 알 같더라구요. 난 손가락을 입으로 가져가 피를 빨며 물었지요.

김 기사님. 그이에게 무슨 일이 생겼지요. 그렇지요.

여그 인천 응급 센터 서해 병원 응급실이여. 회사 택시가 실으러 갈 테니께 그거 타고 오더라고. 아. 정말 인생이 뭐 이렇게 좆같으냐, 씨브랄 거.

김 기사는 그러더니 더 뭐랄 것도 없이 전화를 탁 끊어 버렸고 전화기에서는 뚜뚜뚜 하는 소리만 들렸습니다. 그 소리는 이렇게 들리더군요.

당신은 이제 더 이상 세상과 소통할 수 없습니다.

곧이어 초인종 소리가 들리고 내가 휠체어를 밀어 현관으로 다가가 문을 열자 그들은 나의 휠체어를 날름 들어 엘리베이터에 실었습니다. 아무 말없이 1층에 도착하자 그들은 또 나를 달랑 들어 신일교통이라는 빨간 글씨가 차체 옆면에 쓰인 택시에 나를 구겨 넣듯 넣었습니다.

너무 놀라지는 마시고 마음을 단단히 먹으세요.

이미 나는 놀랐건만 그들은 나에게 너무 놀라지 말라고 하더군요. 그럴 때 말의 모호함이라니. 차는 새벽 거리를 씽하니 달려 서해 병원에 도착했습니다. 이렇게 큰 응급 센터가 있다는 것이 내 기를 죽였습니다. 세상엔 엄청나게도 내가 모르는 많은 응급 한 일이 있는 모양입니다. 내가 응급실에 도착하자 아까 전화를 했던 김 기사가 이미 술에 취해 눈알이 토끼 눈알처럼 빨개서 나를 보더니 가래를 크악 하고 목젖에서 끌어올리며 외면하고 나갔습니다. 다른 사람들도 나를 커튼 안으로 들이밀더니 하나 둘 나갔습니다. 마침내 당신과 나 둘만 남았지요.

　당신은 다리에 깨끗한 붕대를 감고 가슴이 부풀어 올라 조금은 답답해 보이는 모습으로 눈을 굳건히 닫고 이를 조금 드러낸 채 손은 가슴에 포개고 있었습니다. 당신의 얼굴은 아주 완고해 보이고 고집스러워 보였습니다. 내가 당신의 턱을 손으로 쓰윽 쓰다듬자 당신은 나의 그런 손길을 거부하겠다는 듯이 날카롭고 뾰족한 수염 끝으로 내 손바닥을 찔렀습니다. 대체 남자들의 수염은 왜 그렇게 빨리 자라는 건지요. 얼굴이 찼습니다. 누른빛과 검은빛이 뒤섞인 색이더군요. 당신의 가슴이 부풀어 있어서 그 속에 바람이 잔뜩 들어 있는 것 같았습니다. 바람을 빼 주면 당신이 한결 편해 보일 것 같았습니다. 당신의 부푼 가슴은 어릴 때 자전거포에서 바람을 넣어 팽팽해지던 자전거 바퀴가 생각나게 하더군요. 당신의 다리를 감싸고 있는 붕대를 만져보았습니다. 붕대의 올이 거친 게 맘에 걸렸습니다. 좀 더 부드러운 천으로 싸 주지하는 생각이 들더군요. 아마 병원에서 내가 도착하기 전 당신을 말 그대로 응급 처치를 해서 최대한 깨끗한 모습으로 당신을 꾸며 놓은 듯했습니다. 그게 망자에 대한 예의라고 나도 들었거든요.

　그러니까 그게 만수동 로터리에서 가로수를 들이받고⋯ 119가 도착했을 때는 이미 숨이 멎었다고 하드만. 다행히 손님은 없었고⋯ 술도 안 마시고 했는데 무엇 땜에 그렇게 가로수를 들이받았을까⋯

졸았나.

　두서없이 신일 교통의 누군가가 이런 설명을 했고 의사도 당신의 심장은 더 이상 뛰지 않는다고 하더군요. 사람들은 여러 가지 의미가 담긴 시선을 서로 교환하며 나를 바라보았습니다. 내가 울며 몸부림이라도 칠 줄 알았는데, 한바탕의 소극을 기대했는데, 전혀 그런 일이 일어나지 않자 조금 맥빠지는 표정들이었습니다. 무언가 속고 있다는 표정도 있더군요. 나 같은 사람에게 있는 것은 유달리 발달한 눈치랍니다. 먹고 남은 수박 껍질이라도 핥으려면 눈치라도 있어야 하거든요.

　난 김 기사의 휴대폰을 빌려 침착하게 시댁에 전화를 했습니다.

　여기 서해 병원 응급 센터인데요.

　같은 인천의 남동구에 살고 있는 시어머니와 시동생 시누이들이 한 두름에 엮인 굴비처럼 주루룩이 달려왔습니다. 시아버님은 치매라 당신이 누군지 진작에 놓아 버렸습니다.

　아이고. 천금 같은 내 새끼. 생때같은 내 새끼. 이게 무슨 일이고. 이게 무슨 날벼락이고 야야 눈 좀 떠 봐라, 에미 왔다. 니가 날 두고 어예 눈을 감았드노. 아이고, 저런 빙신년을 만나 살더니 결국은 니 팔자가 요렇게 끝나는구나.

　시어머니는 눈물도 잘 흐르지 않는 눈을 부릅뜨고는 나를 바라보며 부르르 떨더니 내게로 달려들었습니다. 그러더니 내 휠체어를 획 하니 밀어서 넘어뜨렸습니다. 난 병원의 대리석 바닥에 쿵 하고 소리를 내며 쓰러졌지요. 내 한쪽 휠체어의 바퀴가 허공에서 속절없이 휘잉 돌았습니다. 칠십 노인네가 힘도 좋더라구요.

이 빙신 같은 년. 내 아들 꼬시가 혼을 빼먹더니 이젠 목숨마저 뺏아 묵었나. 이 빙신 같은 년. 내 아들 살려내라. 내 아들 안 살려내면 너도 내 손에 죽을 줄 알아라. 이 빙신 같은 년. 이 썩을 년. 사지가 오그라질 년.

이미 나는 사지 중 다리가 오그라져 있지만, 시어머니는 나머지도 오그라지기를 바라는 모양이었습니다.

그제야 사람들은 죽음의 무대가 비로소 제대로 차려졌다는 듯이 시어머니를 내게서 떼어 내며 자신들의 역할을 충실히 해냈습니다.

고마 참으소. 어매요. 어매, 심정 압니더. 우리도 이리 가슴이 째는 듯 아픈데 어매야 오죽 하겠습니꺼. 고마 참으소.

내사 몬 참는다. 저 빙신 년을 내가 아주 오늘 요절을 낼 끼구마. 메뚜기 볶듯 기름에 볶아 내가 오둑오둑 깨물어 먹어도 시원 찮타. 이 빙신 년아. 내 자식 살려내라.

어무이 고마 참으소. 요절을 내도 내가 낼께니, 아이고 우리 형 이제 우짜믄 좋노. 자식도 하나 없이.

당신과 사이가 좋지 않던 시동생은 갑자기 세상에 없는 동생이 되어 섧게 외치더군요.

난 갑자기 우스워졌지만 참았지요. 웃었다 간 휠체어가 다시 한 번 뒤집힐까 봐서요.

당신을 영안실로 옮기겠다는 걸 내가 우겨서 집으로 데려왔습니다.

객사는 집으로 들이는 게 아니다.

모두들 말렸습니다. 하지만 나는 당신의 아내. 누구도 나를 어길

순 없었습니다. 난 영안실의 그 후덥지근하고 향내가 너무 강하고 탄식과 회한과 눈물이 범벅인 낯선 곳에 당신을 뉘이고 싶지는 않았습니다. 그냥 당신의 이 집에서 편히 있다가 보내고 싶었습니다.

그래서 당신은 그때 그 노파에게서 8만 원에 바가지 써서 산 병풍 뒤에 누워 있습니다.

당신도 역시 내 인생에 바가지를 씌웠지만 나는 정말 지금까지 그것이 억울하거나 슬프지 않았습니다. 처음부터 내가 쓴 바가지에 비하면 그것은 아주 귀여운 것이기까지 합니다. 당신을 변명하기 위한 귀여운 선택이었다고 나는 진작에 너그럽게 이해했으니까요.

당신과 내가 결혼하게 된 것은 당신이 내가 나가는 장애인 복지관에 봉사 활동을 오면서부터 입니다. 나는 중증 장애 1급으로 허리 밑으로는 아무런 느낌이 없습니다. 때로는 이런 내 몸이 이해되지 않을 때가 있습니다. 몸의 밑으로 아무런 감각이 없는데 살아가는 게 말입니다. 나무를 보면 뿌리 부분인 밑동이 죽으면 위도 죽지 않습니까. 그런데 사람은 사니 신기하지요. 사람의 뿌리는 밑이 아니고 가슴 한가운데, 그리고 정수리 속의 한가운데에 있기 때문인가 봅니다. 바지 속에 감추어진 나의 다리는 오그라져서 펴지지도 않지만, 이라크에서 발견된 미라의 다리 같습니다. 사실 미라나 마찬가지지요.

그때 우리 복지관에서는 매듭 전시회를 하고 있었습니다. 나를 비롯한 다른 장애우들도 손이 민감하고 섬세해서 우리가 만드는 매듭은 잘 팔렸습니다. 그것은 우리의 중요한 수입원이 되어 주기도 했지요. 특히나 내가 만든 매듭은 인기가 많았습니다. 난 주로 노리개를 만들었지요. 가끔 티브이에서 노리개를 한복 앞섶 옷고름에 단 여인들을 보면 가슴이 설레었습니다. 그러고 보면 조선 여인들이 멋을 알았습니다. 그곳에 노리개를 하여 남자들의 시선을 살짝 끌면서 여인의 품위도 지킬 수 있었으니까요. 사실 노리개는 부귀다남, 불로장생, 백사여의(百事如意) 등의 그 시대 여인들의 염원이 담겨 있는 호화로운 장식물입니다.

사람은 항상 밑을 보고 살아야 한다. 위를 보고 살면 목이 아프기도 하지만 불행해진다. 위를 보고 살다 보면 매일 한탄할 일만 생기지.

아버지는 나더러 밑을 보고 살아야 한다고 늘 말했습니다. 어른의 말을 들으면 자다가도 떡이 생긴다는 말은 맞는 말이었습니다. 밑을 보고 사니 바가지 쓴 내 인생이 뭐 그렇게 가슴을 칠 일은 아니더라구요. 두 손이 없어서 발가락 사이에 칫솔을 끼워 이도 닦고, 발가락 사이에 마스카라를 끼워 눈썹을 올리고, 발가락 사이에 루즈를 끼워 입술을 그리고, 발가락 사이에 붓을 끼워 그림을 그리는 것을 보면서 나는 위안을 삼았으니까요. 아마 내가 위를 쳐다본 것은 당신이 유일한 대상이었을 겁니다.

그날은 내가 당번이었습니다. 전시장을 지키는 일을 돌아가면서 했거든요. 당신은 복지관 수영장에서 봉사 활동을 끝내고 돌아가며 우리 전시실에 들렸고, 전시되어 있는 노리개 중 내가 만든 소삼작 노리개를 유심히 보았습니다.

아름답네요.

당신은 고개를 소삼작노리개에서 떼지 않은 채 말했지요. 난 괜히 볼이 빨개져서 당황스러워졌습니다.
이건 팔기도 하나요.
네.
아. 여기 가격표가 있네요. 15만 원이면 비싼 편이네요.
그게 은과 호박에다 매듭을 한 거라….
당신은 지갑을 꺼내더군요. 사실 소삼작노리개를 출품하면서 팔릴 거란 기대는 하지 않았습니다.
이거 내가 사겠습니다.
당신은 반듯하게 생긴 얼굴이었어요. 그러니까 미남이라는 얘기입니다. 나이는 서른다섯쯤 되었겠구나 했는데 나중에 보니 딱 맞더라구요. 나보다 열 살이 위였지요.
지금은 가져갈 수 없고 전시가 끝나면 가져가실 수 있습니다. 예약을 하시면 예약증을 써 드릴 테니 이따 여섯 시 이후에 오시면 될 거예요.
그런데 이걸 만드신 분은 누구예요? 김찬휘 작이라… 그분도 그 시간에 오면 뵐 수 있을까요.
난 수줍어서 나라고 대답할 수가 없었어요. 그냥 부끄럽더라구요. 그래서 그 시간에 오면 볼 수 있다고 했지요.
당신은 약속대로 여섯 시에 왔고 소삼작을 가져가며 다른 사람을 통해 그 노리개를 만든 사람이 나라는 것을 알았습니다.
왜 아까 말하지 않았어요. 본인이 만든 것이라고.
난 그냥 고개를 숙이고 배시시 웃기만 했습니다.
솜씨가 좋으네요. 그럼 저쪽 작업장에서 주로 만드나요.

나는 고개를 끄덕였습니다. 그리고 소삼작노리개에 대해 나는 당신에게 설명해 주었지요. 대삼작. 중삼작. 소삼작노리개 중 소삼작은 소녀들이 하는 것으로 분홍, 연두, 노랑으로 그 술을 달지요. 소녀 시절이란 인생의 봄 아닌가요. 분홍, 연두, 노랑은 모두 봄의 빛깔입니다. 노리개는 띠돈, 끈목, 패물, 매듭, 술 다섯 가지로 이루어지지요.

띠돈은 가장 위에 있는 고리로 노리개를 고름에 걸게 만든 것인데 주로 금, 은, 백옥, 비취옥, 금패, 산호 등이 쓰이지요. 내가 출품한 소삼작엔 나비형의 은을 사용했습니다. 끈목은 동다회를 주로 쓰는데 띠돈과 패물, 술을 연결하며 매듭을 맺는 것입니다. 난 국화매듭으로 맺고 패물은 나비 모양의 호박을 사용했습니다. 난 소삼작을 만들며 꿈에 내가 한복으로 한껏 성장한 후 이걸 옷고름에 달고 날았다는 이야길 당신에게 했지요. 처음 본 사람인데 이상하게 그런 이야길 하는 게 어렵지 않더군요. 날았다는 내 이야길 들은 당신은 소삼작을 한참 들여다보더니 내 얼굴을 물끄러미 쳐다보았지요. 그리고 당신은 내 흰색 티셔츠 위에 그 소삼작을 달아 주었지요.

봄이네요.

당신은 복지관 뜰에 핀 몽올몽올한 복숭아꽃을 바라보며 눈을 가늘게 떴어요. 어느덧 저녁이었어요. 내 가슴 봉긋한 곳에 매달린 소삼작은 내가 살짝만 움직여도 파르라니 떨며 분홍, 연두, 노랑의 물결을 일으켰습니다.

그 후부터 당신은 시간이 날 때면 복지관에 들러 내가 매듭을 만

들고 있는 작업장을 찾았고, 나를 휠체어에 태워 복지관 그늘로 다녔습니다. 난 당신에게 매듭으로 열쇠고리와 혁대를 만들어 주기도 했지요. 매번 내 솜씨에 당신은 감탄했습니다. 특히나 혁대를 마음에 들어 하며 하나를 더 부탁하기도 하였습니다. 아주 친한 친구에게 주겠다면서요. 그 답례로 당신은 큐빅이 박힌 노란색 나비 모양의 핀을 사다가 내게 선물해 주었습니다. 그리고 내 뒷머리에 꽂아 주었지요.

머리숱이 많네요. 머리숱이 많고 까맣게 윤기가 흐르면 시집가서 사랑 받는다는데… 노랑나비가 머리에 앉은 것 같아요. 멀리서 보면 장다리꽃 한 송이가 머리에 얹혀진 것 같기도 하고.

당신은 내 숱 많은 검은 머리를 쓰다듬었어요.

그렇게 육 개월. 당신은 나와 결혼하고 싶다고 했습니다. 난 숨을 멈추고 눈을 똥그랗게 떠서 당신을 올려다보았지요. 나는 당신에게 아무것도 묻지 않았습니다. 설사 당신이 내 장기 중 하나가 필요해서 나를 택했다 하더라도 나는 당신을 힐책하지 않았을 것입니다. 그로부터 다시 육 개월 후 우리는 결혼했습니다. 결혼식 사진에 보면 당신은 서 있고 나는 놀란 듯 앉아서 앞을 응시하고 있습니다. 당신 어머니의 반대는 정말 대단했지요. 나라도 그리했을 거예요. 그래서 나는 묵묵히 견디었지요. 우리 집에서는 오래된 이빨 빠진 사기그릇을 치우듯 오빠며 언니 부모님까지도 홀가분한 표정이 역력했습니다. 사람은 그 마음이 얼굴에 드러나는 법이니까요.

우리는 잡지에도 나오고 뉴스에도 나왔지요. 특히 당신은 사랑의 본질이 무엇인지 아는 낭만적인 남자로 그려졌습니다. 우리는 제주도로 신혼여행도 갔는데 당신 친구가 사진을 찍어 주겠다며 우리와 동행했습니다. 난 그 사람의 혁대를 보고 당신과 가장 가까운 사람이라는 것을 단번에 알았어요. 당신보다 더 곱고 반듯해서 멋지다고 말하기보다는 아름답다고 말해야 할 정도로 고왔습니다. 남자가 피부며 얼굴선이 어찌 저리 단아할까 싶었습니다.

당신의 친구 J는 우리를 사진도 찍어 주고 당신이 화장실이라도 갈라치면 당신 대신 내 휠체어를 밀기도 했지요. 아무려나 나는 좋았어요. 사람의 복이란 아무도 알 수 없다는 생각을 했습니다. 그렇지 않고서야 내가 어떻게 당신처럼 잘생긴 남자의 아내가 될 수가 있었겠어요. 우리 집에서도 당신을 의혹의 눈초리로 바라보았지요. 멀쩡한 남자가 두 다리가 고무다리 흔들리듯 흔들리는 여자와 결혼을 하겠다고 하니 말이에요. 이상한 것은 신혼여행 첫날 밤 당신은 우리 옆방에 방을 잡은 J와 한잔하겠다며 J의 방으로 가서 아침에야 돌아왔습니다.

술을 너무 마셔서 그대로 잠들어 버렸어. 미안해.

당신은 그렇게 말하며 다시 내 검은 머리에 큐빅이 박힌 노란 핀을 꽂아 주고 머리를 쓰다듬으며 말했지요.

머리숱이 많고 결이 곱고 까마면 남편에게 사랑받는다는데.

신혼여행 3박 중 당신은 내내 J와 술을 마시고 술 때문에 그 방에서 잠들고 아침이면 내게로 와 머리에 변함없이 노란 핀을 꽂아 주며 똑같은 말을 되풀이했습니다.

당신이 J와 3박을 하는 동안 나는 매듭으로 단작노리개를 만들었습니다. 나는 오히려 좋았습니다. 혼자 매듭을 맺느라 숙였던 고개가 뻐근해 오면 휠체어를 창 쪽으로 밀고 가 밤에서 새벽으로 바뀌는 밤바다를 바라보는 것이 좋았습니다. 서귀포 앞바다의 새벽 파도 소리가 들리는 것 같더군요. 난 창에다 이마를 대고 그즈음 막 나온 성시경의 제주도의 푸른 밤을 흥얼거렸지요. 유리창의 찬 느낌이 이마에 서늘하게 와 닿는 느낌도 좋았어요. 침대 위에는 밤마다 나의 꽃분홍 잠옷이 되똑하니 얹혀져 있었지요. 지금 생각하면 우스워요. 왜 핑크색 잠옷을 샀는지. 돌아오는 날 노란 장다리꽃 위로 내리던 비도 좋았어요. 멀리서 보니 장다리꽃밭은 꼭 노란 바다 같았습니다. 난 내 생에 두 번 다시 비행기를 타거나 제주도에 올 일은 없으리라는 것을 노란 장다리꽃 위에 내리는 비를 보며 알았지요. 비도 노랗게 변하더군요.

우리는 내가 장애인이라 장애인 아파트에 입주하였고 장애인 차를 샀으며 장애인 연금을 받았습니다.

당신은 택시 운전기사였습니다. 하루에 2교대를 하지요. 교대하고 들어오면 당신은 나를 복지관에 데려다주고 잠을 잤습니다. 당신이 데리러 올 때까지는 집으로 오지 말라고 당신은 내게 당부하였지요. 나도 당신의 피로를 방해할 생각은 없었습니다. 새벽에 나갈 때도 당신은 나더러 잠을 자야 한다며 밤 12시경에 오라고 해서 나는 우리 아파트의 노인정이나 어린이 공부방에서 시간을 보냈습니다. 그런 당신은 언제나 J와 함께 나왔습니다. J는 처음엔 가끔 오더니 나중엔 매일 오다시피 하였고 밥도 우리 집에서 나 없는 사이에 당신과 먹었습니다. 그래도 나는 당신께 한 번도 왜? 냐고 묻지 않았습니다. 당신이 좋으면 나는 그뿐이었으니까요.

그날은 내가 주문받은 소삼작노리개를 집에다 두고 왔습니다. 당신이 곤히 자고 있으리라 생각했기에 살그머니 문을 열고 거실이랄 것도 없는 곳에 둔 노리개만 가지고 나오리라 생각하고 문을 열었습니다. 문을 여니 현관엔 언제 왔는지 굽이 바깥쪽으로 더 닳아 기우뚱해진 J의 키높이 구두가 있었습니다. J의 키높이 구두를 볼 때마다 난 생각하지요. J의 키가 가짜이듯이 그의 모든 것은 가짜일 거야, 라고요. 언제 왔을까 같이 잠들었나. 나는 소삼작노리개만 가지고 나오려다 방에서 신음 소리가 나기에 당신이 많이 아픈 줄 알고 약이라도 사다 주려고 휠체어를 밀어 방문 앞으로 가 방문을 열었습니다. 우리는 서로 다 놀랐지요. J의 우스꽝스럽게 일그러졌던 얼굴이 아직도 기억에 선명합니다. 그 얼굴은 고통스러워 보였습니다. 당신과 J는 둘 다 옷을 벗은 전라로 서로 엉켜 있었습니다. 당신은 애처로워 보였고 J는 고통스러워 보였습니다. 무엇인가 결정적인 순간이었던 겁니다. J는 나를 보면서 고통스런 표정으로 행위를 끝냈고 당신은 애처로운 표정으로 J의 목에 팔을 감고 있었습니다. 나는 눈을 뗄 수도 돌아 나올 수도 없이 그것을 머릿속에 다 집어넣었습니다.

J는 수치심도 없이 벌거벗은 채로 자신의 성기를 내 눈앞으로 향한 채 침대에 앉더니 담배를 피워 물더군요. 그는 연기를 깊이 빨아당겨 삼키며 당신을 향하여 말했지요.

관객이 있으니 더 짜릿한데. 어때. 언젠간 쟤도 알 거 아니야. 쟤 그런데 생리는 하냐. 여자 구실은 할 수 있나.

그의 말에 당신은 뭐라 말하지 않고 덤덤했습니다. 사실 결혼한지 반년이 다 되어 가도록 당신이나 나나 그 문제에 대해 별로 심각히 생각해 보지 않았지요. 난 고양이나 개보다는 말을 나눌 수 있는 당신이 낫다고 생각했을 뿐 더 이상은 생각지 않았으니까요.

왜 온 거야. 내가 오지 말라고 했잖아.

그게 주문 받은 소삼작노리개를 가져가지 않아서.

그럼 전화를 하지. 그럼 내가 가져다주었잖아.

당신은 화가 난 듯했습니다. 난처한 표정을 짓기도 했구요.

됐어. 어차피 언젠간 알게 될 텐데. 오히려 잘 됐지. 잘 된 거야. 오히려 짜릿한데. 이리 와봐.

J는 당신을 향하여 팔을 벌렸습니다.

아이, 자기는… 또?

당신은 J에게 교태까지 부리며 다가갔습니다. 나는 그제야 놀랐습니다. 아이. 자기라니.

가서 쟤 들여놓고 문 닫아.

그러자 당신은 나를 방안에 들이고 문을 닫았습니다.

잘 봐. 니 주제에 언제 이런 걸 보겠나.

J는 나를 향해 그렇게 말하더니 당신의 몸 위를 뱀처럼 기어다녔습니다. 당신은 여자와 같은 몸짓과 표정을 지으며 J에게 감기더군요. 나는 구태여 눈을 감거나 외면할 필요는 없다고 생각했습니다. 그렇게 놀라지도 않았고 혐오스럽지도 않았습니다. 단지 당신과 J가 사정을 할 때 뭐랄까 약간 안타까울 뿐이었습니다.

그런 나날이 계속 이어졌습니다. 나는 때로는 당신과 J를 지켜보기도 하였고 간혹 라면을 끓여 주기도 하였지요. 어떨 땐 주방에서 매듭을 맺고 있기도 했어요.

　내가 놀란 것은 J와 당신의 서로를 탐하는 행위보다도 당신이 여자 역할을 한다는 것이었습니다. 당신이 J보다 체구도 크고 훨씬 남자답게 생겼는데 어째서 당신이 여자 역할을 하는지 의아했어요. 게다가 당신이 J를 더 사랑하여서 J가 없으면 당신은 아마 살지 못할 거라고 말하기도 했습니다. 당신은 나의 남편이면서 또 J의 여자였던 거지요. 우리는 삼각관계였나요?

　나 사랑하지? 나 버리지 않을 거지? 나 버리면 그땐 자기 죽여 버리고 나도 죽어 버릴 거야.

　당신은 가끔 J의 빈약한 가슴에 안겨 이렇듯 애처로운 소리를 하기도 했습니다.

　난 주방에서 매듭을 맺다가 싱크대 밑에서 기어 나와 어디로 갈까를 망설이는 바퀴벌레를 향해 재빨리 휠체어 바퀴를 굴렸습니다. 휠체어 바퀴 아래서 바퀴벌레는 으깨어져 버렸습니다. 바퀴벌레를 휠체어 바퀴로 깔아뭉개 죽이는 이 솜씨는 하루 이틀에 길러진 게 아닙니다. 바퀴벌레만 보면 나는 사냥꾼처럼 맹렬한 투지가 끓어오릅니다. 난 바퀴벌레를 향하여 돌진하며 당신이 J에게 했던 말을 그대로 해 봤습니다.

　나 사랑하지? 나 버리지 않을 거지? 나 버리면 그땐 자기 죽여 버리고 나도 죽어 버릴 거야.

　J가 일이 있어 오지 못하거나 연락이 되지 않거나 하면 당신은 몹시 신경이 날카로워지고 화가 나 물건을 집어 던지기도 하고 이유없이 내 뺨을 갈기기도 했습니다. 그러다 나를 끌어안고 울기도 했

습니다. 당신 말에 의하면 J는 인기가 많다는 것이었습니다. 당신 말에 의하면 J는 그림을 그린다고 했습니다. 당신은 생활 신문에 조그많게 난 남자 누드모델을 구한다는 광고를 보고 찾아갔고 거기서 만난 게 J였다고 했지요. 당신과 J는 벌써 오 년이 되었다는 것입니다. 그림을 그리는 J는 수입이 없어서 당신은 택시 운전을 하여 J의 물감과 붓을 사줬습니다. 당신은 어떻게 하면 삥땅을 많이 칠 수 있을까를 늘 고민했지요.

햇볕이 잘 들던 가을 어느 날 나는 소삼작노리개를 만들며 당신에게 물었지요.

그럼 당신도 성전환을 한 연예인 하리수 같은 사람인가요?

당신은 나를 물끄러미 바라보았습니다. 그 눈동자가 흔들렸습니다.

아니다. 하리수는 여성이 되고 싶어 여성이 된 것이고 나는 단지 동성애자일 뿐이다. 그 하리수는 육체는 남자이지만 정신은 여자이다. 그래서 여자가 되고 싶고 여자가 된 것이다. 트렌스젠더라고 하지. 동성애자는 육체도 정신도 남자이다. 오히려 남자인 것을 자랑스러워하지. 그래서 여자가 되고 싶어하지는 않는다. 다만 사랑의 대상이 이성이 아닌 동성을 좋아할 뿐이지. 나 같은 사람을 게이라고 하는 거야.

트렌스젠더와 게이가 같은 줄 알았는데 다르군요.

트렌스젠더는 자신의 생식기나 신체에 거부감이 있는 반면 나 같은 사람들은 자신의 생식기나 신체에 대한 불만은 없지.

언제부터 그렇게 되었어요.

고등학교 때. 같은 학교 미술 선생이 내 첫사랑이었지. 그 후로 나는 그림 그리는 남자를 사랑하게 되었지. 아마 첫사랑을 못 잊기 때문인가 봐.

난 문득 노리개를 만들던 손을 멈추고 말했지요.

당신도 장애자예요. 당신은 나보다 더한 장애자예요.

당신은 내 말에 아무 말도 하지 않고 햇볕을 바라만 보았지요. 그러더니 이렇게 말하더군요.

그건 장애가 아니고 단지 다를 뿐이야.

그래서 나도 말했지요.

그렇담 나도 장애가 아니고 다를 뿐이에요.

줄창 그것만 꽂아서 큐빅이 세 개나 빠진 핀을 다시 꽂아 주며 당신은 느릿하니 말했지요.

핀을 다시 하나 사 주어야겠네. 그래. 난 너를 장애자라고 생각해 보진 않았어. 내가 다르듯 너도 다를 뿐이야.

난 톰 행크스가 나왔던 필라델피아라는 영화를 당신 때문에 당신이 일을 나가고 나면 몰래 다섯 번이나 보았지요. 톰 행크스의 그 절박한 표정. 톰 행크스의 절규하는 표정 위로 화면 가득 넘치던 음악. 마리아 칼라스의 음성으로 퍼지던 마드레느의 아리아 '어머니는 돌아가셨어요'의 그 소름 돋던 음원. 난 매듭을 판 돈으로 마리아 칼라스의 CD를 샀지요. 그 영화를 보고 당신을 좀 더 이해하게 되었어요.

지금 생각해 보면 당신은 정말 장애는 아니었다고 생각합니다. 뭐 꼭 남자는 여자만을 사랑하란 법은 없으니까요. 그건 그냥 사회의 상식이며 통념일 뿐이니까요. 그러면 당신은 J의 아내인가요. 그렇담 나도 남자가 아닌 여자를 사랑하는 건가요. 당신은 J의 아내이면서 나의 남편인가요.

오늘 당신이 나가던 날, J에게서 전화가 왔지요. 다른 사랑하는 상대가 생겼으니 그만 정리하자는 것이었어요. 당신은 가만히 있다가 묻더군요. 젊어? 저쪽에서 아마 스무 살이라고 대답한 모양이에요. 스물? 당신은 되묻더니 더 이상 아무 말 하지 못하고 전화기를 놓고 이빨을 딱딱 부딪치며 부들부들 떨었지요. 그러더니 나의 따귀를 때리며 소리쳤습니다.

개자식. 죽여 버릴 거야. 나를 버려? 스물이라고?

당신은 울며 나갔습니다. 대체 울어야 할 사람이 누군가요. 나 아닌가요. 난 당신에게 맞은 뺨을 쓰다듬으며 히죽이 웃었지요. 그러면서 중얼거렸어요. 고거 쌤통이다. 휠체어를 밀어 베란다로 나가 10층에서 당신이 주차장까지 걸어가는 것을 바라보았습니다. 낮교대라 오후 1시의 약해진 초겨울 볕 사이로 걸어가는 당신의 뒷모습이 우쭐거렸습니다. 당신은 저녁 6시경 내게 전화했지요.

네 머리핀 새로 샀다. 똑같은 나비는 아니지만 노랑색 나비야. 큐빅이 더 많이 박혀 있다. 너 아니. 머리숱이 많고 머릿결이 빛나고 까마면 남편한테 사랑받는다는 거. 그리고… 전동 휠체어 계약했다. 오늘은 늦어서 내일 배달 받기로 했다. J하고 가을에 파리에 가려고 적금 붓던 것 깼다. 전동 휠체어가 있으면 누가 밀어주지 않아도 되고… 휠체어 미느라 손도 안 아플 테고… 차를 빼야 해서 끊어야겠다.

당신의 목소린 울 듯했어요. 난 전화를 끊고 가슴이 뛰는 것을 진정시키느라 주문받은 십자수를 심호흡하며 놓기 시작했지요. 그리곤 계속 중얼거렸어요. 나비 핀과 전동 휠체어라니. 나비 핀과 전동 휠체어라니. 나비 핀과 전동 휠체어라니… 나는 금 간 CD처럼 그 소릴 반복하고 있다는 걸 몰랐어요.

그리고 당신은 지금 병풍 뒤에 누워 있습니다.

나는 J에게 연락했지요. J는 내가 만들어 준 혁대를 하고 우리 집으로 왔습니다. 우리 아파트에 이렇게 사람이 많이 온 것은 처음입니다. 집이 너무 좁아 사람들은 대부분 되돌아가고 신일 교통의 김 기사와 몇 명만이 고스톱을 치고 있습니다. 화투와 화투끼리 부딪치는 소리가 짝짝 경쾌하게 좁은 싱크대 앞의 공간을 울리고 그들은 언성을 높여 고 고 투고 쓰리고를 외칩니다. 인생도 저렇게 고 고 투고 쓰리고가 되면 얼마나 좋을까요. 그러나 당신은 피박입니다. 나도 피박이지만요. J는 내게 고개를 약간 숙여 보이고 당신을 보고 싶다고 했습니다. 하지만 이제 온전히 당신은 내가 쥐고 있는 에이스 카드입니다. 나는 그를 노려보며 안 된다고 했지요. 그는 어금니를 지그시 깨물었어요. J는 눈가가 빨개지더니 눈물이 거짓말처럼 그의 눈동자를 가득 채웠고, 그는 눈을 꾸욱 감으며 주먹으로 눈물을 닦았습니다. 한쪽 구석에 앉아 있는 J에게 김 기사가 묻는 소리가 들렸습니다.

경호 친군가 봅니다? 아주 좋은 사람이었는데… 그런데 어째서 가로수를 그렇게 드립다 받았을까. 왜 그런 실수를 했을까. 여간 꼼꼼한 사람이 아닌디.

J는 아무 대답도 하지 않았습니다.

나는 방문을 걸어 잠그고 이렇게 돈황곡자 보살만의 마지막 자를 수놓고 있습니다. 이걸 당신 가슴에 놓고 싶습니다. 이제 또 세상 사람들은 뭐라고 할까요. 난 우리의 결혼식을 통해 세상의 여러 가지 일들이 어떻게 윤색되고 포장되는지를 알았습니다. 아마 세상 사람들은 십자수로 놓여 당신의 가슴에 얹힌 시구를 보며 이번엔 나를 포장할 것입니다. 당신을 향한 그럴싸한 글이라도 남겨야 할까요. 난 당신의 참모습을 영원히 찾아 주고 싶지 않습니다. 당신은 이제 영원히 당신을 잃어버린 채로 사라져야 하는 것입니다.

이제 마지막 자를 다 수 놓았습니다. 휠체어를 밀어 병풍 앞으로 다가가 당신을 덮고 있는 흰 천을 들추었습니다. 날이 밝으면 염하는 이가 올 것입니다. 당신의 구멍이란 구멍은 다 막고 입에는 쌀을 가득 넣을 것이며 손과 발은 둥근 모양으로 쌀 것입니다. 그러기 전 당신을 한 번 더 보고 싶습니다.

얼굴은 병원에서 보다 더 차가워졌고 검어졌네요.

십자수 놓은 천을 당신의 가슴에 얹다가 문득 당신의 그것이 궁금해졌습니다. 휠체어에서 내려 다리를 이끌고 다가가 당신의 바지를 벗기려 하니 벗겨지지도 않고 당신의 허리와 엉덩이의 오목한 경계선도 없어져 방바닥에 장작처럼 딱 붙어 있습니다. 할 수 없이 지퍼만 내려 바지 앞섶을 벌렸어요. 힘이 들어 이마에 땀이 솟네요. 당신의 그것은 검은 음모에 휩싸여 잘 보이지 않더군요. 음모를 들추자 내가 쓰는 골무처럼 그것은 주름을 잔뜩 잡은 채 오그라져 있고 차가웠습니다. 히잇! 나는 짧은 웃음을 터뜨렸는데 그제야 갑자기 눈물이 솟구치기 시작했어요. 난 사실 그게 그렇게 만져보고 싶었습니다. 하지만 당신은 J에게만 허락했을 뿐 나에겐 접근을 허용하지 않았지요. 당신은 그런 면에서 정절 굳은 아낙 같았습니다. 난 골무 같은 찬 성기를 바라보다 거기 가만히 입을 맞추었지요. 내 눈물이 당신의 검은 음모 위로 쏟아지고 내 눈물이 맺힌 당신의 검은 음모는 이슬을 잔뜩 매달은 밤의 풀잎 같습니다.

이 썩어 문드러질 년이 왜 문은 잠그고 염병이야, 염병이. 육시할 년. 이년아. 이 문 안 열어? 이 썩을 년아!

대체 당신 어머니는 저 많은 욕을 어디서 배운 것일까요.

나도 따라서 해봅니다. 이 썩어 문드러질 년. 염병할 년. 사지가 오그라질 년.

어무이. 고마 냅두소. 조용히 망자하고 하고 싶은 이바구가 있나봅니더.

이바구는 무슨 이바구. 생때같은 내 아들 잡아먹은 년이.

다시 욕설과 함께 문을 두드립니다. 그런데 당신 어머니의 저 욕설이 왜 이렇게 푸근하고 다정히 들리는 것일까요.

나는 당신의 바지 지퍼를 올리고 휠체어에 올라앉아 문가로 갑니다. 문가로 가기 전 오디오에 마리아 칼라스를 집어넣고 리모컨을 손에 잡습니다. 문 바로 옆에는 내가 붙잡고 휠체어를 타기 좋게 내가 촘촘히 짠 매듭으로 된 긴 줄이 튼튼한 못에 매달려 있습니다.

나는 그 매듭을 당겨 내 목에 겁니다. 휠체어를 미느라 굳세어진 나의 팔뚝이 이제 제대로 그 힘을 보여줄 때입니다.

아, 당신에게 고백할 게 있어요. 사실 좀 쑥스럽긴 하네요.

어느 날 당신과 J가 몹시 고통스럽고 애처로운 표정으로 서로에게 침몰해 가고 있었는데 그걸 보던 나는 몸이 뜨거워지면서 머리가 횡 해 오더니 당신들이 막 침몰하는 그 순간 나의 비쩍 마른 가랑이 사이에서 무언가 뜨겁고 물컹한 액체가 분출하더니 쏟아졌어요. 아마 용암의 분출과 비슷하지 않았나 싶어요. 아니 위로 솟구치는 분수 같았다고 할까요.

당신과 J는 그것 때문에 그렇게 안타깝게 애처로운 몸짓을 한다는 걸 그 순간 알았지요.

이제 J는 무슨 표정을 지을까요.

그리고 남아 있는 사람들은 당신과 나에 대해 또 무어라고 윤색을 할까요.

하지만 난 당신의 아내. 세상 사람들의 기대를 저버리고 싶지 않습니다.

야 이 썩을 년아. 안에서 뭘 하느라꼬 문을 잠그고 지랄이냐. 이년아 빨리 문 안 여노, 문 뿌수키 전에.

당신 어머니는 이제 술이 깬 모양입니다. 아까 소주를 안주도 없이 마셨거든요. 그런데 당신 어머니와 동생들은 당신에 대해 정말 몰랐을까요. 당신 시동생은 왜 이유 없이 당신을 그리 혐오했나요. 당신이 장자로서의 재산도 다 포기했는데 말이죠. 당신 어머니는 필경 문을 부술 것입니다. 내가 열쇠 꾸러미를 안에다 두었거든요. 문을 부수기 전 서둘러야 되겠어요.

난 정말이지 J와 당신 어머니와 세상 사람들의 표정이 궁금하지만, 그것을 보고 듣지 못하는 게 유감이지만, 그래도 그들에게 곧

잊혀질 수다꺼리를 제공한다는 것에 만족해야 할 것 같습니다.
　줄을 당김과 동시에 리모컨의 버튼을 누릅니다. 내 몸이 덜렁 들리면서 마리아 칼라스의 바람에 날리는 봄눈 같은 음성이 방 안 가득 넘쳐 홍수를 이룹니다. 그 너머로 이 미친년아, 문 안 여노? 여기 망치 좀 갖고 온나! 하는 다급한 소리와 문을 부술 듯 두드리는 소리가 들립니다. 아무래도 당신 어머니는 문을 부술 것 같습니다. 내가 당신에게 전해 줄 말은 여기까지입니다.
　보셔요.
　병풍 뒤의 당신. 나는 어쨌거나 당신의 아내이고 당신은 나의 남편이랍니다.
　맞지요?
　그렇지요?

봄밤의 세레나데

고추장독과 간장독의 뚜껑을 벗겨 볕을 쪼이기 위해 흰 망사 보를 덮으며 노 여사는 베란다 너머 아파트 광장 길을 향해 자주 고개를 뺐다.

― 이상하다, 웬 이발을 이리도 오래한담….

낮잠을 잔 후 머리를 깎겠다고 나간 남편이 거의 세 시간이 지나도록 오지 않는 것이 이상했다.

아파트 광장에서 아이들 노는 왁자한 소리가 무색할 정도로 개나리는 노랗다. 허리를 펴 톡톡 두드리곤 깊게 숨을 들이마시니 가슴속이 온통 파래지는 것 같다.

나이 육십이 넘으니 계절이 바뀔 때마다 젊었을 때와는 또 다른 어떤 감사와 경이를 느끼게 된다. 젊었을 땐 그저 바뀌는 계절을 무심히 넘기며 자신의 젊음에 스스로 매료되어 계절을 느낄 마음의 여유가 없었다. 그러나 나이가 드니 꽃잎 한 송이 열리는 것조차 숙연해진다.

― 내 젊음은, 내 탄력 있던 피부는 모두 자식에게 빨리고 뺏기어 이젠 허옇게 각질이 일어나는 피부만 남았어.

잠시 우울감에 빠지다가 노 여사는 몸을 홱 돌려 다시 활기차게 방으로 돌아왔다.

― 노란 샤쓰 입은 말 없는 그 사내가 어쩐지 나는 좋아.

녹음기의 볼륨을 올려놓고 앞과 뒤가 비슷하게 된 몸체를 이리저리 둘러보는데 뾰뾰뾰뾰~ 벨이 울린다.

― 듣기 싫은 저놈의 인공 종달새 소리.

문을 연 노 여사는 잠시 눈이 크게 떠져 입이 벌어졌다.

― 옴마야, 당신… 당신… 시상에… 시상에 머리가 그기 뭐라예. 망칙시러버라. 당신 나이가 지금 몇인 줄 압니꺼? 자식하고 메느리 앞에서 우예 그 머릴 보일라꼬 그라요. 이 양반이 늦바람이 났나? 틀림없는기라, 누요? 대체.

앞뒤 두서없이, 처음엔 말문이 막혔다가 한번 말문이 열리자 노 여사는 정신없이 젊은 새댁 같은 목청으로 남편에게 날카로운 말을 쏘아댔다.

지난 3개월간 머리카락을 자르라 자르라 해도 이 핑계 저 핑계 대며 통 이발관을 안 가기에 저이가 머리에 부스럼이라도 났나 싶어 남편이 잠든 사이 살짝 머리카락을 헤쳐 보기까지 했다. 그러나 머릿속은 부스럼은커녕 머리가 빠져 걱정이라고 푸념하면서도 아침저녁 감아대는 남편의 습관 탓에 깨끗했다. 있다면 흰머리가 좀 더 는 것뿐이었다.

저이가 아주 머리가 파 뿌리가 되려나, 유난히 희어지는 남편의 머리와 자신의 검은머릴 비교해 보며 그렇게 생각했을 뿐이었다. 그러던 사람이 오늘 낮 난데없이 이발하고 오겠노라며 나간 것이다. 3

개월 만에 이발하고 온 머리 모양이 대학 2학년 막내아들 녀석과 같은 스타일의 귀밑 단발이 아닌가. 놀라움은 곧 의아함으로 바뀌어 노 여사는 가슴이 울렁거렸다.

남편은 얼굴과 체격이 보기 좋은 편이라 지금도 노 여사 또래에선 한 번쯤 힐끔 쳐다보고 젊은 여성들 사이에선 멋쟁이 신사로 생각될 정도다. 물론 그것은 겉모양만 그렇다. 거기다 희끗희끗한 머리를 단발로 자르니 이것은 신사도 신사려니와 무도장 출입이 잦았던 그 구역질 나는 한마음 사진동호회의 유쾌한 이 갑자기 노 여사의 머릿속에 떠올랐다.

— 생뚱맞게 까맣게 잊고 있던 그놈의 유쾌한 이 갑자기 와 생각은 나고 지랄이고, 지랄이.

순전히 저 머리 때문인기라.

한동안 노 여사는 사진동호회에 가입하여 들로 산으로 사진기를 턱 하니 둘러메고는 쫓아다닌 적이 있었다. 말 그대로 쫓아다녔다는 표현이 옳았다.

갑자기 아파트 단지의 여자들이 우르르 백화점 문화 교실로 몰려다니며 시를 배운다, 수필을 배운다, 그림을 그린다, 기타를 배운다, 문화춤을 배운다 하며 배우는데 귀신이라도 씌었는지 모두들 어느 날 갑자기 교양부인으로 돌변하여 온 아파트는 교양부인으로 넘쳐나기 시작했다. 그러다 아파트는 시인과 수필가와 화가와 춤꾼으로 넘쳐나서 활자와 물감과 자이브의 음표들이 부글부글 끓어대는 것이 아닌가 걱정이 될 정도였다.

노 여사는 도대체 시를 어떻게 배워서 쓰며 수필을 어떻게 배워서 쓰며 그것이 가갸거겨처럼 자꾸자꾸 쓰고 배우면 되는 것인지 아리송하였다.

그런 것은 방문을 꼭꼭 닫고 입술을 잘근잘근 깨물어 가며 혼자서 해야 하는 것이 아닌가 하는 생각이 들었다. 시대가 바뀌었으니 없는 게 없는 백화점에서는 시인과 수필가와 화가까지 예술가가 되는 방법도 파는구나 하는 생각도 들었다.

어쨌건 우리 반도 여성의 피엔 허난설헌과 신사임당과 황진이의 피가 뒤엉겨 면면히 흐르고 있으니, 따지고 보면 시를 쓰고 그림을 그리고 문화춤을 추는 것이 이상할 것도 없었다. 본시부터 그 기질이 핏속에 흐르고 있다 해도 그다지 틀린 말은 아니다. 단지 멍석을 펴 주는 이가 없어서 스스로들 멍석을 편 셈이라고나 할까.

각설하고 노 여사는 그 교양부인의 대열에서 도태될까 봐 전전긍긍하며 여기저기를 기웃거렸다. 시는 무슨 소린지 잘 모르게 말을 줄이는 것이 어려웠고, 수필은 또 밥 먹고 똥 싸며 살아가는 짤막한 얘기를 사족을 붙여 길게 늘이는 것이 어려웠다. 그렇다면 소설가는 대단한 엿장수다. 김석범이라는 재일 동포 소설가가 쓴 화산도라는 소설을 읽었다. 원래 노 여사는 책 읽기를 좋아하지 않았다. 특히나 소설처럼 긴 글은 읽기가 어려웠다. 노 여사가 어떡하든 교양 부인 대열에 끼려고 백화점 문화센터의 수필 반에 들어갔다. 수필 강사는 소설과 수필을 함께 쓰는 작가였는데 화산도를 꼭 읽어보라고 했다. 무슨 내용이기에 꼭 읽어보라고 몇 번을 말하나 싶어 집 앞 도서관에 가 책을 대출했다. 세상에나, 무려 12권이었다. 무슨 쓸 말이 많아 12권이나 썼을까 싶었다. 화산도를 읽고 노 여사는 제주 4·3사태를 처음 알게 되었다. 노 여사는 12권을 읽느라 막말로 눈깔 빠질뻔 했다. 눈깔만 빠지는 게 아니라 밥을 태우고 아까운 소불고기를 태워서 온 집안에 노린내가 며칠간이나 진동하였다. 처음으로 읽은 긴 소설이 노 여사를 옴짝달싹 못 할 정도로 사로 잡았다. 12권을 다 읽고 나서 노 여사는 소설 쓰는 사람들이 징그러워졌다. 어쩌면 종이 한 장 정도의 내용으로 12권의 책을 만든 다냐. 소설가 머릿속엔 무슨 태엽이 감겼나 그래서 소설 쓸 때는 그 태엽이 풀리면서 거기서 얘기가 좔좔 나오나. 처음으로 12권의 소설을 다 읽은 노 여사는 자신이 대견스럽고 교양이 쑥 높아진 것 같았다. 한동안 문화센터에서 사람만 만나면 혹시 김석범의 화산도를 읽었냐고 물어보는 버릇이 생겼다. 읽지 않았다고 하거나 처음 들어본다고 하면 속으로 영 무식하고만. 화산도도 안 읽은 주제에 무슨 예술을 한다고. 하며 깔보는 아주 한심스러운 버릇이 생겼다. 수필 반에 수강료를 내고 등록해 수필 한 편 제대로 못 써보고 그만뒀지만 12권짜리 긴 소설을 읽었고 4·3사태를 알게 되었다는 생각에 수강료가 아깝지 않았다.

문화춤은 또 엉덩이를 돌려댈 자신이 없었다. 가르치는 선생의 엉덩이와 젖가슴이 따로따로 움직이며 흔들리는 것을 보다가 노 여사가 기껏 생각해 낸 것이라곤

— 아따 서방이 꽤나 좋아허겠다. 밤에 저렇게 서방 밑에서 흔들어 대믄.

이것이 전부였다.

그렇게 여기저기 기웃거리다 마침내 노 여사는 교양부인의 대열에서 도태되지 않고 그 무리에 끼어서 갈 수 있는 걸 찾아내는 데

성공하였다.

그것은 사진이었다.

노 여사 생각에 사물을 렌즈 속에 잘 가두어서 찰칵 소리가 나도록 셔터만 누르면 되는 일은 식은 죽 먹기보다 쉬울 것 같았다. 그것은 시처럼 줄이지 않아도 되었고, 수필처럼 늘리지 않아도 되었으며, 문화춤처럼 가슴과 엉덩이를 따로따로 돌리지 않아도 되었다.

드디어는 노 여사도 교양부인 대열에 합류하게 된 것이다. 그런데 가만히 보니 교양부인이 되기 위해서는 베레모가 필요했고 머리를 뽀글뽀글 볶으면 안 되었다.

나이와 관계없이 대부분 단발이었다. 오죽하면 사진작가라는 늙수그레한 남자 유쾌한도 단발이면서 그 단발 위에 쥐색 베레모를 항상 삐딱하니 올려놓고 다니고 있었다. 그뿐이 아니었다. 교양부인이 되기 위해선 만만찮은 대가를 지급해야만 했다.

돈, 시간, 상식, 지식, 이것저것 아는 체를 하려면 꾸벅꾸벅 졸면서 안 읽던 생소한 책도 읽어야 했다. 지오그래픽지가 어쩌고저쩌고 하며… 그러나 노 여사는 비싼 일제 카메라도 사고 머리도 여고를 졸업한 지 삼십여 년 만에 단발로 기르고 초록색 베레모도 샀건만, 어느 날 갑자기 교양부인 노릇을 그만하고 그냥 장독 뚜껑이나 부지런히 열었다 닫았다 하는 생활로 다시 돌아가겠노라고 무슨 양심선언 하는 쓸개 빠진 정치인 흉내를 내서 가족을 또다시 어리둥절하게 하였다.

노 여사가 교양부인 노릇을 그만두게 된 것은 순전히 그 유쾌한 때문이었다. 처음 한마음 사진동호회의 회장이 남자며 그 이름이 유쾌한이라고 해서 웃음을 참느라 혼났는데, 그의 단발머리와 그 위에 얹힌 뚜껑인 쥐색 베레모 그리고 검은 뿔테 안경은 노 여사의 웃음을 앗아갔다.

그는 벌써 무늬 자체가 예술이었다.

― 무늬 자체가 예술인데 그 속은 얼마나 더 예술일까.

하긴 유쾌한의 속을 버선 속처럼 까뒤집어 볼 수도 없으니 그 속이야 예술인지 거름덩인지 알 수 없는 노릇이었다. 그 무늬 자체가 예술인 유쾌한 과 칼국수 집으로 찻집으로 몰려다니며 예술을 논하는 일은 노 여사에게 새로운 세상을 맛보게 해주었다. 더구나 서로 노 작가, 김 작가, 최 작가… 하며 불러 주는 호칭도 맘에 들었다.

― 이봐, 망구. 거기 재떨이 좀 가져와.

하며 할망구를 줄여 부르는 남편과 유쾌한 과는 정말이지 그 격이 다르게 느껴져 유쾌한을 바라보는 노 여사의 눈은 점점 촉촉해져 갔다.

그래서 한마음 사진동호회 회원과 뒤풀이로 무도회장까지 가고 처음 가 본 무도장에서 유쾌한이 문화 춤도 예술적으로 춘다는 새로운 사실을 알게 되었으며 모든 게 예술적인 유쾌한의 손을 잡고 노 여사도 몇 번을 당겨주는 대로 돌았다.

사진동호회에서는 무슨 일이건 엄머, 예술적이야. 이 한마디면 통과 통과였다. 칼국수의 바지락도 엄머, 예술적이야. 가끔 마시는 일동 막걸리도 엄머, 예술적이야. 좀 괜찮다 싶은 사람도 엄머, 예술적이야. 이 한마디면 통과 통과였다. 노 여사는 그 예술적이란 말이 이해되지 않아서 간헐적인 두통을 앓았다. 대체 그 예술적이란 말은 구체적으로 어떤 경우인가.

그녀는 혼자서 장독 뚜껑을 여닫으며 엄머, 예술적이야. 빨래를 널며 엄머, 드럽게 예술적이야. 목욕탕에서 전투적으로 때를 밀며 엄머, 예술적이야. 하고 혼자 중얼거려 보며 정신이 오락가락하는 여자처럼 혼자 킥킥 웃었다. 자신도 언제 다른 사람처럼 그 말을 입 밖에 내서 큰 소리로 말해보나 싶어서였다.

— 아, 노 작가. 소질 있어. 내가 개인교습해줄까?

무도장에서 유쾌한이 노 여사를 한번 빙글 돌리고 자신의 앞으로 당기더니 노 여사의 귀에 대고 콧김을 뿜으며 은근히 속삭이는 바람에 노 여사의 가슴은 터질 듯이 벌렁거렸다. 결혼 전후를 다해 남편 이외의 남자 품에 안겨보는 것이 육십 평생에 처음이기 때문이었다.

결혼 전도 물론 노 여사는 제대로 연애 한 번 못 해보고 무슨 포목점에 진열된 이불감 팔려나가듯 선을 보고 선택당해 한 결혼이었다. 가슴이 언뜻언뜻 유쾌한이와 스칠 때마다 노 여사의 젖꼭지가 곤두서는 바람에 노 여사는 목덜미까지 빨개졌지만, 무도장의 조명은 그것을 감추어 주었다. 대체 자신의 젖꼭지가 이렇게 곤두서는 게 얼마 만이던가.

집구석에 붙박이장처럼 버티고 있는 그놈의 영감탱이. 겉은 멀쩡하지만 전립선으로 오줌 줄기가 실낱처럼 가늘어진 지가 벌써 언제던가. 예술이란 이렇게 무디어졌던 어디에 쓰는 물건인지조차 때로는 잊고, 그게 거기에 달렸는지조차도 가끔은 잊었던 젖꼭지도 곤두서게 하는구나. 예술이란 실로 오감을 자극하는 아주 찌릿한 것이로구나. 실지로 노 여사는 지르박과 블루스를 유쾌한에게 개인교습을 받아 볼까 생각한 적도 있었다. 그러다 그 생각을 접은 것은 동호회의 손섭섭이 귀띔해 준 말 때문이었다.

— 언니, 조심해. 유쾌한 저놈이 언니 나이 또래 킬러야. 글쎄 거기다 링까지 박았다잖아.

— 어데다 뭘 박았다꼬?

— 언니, 작게 좀 말해. 링링링.

— 링이 우쨌다꼬? 귀걸이 말이가?

노 여사의 말에 손섭섭은 가소롭고 같잖고 등신 같은 년이라는 표정을 띠면서도 입으로는

— 아이구, 내 복장이야. 내가 말을 말아야지. 그런데 이 언니가 이렇게 오밤중이어서 도대체 이 험한 세상 무슨 재주로 헤치고 여기까지 왔을까. 귀걸이가 아니고 거기다 고리를 했데.

그러더니 노 여사가 영 못 알아듣자 노 여사의 귀를 잡아당겨 귓속말로 일러주었다. 노 여사는 그만 놀라서 자신도 모르게 소리를 지르는 바람에 손섭섭에게 팔뚝을 있는 대로 꼬집혔다.

— 뭐라꼬? 그라믄 거기다 귀고릴 했단 말이가? 아니제 그건 귀걸이가 아니고 뭔 고린고?

노 여사의 말에 모두들 허리가 꺾어지도록 웃어 댔지만, 노 여사는 아랑곳 않고 중얼거렸다.

— 옴마야, 참으로 얄궂데이. 예술가는 역시 다른 기라 거기까지 예술적으로 신경쓰느만 억수로 피곤하게 사네. 그냥 삼신할미 주신 대로 살끼지. 예술가 남편 안 두길 진짜 잘했고만.

교양부인의 대열에 끼니 참으로 온갖 교양을 두루두루 쌓게 되

었다.

— 역시 예술이란 좋구나.

종내에 노 여사는 예술이란 결코 어려운 게 아니고 별것도 아니라는 생각까지 하게 되었다. 이렇게 우르르 몰려다니며 세를 과시하고 떠들고 서로 작가라고 불러주면 그게 예술이고 교양이지 뭐 예술에 그렇게 주눅들 필요 없다는 결론까지 내리게 되었다. 어느 정도 교양부인의 노릇에 푹 빠져 예술도 슬슬 싫증 날 때쯤 한마음 사진동호회에선 섬으로 촬영을 하러 가게 되었는데 누드 촬영이었다.

누드를 사진집으로 보기만 하였지 촬영은 처음이라 노 여사는 영 뒤숭숭하였다. 자신이 비로소 진정한 예술을 하는 것 같은 생각도 들었고 과연 같은 여자끼리 벌거벗은 여자를 찍을 수 있을지도 걱정되었다.

촬영지에 도착해 석양을 등지고 바위에 실오라기 하나 걸치지 않고 허리를 뒤틀고 앉아 있는 나체를 보았을 때 노 여사의 충격은 컸다. 다른 사람들은 각도를 잡는다. 빛의 방향이 어쩐다. 뒤의 배경이 어떻다 하며 좋은 자리를 잡아야 한다고 법석을 떠는데, 노 여사는 모델의 뒤틀린 허리에서 눈을 뗄 수가 없었다. 그 여자의 뒤틀린 허리처럼 어디에서부터 그 여자의 인생은 뒤틀렸단 말인가.

바닷바람 때문에 여자의 젖꼭지는 새까맣게 돌출되어 성나 있었다. 아이를 낳고 젖을 빨린 젖꼭지였다. 어느 남자에게 사랑이란 이름으로 물렸을 것이고, 그 남자의 아이에게 생명수처럼 달디단 뽀얀 젖을 먹였을 그 아름다운 검은 열매.

그것은 더 이상 신비스럽지도 아름답지도 않았다. 뒤틀어진 허리 밑의 아랫배도 아이를 품었던 배였다. 열 달 동안 그 깊은 비밀의 방에 따뜻한 물을 가득 채워 하나의 벌레에 지나지 않았을지도 모를 그 유기체를 품어 생명체로 탄생시킨 거룩함이 아니었다. 바위 위에 앉아 허리를 뒤틀고 바닷바람에 성난 젖꼭지를 매달고 고개를 뒤로 젖히고 있는 모델은 더 이상 예술이 아니었다.

삶에 지친 한 여자일 뿐이었다.

— 다리를 좀 더 벌려봐. 세워봐. 음모 위에다 그 장미꽃을 올려나 봐. 유두에 그 모형 나비를 올려나 봐. 옳지. 그래 그거야. 나이스. 굿. 검은 음모와 빨간 장미꽃의 조화라….

이게 예술이란 말인가. 예술이란 말만 붙이면 어떤 행위든 거부권을 행사하지 못하고 보거나 참여하거나 들어야 하는가. 옛날에는 예술의 종류나 내용이 간단하여 어렴풋이 아는 척이라도 할 수 있었는데 요즘에 와서는 듣도 보도 못한 예술의 종류와 내용이 많아져서 이 세상에는 두 부류의 사람만이 존재하는 느낌이다. 예술가와 그냥 사람. 이러다간 그냥 사람보다 예술가가 더 많아질지도 모른다. 하물며 머리 자르는 미용사도 헤어 디자이너라고 하며 예술가 냄새를 풍기니까.

노 여사 생각에 미용사라고 하면 그 격이 떨어지고 헤어 디자이너라고 하면 그 격이 올라가는 것처럼 생각하는 세상이 우스울 따름이었다. 미용사도 머리를 잘라야만 돈을 받고 헤어 디자이너도 머리를 잘라야만 돈을 받을 수 있건만 왜 세상 사람들은 그다지도 호칭에 민감한 걸까. 스님 하면 존경이 담긴 호칭으로 알고, 중 하면

낮추어 부르는 걸로 아는 것과 다를 바 없다. 사실은 스님이라는 호칭보다 중이라는 호칭이 맞는데도 말이다. 예술에 대한 거부권을 행사하게 되면 어떻게 되는가. 예술을 이해하지 못해도 이해하는 척 기를 써야 하는가. 노 여사는 모델에 대한 존중이 전혀 없는 것 같아 그 순간 예술에 거부권을 행사하고 싶었다.

그런 생각이 들자 앞에서 연신 셔터를 눌러대며 예술을 하는 유쾌한을 더 이상 참을 수 없었다. 노 여사는 냅다 카메라 가방으로 유쾌한 의 머리를 후려쳤다. 유쾌한은 모델의 다리 사이에 얼굴을 푹 박으며 고꾸라졌다. 유쾌한의 어이쿠, 소리와 함께 아직 교양부인이 되고 예술인이 되려면 멀고 먼 노 여사의 울음 섞인 목소리가 석양 물드는 바닷가에 길게 길게 울려 퍼졌다.

— 유쾌한 이 개자식. 예술을 팔아 사기를 치는 놈. 과연 니가 예술을 알아? 니가 사진작가면, 내는 이놈아 사진의 신 노정순 인기라. 유쾌한 이 사기꾼 놈아.

노 여사의 그동안 쌓아왔던 교양과 예술은 한순간에 와르르 무너져 바닥으로 곤두박질치고 예술의 현장은 엉망이 되어버렸다. 예술의 내공이 부족한 탓이었다.

— 내는 마 이런 게 예술이라믄 차라리 예술 안 하고 무식하게 살란다. 예술이 밥 먹여 주는 것도 아이고 지금까지도 예술 모르고 잘 살았구마.

울음 섞인 소리를 남기고 노 여사는 미련 없이 교양부인과 예술을 동시에 내팽개치고 뒤돌아섰다.

노 여사가 잠깐의 교양부인과 예술가 생활을 통하여 깨달은 것이라곤 예술가는 사람들의 정신에 교묘히 최면을 걸어 사기를 치는 고등 사기 집단이며 세상에는 무슨 무슨 작가가 수도 없이 많으며 널린 게 작가라는 사실이었다. 그런데 그 작가라는 것은 누가 붙여주는 것인지 노 여사는 끝내 알지 못하고 그 세계를 떠나서 가끔은 그게 아쉬웠다. 예술 세계를 떠나 그냥 사람으로 돌아온 노 여사는 빈둥빈둥 어두운 구석만 찾아다니는 바퀴벌레처럼 완전 놀새가 되어 세상 구석을 헤집고 다니며 야인의 생활에 흠뻑 빠져 대만족이었다.

그러다 얼마 전 일을 겪고는 노 여사 생각에 예술 하는 작가들에게 배지를 달아 주면 좋을 것 같다는 생각을 하게 되었다. 그 생각이 스스로 만족스러워 노 여사는 역시 자신은 밥만 먹고 똥만 싸는 그냥 사람은 아니라며 스스로를 대견스럽게 여겼다. 예를 들면 시인은 펜, 화가는 붓, 소설가는 잉크병에 펜이 꽂힌 모양, 사진작가는 카메라, 작곡가는 콩나물, 가수는 마이크 이런 식으로 나라나 협회에서 뺏지를 나누어주어 달고 다니게 하면 그냥 사람들이 그 뺏지를 보고 그 예술가가 어떤 예술을 하는지 단번에 알 수 있으며, 그냥 사람들이 예술가를 존경까지는 안 하더라도 면전에서 최소한의 예의는 갖출 것 아닌가.

더러 예술가 중에는 정말 자신을 드러내지 않고 일본 막부 시대의 닌자처럼 사람들 사이에 숨어서 아주 없는 듯이 조용히 사니 예술이 뭔지 모르는 사람들은 종종 실수하기 마련이다.

가령 지난번만 해도 그렇다.

노 여사와 그냥 사람인 여자 넷이 경복궁에서 가을 햇살을 즐기며 수다를 떤 적이 있었다. 그러다 우연히 같이 간 일행 중 시 쓰는 친구를 둔 한 사람이 나라님도 없는 곳에서는 흉을 본다는 말을 증명이라도 하듯이 시인 친구 흉을 보기 시작하였다.

— 글쎄 낼모레면 나이 육십인데 자기가 무슨 소녀라고 레이스 못 입어 죽은 귀신이 붙었는지 레이스 달린 블라우스, 레이스 달린 치마, 레이스 달린 식탁보, 레이스 달린 커튼, 레이스에 뒤덮여 산다니까. 앞머리는 댕강 잘라서 이마에 붙이고 뒷머리는 또 어깨까지 길렀어요. 전설의 고향이 따로 없어. 얼굴은 주글주글한데 또 루주는 꼭 그 나이에도 핑크색만 발라요. 그뿐인 줄 아니? 음악은 무슨 바이올린 연주곡이라나 그걸 제일 좋아한다는데 아휴, 나는 들어보니 꼭 그 월하의 무덤에 관 뚜껑 열리는 소리 같아서… 이미자가 그저 좋지. 그 목소리 꺾어질 때 죽여주잖아.

그러자 다른 사람이 그녀의 말을 이어갔다.

— 야, 시로 국을 끓일 수 있냐, 밥을 지을 수 있냐. 그거 왜 쓰느라고 그렇게 끙끙댈까….

— 응, 요즘 또 책값은 또 좀 비싸. 집었다 하면 파란 거 한 장 반이야.

— 그럼 다른 거 다 오르는데 책값인들 안 오르려고. 그래야 그 사람들도 아파트도 사고 차도 굴리지. 너만 아파트 사고 너만 차 굴리면 되냐.

그래도 예술의 세계를 조금 접했던 노 여사가 쏘아붙였다.

— 나 같으면 차라리 그 돈으로 삼겹살을 사다 구워 먹겠다.

— 아유, 책 그거 읽어봐야 별 거 아냐. 이 나이에 머리만 아프지.

정말이지 어떤 건 읽어보면 종잇값이 아까운 것도 있더라.
 그나마 예술 세계를 쪼끔 접해본 노 여사는 속으로 그냥 사람인 여자들을 비웃었다.
 ─ 무식한 것들. 그저 돈밖에 모른다니까. 돈. 돈. 돈. 그렇다고 돈이나 벌었으면 내가 비웃지나 않지. 그 유쾌한 놈만 아니었어도 나는 아직 교양부인의 대열에 있으면서 제법 예술의 경지에 다다랐을 텐데. 오늘만큼 그냥 사람인 너희들이 가여워 보인 적이 없구나.
 그 시인 친구를 홍보는 그냥 사람인 여자는 한때 남편의 펼쳐놓은 일이 기울어 그 펼쳐놓았던 일을 접는 바람에 빛도 안 드는 지하 셋방에서 누렇게 뜬 얼굴로 산 적이 있었다. 더구나 그냥 사람인 여자의 남편은 그 와중에도 정액을 여기저기 흘리고 다녀 그 여자는 그때 사면초가에 방패도 없이 서 있는 그런 형국이었는데 그때보다도 시인 친구를 홍보는 지금이 훨씬 더 가여워 보였다.
 측은한 마음으로 시인 친구 홍을 보던 여자를 바라보고 있는데 옆 벤치에서 갑자기 그녀들 사이로 새로운 낯선 목소리가 끼어들었다. 그건 운전의 끼어들기와는 아주 다른 것이었다. 끼어들기를 한 사람은 아주 준수하게 생긴 젊은 남자였다. 사실 옆에서 조용한 저음의 말소리가 들리기 전에는 거기 사람이 있는지 노 여사 일행은 몰랐다. 그는 그림자처럼 거기 있었던 모양이었다.
 ─ 시로 밥도 못 짓고 국도 못 끓이지만 삭막한 마음에 풀잎이 자라게 하지요. 가뭄이 들어 쩍쩍 갈라진 땅에 비가 내려 마침내는 그 갈라진 대지를 치료하듯이 말예요. 시란 바로 이 뜰의 저 주목나무 같은 것입니다. 육과 영의 산소이거든요. 그 시인을 너무 미워하

지 마세요. 자신의 세계에 깊이 파묻혀 사느라 세상의 다른 것을 모르는 여리고 순수한 마음을 지닌 사람들이 시인이랍니다.

시인 친구의 홍을 보던 그냥 사람인 여자는 그만 귀까지 빨개졌다. 그러면서 빨개진 귀로 한마디 하는 것을 잊지 않았다. 그래야 귀가 덜 빨개지는 것처럼.

— 아니, 젊은 남자, 왜 남의 말을 엿듣고 그래? 첩자처럼.

그러자 그냥 사람인 다른 한 여자가 자신의 유식을 드러내기 위하여 얼른 거들었다.

— 얘, 요즘 시대 첩자가 어디 있니. 그건 삼국시대에나 있었지. 요즘은 스파이야. 스파이.

— 아, 스파이든 첩자든 그게 그거지 화장실이 뒷간이고 뒷간이 화장실인 것처럼.

실랑이하는 일행이 무색해 노 여사는 젊은 남자를 향하여 물었다.

— 그대도 그러면 시인?

노 여사의 질문에 젊은 남자는 말없이 자신의 품에서 책 한 권을 꺼내주고 표표히 사라졌다. 그는 슈퍼맨처럼 나타났다가 소림사 중처럼 사라졌다.

책을 펴보니 표지 안에는 그의 사진이 실려 있었다.

그리고 이런 시가 있었다.

기상대에서 알리는 말씀
—이진우

내일은 오늘과 다른 날이 될 것입니다.
새벽부터 짙은 안개를 동반한 슬픔이 전국을 뒤덮게 되겠습니다.
이 슬픔은 온종일 영향을 미치겠습니다.
동틀 무렵에는 슬픔 사이로 간혹 햇살을 동반한 기쁨도 보이겠습니다.
그 기쁨은 차가운 대륙성 고기압을 동반하겠으나
생활에 그다지 영향을 주지는 못하겠습니다.

대체로 내일은 예년보다 슬픈만큼 춥지는 않겠습니다.
그러나 슬픔으로 인해 우울증에 걸릴 위험이 높다고 합니다.
한편으로는 계속된 기쁜 날씨에
식상한 마음을 치유하는 데 도움이 되리라고 전망됩니다.
슬픔에 지친 분들은 외출을 삼가시고
기쁨이 지겨운 분들은 가벼운 마음으로 외출하시기 바랍니다.

내일 해 뜨는 시각은 슬픔이 제풀에 잠깐 꺾일 때이며
해 지는 시각은 슬픔이 기쁨으로 바뀌는 때입니다.
모처럼 별 탈 없는 하루 되시기를 바랍니다.

이 상은 아직 살아 있는 사람들의 기상대에서 알려드렸습니다.

— 어머, 너는 대체 이 시가 이해가 가니?

— 제목 좀 봐. 기상대에서 알리는 말씀이래. 그러면 일기예보잖아. 호호호.

— 내일은 어쩐다네. 호호호.

노 여사는 호호거리는 그냥 사람인 여자들을 보며 예술을 모르는 가여운 육과 영들하고 다니는 것이 참으로 피곤하게 느껴졌다. 그리고 그 순간만큼은 예술을 우습게 여겼던 자신도 잠깐 짧게 반성하였다.

그 사건 후 노 여사는 예술가들에게 배지를 달게 했으면 어떨까 하는 생각을 하게 된 것이다. 그렇다면 최소한 있는 데서 흉을 보지는 않고 몰래몰래 숨어서 흉을 볼 것 아닌가. 하긴 그냥 사람들의 흉을 두려워하면 예술가 노릇 못할 터였다. 원래 모난 돌은 정을 맞고 솟아오른 것은 이목을 끌기 마련이며 앞서가는 것은 앞서가는 그 길이 옳다고 증명되기까지는 여러 사람을 혼란에 빠뜨려 지탄받기 마련 아닌가. 어쨌거나 노 여사의 교양부인 생활은 예술가라고 불리기도 전에 누드 촬영지에서 유쾌한 의 뒤통수를 후려치는 그걸로 끝이었다.

그 후로 교양과 예술에 대한 관심은 노 여사의 머릿속에서 사라졌다. 그게 벌써 3년 전의 일이니 노 여사가 교양부인에서 그냥 사람으로 돌아 온 지도 꽤 된 셈이다. 그러나 인간이란 아주 간교해서 자신의 인생에서 발생하는 어떤 사건이건 사건의 진행을 자신에게 합당하게 진화시켜 나가는 능력이 누구에게나 있다. 노 여사는 특히나 그쪽 방면의 능력이 뛰어난 여자였다.

아파트의 여자들이 꾸준히 교양부인 노릇을 하여 그림 전시회를 연다, 사진 전시회를 가진다, 시집을 낸다, 수필집을 낸다 바쁘게 자기네들끼리 꽃다발을 주고받고 하며 점점 교양을 높여 가건만, 노 여사는 길 가다 단발머리에 베레모를 얹은 늙수그레한 남자만 봐도 그만 저기 예술가 나으리 또 한 명가네, 싶어 전날 먹은 짠지 쪽이 곤두서려 하였다. 예술한다고 오두방정을 떨던 유쾌한 그놈도 고혈압 때문에 쓰러져 그 좋아하는 예술도 못 하고 예술 하느라 돌보지 않은 마누라는 다른 예술 하는 놈과 붙어 다닌다는 풍문이었다. 참 세상은 정말이지 유행가 가사를 빌리지 않더라도 요지경이었다.
　그 후로 노 여사는 가끔 혼자서 볕 좋은 베란다에서 아파트 광장을 내려다볼 때면 그 바닷바람에 까맣게 곤두섰던 여자의 젖꼭지가 생각나 가슴이 뭉긋해지며 눈가가 젖어와 숙연해지곤 하였다.
　산다는 건. 그래, 치열한 거야. 목구멍이 포도청이라잖아. 그 여자도 그 여자의 포도청 때문에 거기 나왔을 거야. 아니면 사랑하는 사람이 불치의 병에 걸려 치료비가 필요했거나. 사랑하는 사람의 포도청과 치료비를 위해 옷을 벗는다. 그건 멋지다…. 책임질 줄 안다는 거 희생한다는 거 그거 아무나 못 하거든. 산다는 건 그래, 때로는 만인 앞에서 벌거벗어야 할 정도로 치열한 거야. 신의 아들로 이 땅에 왔든, 사람의 아들로 이 땅에 왔든 그건 중요치 않아. 산다는 건 예수가 십자가에 매달리는 그 순간만큼이나 치열한 거야. 그가 누구인가가 중요한 게 아니고 누군가를 위해 희생을 택한 그 십자가에 매달려짐이 중요한 거야.
　노 여사는 스승도 없이 스스로 점점 똑똑해지고 있어서 머리를 두드리면 머리에서 석왕사 상좌 스님이 치는 목탁 소리가 났다. 똑, 따라라리… 하면서. 어쩌면 노 여사가 내린 결론은 정말이지 올바른 것인지도 몰랐다.

아이 반듯하게 키우고 남편 와이셔츠 보얗게 빨아서 칼날같이 다려 입히고, 새벽에 일어나 돌솥에 따끈따끈한 밥 짓고 된장찌개 보글보글 끓여 가족을 먹이고, 그 돌솥밥과 된장찌개로 인해 아무리 지독한 독감이 와도 가족이 아무도 독감이 걸리지 않고 희뿌연한 얼굴로 편안히 잠드는 것이야말로 진정한 예술이라는 것이 노 여사가 내린 결론이었다. 그런 의미에서 노 여사는 장차 문화예술훈장 후보 예술인이었다. 노 여사가 짓는 돌솥밥은 인사동의 제일 맛있다는 돌솥밥보다도 맛있었고 된장찌개를 맛본 이웃들은 그 맛을 잊지 못하여 노 여사 집을 기웃거렸고 와이셔츠를 노 여사만큼 보얗게 빨고 칼날같이 다리는 여자는 아마 없을 터였다. 그걸 깨달은 후로 노 여사는 더 이상 아파트의 교양부인들을 부러워하지도 않았으며 오히려 은근히 그들을 깔보기까지 하고 언제부터인가 고개를 바짝 쳐들고 다니는 습관까지 생겼다.

앞집 여자가 이번에 낸 시집이라며 시집을 가져다주었을 때도
— 흥, 된장찌개 하나 맛깔스럽게 못 끓이는 주제에….
옆 동 여자가 그림 전시회 팸플릿을 가져다주었을 때도
— 흥, 남편 와이셔츠 하나 반듯이 못 다려 후줄근히 입혀 보내는 주제에….
뒷동의 여자가 문화춤 발표회가 있다며 초대장을 가져다주었을 때도

— 흥, 애는 맨 날 인스턴트만 먹여 감기를 달고 사는 주제에….

하며 교양부인들을 우습게 보는 새로운 경향이 생겼다. 노 여사의 그 새로운 경향이 어떤 방향으로 갈지는 좀 더 많은 시간이 흘러 봐야 알 수 있을 터였다.

한 인간의 인생에 있어서 모든 일은 시행착오를 거치기 마련이니까. 어찌 되었건 노 여사의 짧은 예술 생활에 종지부를 찍게 한 유쾌한의 머리 스타일로 머리를 자르고 온 남편을 보며 노 여사는 눈빛이 싸늘해졌다.

— 이 인간도 예술 할라꼬 그라나. 예술 그거 별것도 아이고 암것도 아인데. 괜스리 정신만 산란스럽고, 분주하기만 하지. 이 인간도 예술 한다꼬 무도장 들락거리며 교양 쌓으러 다니는 여자들 손잡아 줄라꼬 그라나. 오줌 줄기는 가늘어져 전립선인 주제에. 나 하나 제때 딱딱 못 맞추는 주제에.

화장대 뒤의 싸늘한 노 여사의 눈치를 아는지 모르는지 거울을 보던 남편은 돌아서서 노 여사를 끌어당겨 거울 앞에 세웠다.

— 이봐, 임자 나도 늙었어… 그렇지? 우리가 언제 이렇게 늙었을까… 머릴 이렇게 자르고 들어오기가 쑥스러워 요 앞 다방에 한참 있었지!

처연한 그 말에 노 여사의 송곳 같던 마음은 스르르 풀어지며 알 듯한 비애로 바뀌었다.

아마 얼마 전 노 여사가 햇볕이 드는 마루에서 거울을 들여다보며 자신의 주름살에서 느꼈던 바로 그 허무, 그것을 남편도 느꼈던 모양이다. 그때 노 여사는 가슴이 짠해서 젊은 여자 같은 화장을 해

보지 않았던가. 주책없이….

때 따라 들어온 며느리와 아들은 탄성을 올렸다.

— 아버님, 진작 그렇게 하실 걸 그러셨어요.

— 아버님, 아주 보기가 좋으십니다. 어머님도 어떻게 머리 스타일 좀 바꿔 보세요.

노 여사는 다시 실쭉한 기분이 되었다.

기원에 가 보겠다고 남편이 나가자 노 여사는 화투로 오관을 떼다가 손이 자꾸 틀려 거울을 보았다. 눈가와 입가의 잔주름. 거뭇거뭇한 기미와 주근깨. 그리고 낮 동안을 간장독, 고추장독과 씨름한 덕에 거친 손에선 찝찔한 간장 냄새가 나는 것 같았다. 벌떡 일어난 노 여사는 목욕 도구를 챙겨 들고 목욕탕으로 향했다.

뜨거운 물에 몸을 담그며 평소엔 그 빛깔이 왠지 싫어 들어가지도 않던 쑥탕이라는 푸르스름한 물에도 들어가 보고, 제 손은 뒀다 뭣에 쓰려고 비싼 돈 내고 때 민다고 때를 미는 여자들에게 눈 흘기던 때와는 달리, 오늘은 등도 맡겼다.

— 살살 좀 미소. 살살… 늙으니 원 피부도 더 약해지는지, 그라다 껍질 벗겨지겠다카이.

팬티 바람으로 씩씩대며 때를 미는 여자를 올려다보았다.

여자가 움직일 때마다 가슴과 뱃살이 출렁거리며 춤을 춰서 노 여사는 슬며시 웃었다.

발그레해진 볼에 로션을 듬뿍 바르며 노 여사는 자신이 한 십 년쯤 젊어 보인다는 생각으로 스스로를 위안하였다.

— 체, 문디 니만 청춘인 줄 아나, 나도 가꾸면 청춘이라꼬, 나도

가꾸면 아직은 그래도, 쳇.

순간 노 여사는 교양부인 노릇을 그만둔 것을 또다시 잠깐 후회하였다. 교양부인 노릇을 할 땐 그래도 유행에 뒤처지지 않으려고 옷과 화장에 제법 신경을 썼었는데 미련 없이 그만둔 뒤로는 다시 부스스한 일상이 되어버렸다. 남편의 희끗희끗한 단발을 떠 올려 보며 노 여의사의 입은 다시 삐죽이 돌아갔다. 노 여사는 시집올 때 갖고 온 손경대를 앞에 놓고 꼼꼼하고 정성스럽게 은은한 저녁 화장을 시작했다. 경대 속엔 노 여사의 주름진 얼굴에 겹쳐져 시집올 때 팽팽하던 정순의 얼굴이 겹쳐진다.

노정순, 지금은 노 여사. 화장을 끝낸 노 여사는 이리저리 모습을 살펴보고 만족한 웃음 끝에 언젠가 딸에게 뺏어 놓았던 향수병 뚜껑을 처음 열어 딸이 일러준 대로 귀에 한 방울 콕 찍어 발랐다.

기원에 나간 남편은 열 시가 넘었는데도 돌아오질 않는다. 노 여사는 아파트 곳곳에 환히 밝혀진 꼭 배추 같은 가로등을 내려다보면서 괜히 장독 뚜껑을 열었다 닫았다 한다.

— 이 문디, 술에 쩔어 들어옴 우짜꼬. 에이, 무심한 영감탱이.

거울을 보며 루즈가 퍼져 보이는 입 언저릴 다시 다듬는데 벨이 울린다. 남편에게선 톡 하니 알코올 냄새가 풍겨왔다.

— 여즉 기원에 있었우?

어울리지도 않는 간사스러운 서울 억양을 써보며 다정을 떨어보지만, 남편은 뚱하니 방으로 들어가며 말을 뒤에다 남길 뿐이다.

— 어— 추 씨하고 바둑 둬서 내가 이겼지. 그래서 추 씨가….

— 당신이 언제 바둑 둬서 진 적 있남? 맨 날 이겼다카지.

봄밤의 세레나데

이불을 펴며 남편이 자신의 얼굴을 볼 수 있도록 얼짓거려도 남편은 반응이 없다.

— 왜 이불을 이리 깔아? 당신은 저쪽이잖아.

베개를 나란히 놓자, 나이 들어 자리를 따로 펴기 시작한 것을 남편은 지적한다.

불이 꺼졌다. 노 여사는 그러나 이불 위에 오도카니 앉아 신방 첫날처럼 족두리를 벗겨주길 기다리는 자태로 앉아 있다. 어두워서 다행이라는 생각도 들었다. 왠지 자꾸 목젖이 아파지고 낮에 목욕탕에서 등을 민 돈이 아깝게도 생각되었다.

— 무심하고 야속한 양반. 야속하고 무심한 양반!

용기를 내어 남편의 옆구리를 흔들었다.

— 저저… 무슨 냄새가 나는 것 같지 않아예?

— 냄새, 무슨 냄새?

남편은 축농증 증세와 술끼가 범벅 된 코를 킁킁 거렸다.

— 음, 그러고 보니 당신 이 또 안 닦았군. 당신 왜 사람이 그래? 늙어갈수록 게을러져. 요즘 자주 저녁에 이 안 닦는 것 같더군. 젊을 땐 안 그렇더니. 저번에 티브이에서 말하는 것 같이 들었잖아. 밤에 이 안 닦으면 치매나 뇌졸중 확률이 높아진다고.

돌아눕는 남편의 등 뒤로 베개를 힘껏 집어 던지며 노 여사는 소리쳤다.

— 향수 냄새와 이 안 닦은 냄새도 분간 몬하나? 이 문디 같은 인간아!

욕실로 달려가며 노 여사는 남편의 다리를 일부러 밟았다.

— 아이쿠, 이 늙은 마누라가 궁둥이만 무거워져서!

남편의 아파하는 비명을 들으며 노 여사는 힘껏 수돗물을 틀어놓고 귀를 씻기 시작했다. 세면대로 이름도 모르는 프랑스제 향수 냄새와 함께 오랜만에 노 여사가 기대했던 뜨거운 봄밤이 속절없이 흘러내려 가고 있다. 노 여사는 그 세면대 속으로 빨려 들어가는 속절없는 뜨거운 봄밤을 내려다보며 중얼거렸다.

— 아, 아, 참말로 예술을 모르는 인간하고 살 부비고 사는 건 인내가 필요한기라 하믄. 인내가 필요하고 말고. 그래도 예술을 쪼매라도 아는 내가 우예든동 이핼 해야지 우짜겠노. 이래서 예술이 필요한기라. 예술이. 내가 만약 예술을 몰랐다면 저 눈치 없는 영감하고 벌써 갈라섰을 기라, 버~얼~서.

살아남은 자의 기록

지난밤 꿈에 마을 우물이 가득 차 넘치는데 온통 핏빛이었다. 핏빛의 물은 끝없이 솟아 범바위골(부천 범박동) 들판을 붉게 물들였다. 깜짝 놀라 잠에서 깬 부여충은 밖으로 나와 하늘을 올려다보았다. 커다란 유성 하나가 바다로 떨어졌다. 어디서 피비린내가 진동하는 것 같았다. 사흘간 솔산(소래산)에 가보지 않아 아침 일찍 가보아야겠다고 마음먹었다.

마을을 나갈 때마다 늘 하듯이 부여충은 범바위와 할아버지 아버지가 잠들어 있는 무덤 앞에 이르러 공손한 마음으로 절한 후 망태기를 둘러메고 배못탱이를 돌아 솔산을 향해 걷기 시작했다.

유월 보름이 지난 태양은 뜨거워지기 시작했다. 땀을 훔치며 솔산에 다다라 혹시 짐승이 잡혔나 올무를 살피니 토끼 한 마리와 사슴이 걸려 있었다. 운이 좋은 날이다. 우물에서 핏물이 넘쳐 범바위골을 가득 메웠던 꿈이 흉조가 아니라 길조인가 싶었다.

정상에 다다라 포구를 살피던 부여충은 외마디 비명이 나오는 입을 두 손으로 틀어막으며 바위에 털썩 주저앉았다. 너무 놀라 바위 모서리에 찧은 엉덩이가 아픈 것도 몰랐다. 포구에 끝도 없이 길게

살아남은 자의 기록　125

늘어선 군선과 나부끼는 깃발에 혼절할 지경이었다. 헤아릴 수 없을 정도로 많은 군선이 바다를 까맣게 뒤덮고 열을 지어 깃발을 나부끼며 바다를 가르고 남쪽을 향해 나아가고 있었다. 당나라군이다! 대체 저 많은 군선과 군사가 언제 어디에서 왔단 말인가. 부여충은 정신을 차리고 구르듯이 솔산을 내려와 범바위골로 돌아와 마을 남정네들을 소집했다. 남정네라 봐야 젊은 청년들은 모두 사비로 징집을 당해 나가고 밥이나 축내는 노인들이었다.

"어젯밤 꿈자리가 좋지 않아 일찌감치 솔산에 올라 보니 포구 앞에 셀 수 없을 정도로 많은 군선이 깃발을 나부끼며 남쪽으로 내려가고 있었소. 당나라군이 덕물도로 왔던 모양이오. 남쪽으로 내려가는 것으로 보아 어제 온듯싶소. 사흘 전 내가 솔산에 갔을 때 바다는 그저 파도만 넘실대고 있었으니까. 급히 사비로 가 알려야 할 터이니 내가 출발하면 모두들 마을 출타를 자제하시오. 개로왕이 아차산에서 고구려 장수왕에게 참수당하고 웅진으로 쫓겨 가던 때와는 비교도 안 될 것 같소."

"그 정도요?"

"바다가 당나라 군선으로 까맣게 뒤덮였소!"

부여충의 말에 방안은 누구도 입을 열지 않았다. 무거운 방 안 공기를 연씨가 깼다.

"나도 함께 가겠소."

연 씨가 함께 가겠다고 나섰다.

두 사람은 급히 행전을 꾸려 길을 나섰다. 부여충은 그동안 사냥으로 잘 손질해 둔 사슴, 노루, 토끼 가죽을 챙겼다. 요긴히 쓸데가 있을 터였다. 포로 말려 두었던 사슴과 노루 육포도 남김없이 챙겼다. 아내가 아들과 사위에게 갑옷 안에 입힐 요량으로 꼼꼼히 사슴 가죽으로 지은 배당(褙襠)도 챙겼다.

포구에서 배로 황해를 지나 기벌포로 들어가면 사비까지 이틀이면 가겠지만 지금은 배로 갈 수가 없다. 부여충과 연 씨는 당나라 군사를 피해 육로로 길을 잡아 사비까지 가기로 했다. 주부토(지금의 부천)에서 가장 가까운 매홀(수원)관청에 알려 파발마를 띄우면 더없이 좋겠지만 매홀도 이제는 백제가 아닌 고구려 땅이었다.

부여충은 아들과 딸을 두었다. 딸은 사비의 연씨 가문으로 출가하였다. 아들도 혼례를 올려 사비에서 달솔인 부여승의 밑에 군장으로 있다.

부여충은 배못탱이 포구의 범바위와 아버지 부여협의 무덤에 아침마다 백제의 안녕과 의자왕의 평안 그리고 백성과 부여 씨 일족을 위하여 기도하였다. 그리고 가끔 배못탱이를 돌아 솔산에 올라가 바다를 살피다 뗏목을 타고 나아가 낚시를 하거나 솔산에서 버섯이나 약초를 채취하였다. 올무를 놓아 산토끼나 운이 좋으면 노루나 사슴을 잡기도 하였다.

이즈음 성왕이 관산성에서 패사한 후 왕 위에 오른 의자왕이 영토를 확장하려 신라와 전투를 벌여 신라와의 사이가 좋지 않았다.

부여충은 봄에 아들과 딸이 있는 사비성에 다녀왔다. 혼례를 올린 지 삼 년이 지나도록 수태하지 못한 딸이 걱정되고, 아들과 며느리도 보고 부여 씨 일족과 사비의 소식도 들을 겸해서였다. 의자왕은 즉위 초에는 신라를 공격하여 사십여 개의 성을 빼앗고 했으나

살아남은 자의 기록 127

봄에 갔을 때의 사비는 심히 걱정스러웠다.

궁성 공사로 인해 백성들이 살기가 넉넉지 않았다. 게다가 의자왕이 초심을 잃고 정사를 제대로 돌보지 않고 향락에 빠진 데다 서자 마흔한 명에게 무더기로 좌평 벼슬을 내린 것도 탐탁지 않았다. 백제의 영토였던 한수(한강)와 한수 이남을 고구려에게 빼앗겨 백제 백성들이 유민이나 노예로 전락하거나 고구려로 끌려갔다. 그렇지 않은 백성들도 고구려에 빼앗긴 백제 땅에서 숨죽이고 살고 있건만 화려하게 궁성을 축조하고 향락에 빠진 것에 한숨이 나오고 비탄스러웠다. 그래도 기쁜 것은 며느리가 수태하여 칠월이 산달이라는 소식이었다.

사비성에서 며느리가 수태한 기쁜 소식을 듣고 돌아와 솔산에서 잡은 사슴을 범바위에 올리고 감사의 치성을 올렸었다. 다만 먼저 혼인한 딸이 아직 수태 소식이 없는 것이 마음에 걸렸다. 딸도 빨리 회임할 수 있도록 함께 빌었다.

그게 얼마 전이건만 당나라군이 바다를 가득 메웠으니 사직이 온전할까 싶었다.

생보리를 씹어 가며 잠깐씩 눈을 붙인 것 외엔 쉬지 않고 꼬박 나흘을 걸어 사비성에 닿았을 때 부여충은 쓰러졌다.

"당나라 대군이… 바다를 까맣게 메웠습니다. 지금쯤 황해를 내려와 기벌포에 가까워졌을 것입니다."

"그것이 언제더냐."

"스무이튿날입니다. 제가 본 것이 스무이튿날이니 덕물도에 들어온 것은 하루 전인 듯합니다."

사비성은 발칵 뒤집혔다.

모든 신하들이 모여 대처 방안에 의견이 분분하였으나 성충, 흥수, 의직의 의견과 영상의 의견이 엇갈려 의자왕은 결론을 내리지 못하고 갈등하였다. 결국 의자왕은 기벌포에서 펄을 건너오느라 지친 당나라군을 상대하라던 의견보다 신라군을 먼저 상대하자는 상영의 의견을 쫓아 기벌포를 두고 황산벌에서 부여승이 김유신과 전쟁을 치르는 쪽을 택하였다.

그 말을 전해 들은 부여충은 한탄하였다.

"이제 백제는 문을 닫는구나!"

부여충은 아들과 사위 그리고 며느리와 딸을 데리고 피전하고 싶었다. 그러나 그럴 수는 없는 일이었다. 생각 같아선 자신도 전쟁터에 나가 돌이라도 던지고 싶은 심정이었다. 그러나 모두 전쟁에 나서면 백제의 씨는 어쩌란 말인가.

우왕좌왕하는 사이 당나라군이 기벌포에 당도하였고, 신라군은 탄현을 넘어 황산벌을 향해 오고 있었다. 황산벌은 사비성에 이르는 마지막 관문이었다. 황산벌이 무너지면 사비성이 함락된 거나 마찬가지였다. 결사대 5천 명으로 김유신이 이끄는 신라군 오만 명과 싸워야 하는 부여승은 전쟁에 나가기 전 자신의 아내를 비롯하여 일가족을 모두 직접 베었다.

"결사대 오천 명으로 신라와 당의 대군과 결전하자니 나라의 존망을 알 수 없도다. 나의 처자가 붙잡혀 노비가 되거나 고통 속에 죽임을 당할지도 모르니, 살아서 적의 손에 치욕을 당하거나 고통 속에 죽임을 당하는 것보다 차라리 사랑하는 내 손에 고통 없이 단

살아남은 자의 기록　129

칼에 죽는 것이 낫겠다."

　아들의 집에 딸과 며느리와 함께 소식을 기다리던 부여충은 마지막 인사를 고하러 온 아들과 사위의 부여승에 대한 전언에 너무 놀라 단 한마디도 할 수가 없었다. 아들과 사위가 부여승의 밑에 군장으로 있기 때문이었다. 처자를 자신의 손으로 단칼에 벤 부여승의 생각에 이 전쟁은 패배고 백제는 멸망이었다. 그렇다면 사위와 아들도 황산벌에서 전사할 터였다. 부여충은 두 주먹을 으스러져라 쥐었다. 떨지 않기 위해서였다. 죽기를 각오했다면 부여충의 아들과 사위도 마찬가지 일터였다. 만약 이 전쟁에서 패한다면 백제는 멸망하고, 나라와 군주를 잃은 백성은 유민으로 떠돌아야 하며, 노예로 전락 되거나 포로로 당나라로 끌려갈 것이다. 이제 막 입덧을 시작한 딸과 산달이라 산일이 코앞인 며느리가 포로가 되어 짐승보다도 못한 대접을 받거나 잡혀서 죽임을 당하는 생각만 해도 치가 떨렸다.

　전쟁이 나면 남자들은 사느냐 죽느냐의 두 문제지만 아녀자와 아이들이 겪는 고통은 살아서 길게 겪는 처참한 것이었다. 살아도 산 게 아니었다. 딸을 만나고 보니 수태를 하여 입덧을 하고 있었다. 그동안 혼례 후 삼 년이 지나도록 수태가 되지 않아 속을 끓였는데 사위는 결사대로 황산벌로 나아가야 했다. 부여충은 사위와 아들에게 함께 범바위골로 가 숨어 지내라고 잡고 싶은 마음을 꾹꾹 다져 눌렀다. 모두 도망간다면 이 나라 백성은 비참한 떼죽음을 당할 것이다. 아들과 사위의 표정이 비장하였다. 아들은 커다란 바가지를 엎어 놓은 듯한 며느리의 배에 시선을 주었다.

　"내 마음은 너희와 함께 이 전쟁에 나아가 돌이라도 던지고 싶은 심정이다. 너희들과 전장에 나가지는 못하더라도 이 두 아이는 내가 책임질 터이니 너희는 우리 부여 씨의 나라를 위해 목숨을 아끼지 말아라."

부여충의 목소리는 겨우 목구멍을 뚫고 나왔다.

"네. 아버님!"

부여충의 아들과 사위는 동시에 대답하고 허리를 굽혔다.

"부인, 당신의 배 속에 있는 아이는 우리 백제의 소중한 뿌리요. 잘 부탁하오. 혹여 내게 무슨 일이 생기면 아들일 경우 현, 딸일 경우 경이라 이름을 지어 주시오."

부여충의 아들은 칼자루에서 칼을 뽑더니 자신의 머리카락을 잘랐다.

"아이가 자라면 이것을 아이에게 전해 주시오."

며느리는 부른 배로 두 무릎을 꿇고 머리카락을 받은 후 엎드려 절을 하였다. 사위도 머리카락을 잘라 딸에게 주었다. 딸 역시 무릎을 꿇고 머리카락을 받아 들었다. 딸과 며느리는 부여충이 가져온, 부여충의 아내가 사슴 가죽으로 만든 가슴과 등에 걸칠 수 있도록 만든 배당(褙襠)을 갑옷 안쪽에 입게 하였다. 화살과 창에 조금이라도 더 견딜 수 있을까 싶어 만든 것이었다. 부여충은 사슴과 노루 육포를 사위와 아들에게 건넸다. 어쩌면 이 땅에서 마지막 양식이 될지도 몰랐다. 전쟁이란 에미가 만든 배당을 입고 애비가 사냥하여 말린 고기를 죽으러 나가는 자식에게 양식으로 주는 잔인한 것이었다.

"우리 백제인은 물러서지 않소. 비겁하지 않소. 이것을 꼭 아이들에게 일러 주시오."

"아버님, 부디 건강하십시오."

아들과 사위가 갑옷을 입고 칼을 찬 후 창을 들고 나갔다. 이별은 짧고 강건했다. 누구도 울지 않았다.

부여충이 수소문해 보니 결사대 오천 명은 황산벌로 나아갔다고 하였다. 사비성의 많은 백성이 피전 길에 올랐다. 딸의 시집도 바다 건너 왜로 간다며 딸에게 왜로 가든가 이곳에 남든가 하라고 하였다. 딸은 부여충을 따라 범바위골로 가는 쪽을 선택하였다. 부여충도 딸을 왜로 보내고 싶지 않았다. 사비성의 백성 대부분이 바다 건너 왜로 갔다. 부여충과 범바위골에서 함께 온 연 씨 그리고 딸과 며느리는 피전 준비를 마쳤다. 준비라고 해봐야 날이 더워 생보리와 소금 그리고 딸과 며느리가 지닌 비녀와 옥가락지, 옷가지 정도가 전부였다.

칠월의 더위가 극성스러웠다.

아들과 사위가 죽을 각오로 나간 지 사흘, 오천 명 결사대가 모두 전사하여 황산벌이 피로 내를 이루었고 시체가 산을 이루었다는 소식이 들려왔다.

부여충은 하늘을 향해 세 번 소리 질러 통곡하였다. 그 통곡은 배 속의 모든 내장을 끄집어내는 듯한 고통스러운 소리였다. 며느리와 딸도 부여충을 따랐다.

이제 신라군과 당나라군이 밀어닥칠 것이고 마을은 초토화되고, 백성은 노예가 되거나 포로로 끌려가고 죽임을 당할 것이다. 아녀자들은 겁간을 당한 후 죽임을 당하거나 역시 끌려갈 것이다. 어느 전쟁에서나 승리한 자들이 하는 짓이었다. 아녀자들은 피에 절어 이성을 잃은 군인들에게 겁간을 당하고 비참히 살해당할 것이다.

꾸려 놓았던 보따리를 챙겨 들고 부여충과 며느리 그리고 딸은 일어섰다. 서둘러야 했다. 부여충은 며느리에게 배가 밑으로 처지지 않도록 천으로 꽉 움켜 싸라고 일렀다. 범바위골에 이르기까지 아이가 나오지 않기만을 바랄 뿐이었다.

왔던 길을 되짚어가야 하지만 산일이 코앞인 며느리를 데리고 가야 할 일이 깜깜했다. 기벌포에서 배를 타고 덕물도 앞바다인 포구까지 가면 편하고 쉽겠지만 그건 호랑이 아가리로 스스로 들어가는 꼴이었다.

부여충과 연 씨는 며느리와 딸을 데리고 사비성을 떠났다. 가다가 신라나 당나라군에게 잡히면 끝장이었다. 죽임을 당하거나 노예로 끌려갈 터였다. 지금은 무슨 수를 쓰더라도 살아 남아 부여씨를 이어가는 일이 중요했다. 신라군과 당나라군이 군데군데 불을 질러 마을은 매케한 연기와 비명 피비린내가 진동했다.

칠월이라 숲과 산이 우거져 몸을 숨기기가 다행이라면 다행이었다.

어두워지자 다시 길을 재촉하였다.

"아버님…."

갑자기 며느리가 배를 싸쥐고 엎드렸다.

"왜 그러느냐."

"아기가 발길질을 너무 심하게 합니다. 마치 무엇을 아는 것 같

살아남은 자의 기록　133

아요."

며느리가 갑자기 울기 시작했다. 며느리가 울자 딸도 함께 눈물샘이 터졌다.

"울지 마라. 오천 명이 전사했다. 그 모두의 죽음을 헛되이 할 수 없다. 우리에게 남겨진 일은 백제의 씨를 지키는 일이다. 네 배 속의 아이는 오천 명의 자식이나 마찬가지다. 목숨을 걸고 탈출해 살아남아야 한다. 그 어떤 경우라도 아이는 반드시 살려야 한다. 이것이 우리에게 남겨진 몫이다."

떨리는 목소리로 말을 하는 부여충은 너는 죽더라도 아기는 살려야 한다는 말을 삼켰다. 이것이 지금 부여충의 모질고 또 모진 심정이었다.

마침 보름이 가까워져 달이 밤길을 비추어서 걸음을 재촉할 수 있었다. 산일이 가까운 며느리 때문에 걸음은 더뎠다. 겨울이 아니어서 바깥 잠을 잘 수 있다는 게 그나마 그들에게 주어진 편의였다. 달빛 덕에 밤을 새워 걸은 탓에 사비성을 벗어날 수 있었다.

부여충 생각에 산일이 코앞인 며느리를 데리고 범바위골까지 가기는 무리였다. 하팔현(평택)의 벌수지현(평택, 당진항)까지 가 무슨 수를 써서라도 배를 타야 했다. 다 백제 땅이건만 고구려, 신라, 당나라가 휘젓고 다녀 어찌 될지 알 수가 없었다.

사람과 마을을 피해 걷느라 더 힘들었다. 사람을 믿을 수 없어 쉬이 인가로 들어가기도 어려웠다. 생보리를 씹어 허기를 달래지만 굶는 거나 마찬가지였다. 세 사람은 굶는다 하여도 며느리는 굶길 수가 없었다. 딸도 입덧 중이었다. 아들과 사위에게 주고 며느리를 위해 남겨두었던 육포도 바닥이 났다.

하팔현에 당도하여 벌수지현 포구에 묶여 있는 고깃배와 당나라를 오가는 무역선을 보며 부여충의 가슴은 요동쳤다. 저 중에 돛단배 아니면 뗏목이라도 구할 수만 있다면 자신의 팔 하나라도 내어 줄 수 있을 것 같았다. 부여충은 노루 가죽과 사슴 가죽을 가지고 음식과 바꿔 보고 배를 얻어 탈 수 있을지 귀동냥이라도 해볼 요량으로 조심스레 부두로 갔다. 연 씨와 딸과 며느리는 부두가 바라보이는 숲에 몸을 숨기고 있었다. 부여충에게 무슨 일이 생기면 즉시 숲을 떠나라고 일러두었다.

포구의 객잔을 기웃거리다 안으로 들어가려는데 누가 뒤에서 확 잡아챘다. 부여충은 깜짝 놀라 몸을 홱 틀었다.

"따라오시오."

"뉘시오?"

"안심하시오. 나도 백제 사람이오. 저 뒤서부터 내가 지켜보았소. 지금 사비성에서 오는 길이오?"

"그렇소."

부여충은 낯선 사내에게서 경계를 늦추지 않았다. 여차하면 품속의 단도로 놈을 베어야겠다고 맘을 먹었다.

"사비성을 언제 떠났소?"

"십 일에 떠났소."

"지금 여기 하팔현에 소정방하고 김유신이 사비성을 함락하고, 의자왕과 태자들은 성을 버리고 웅진으로 도망갔다는 소문이 파다하오. 이제 백제인은 고개 들고 다니기 어렵소. 나라는 없어지고 백

살아남은 자의 기록

성은 유민이 된 것이오. 따라오시오. 그렇게 객잔으로 들어갔다간 그대로 잡혀 당나라 무역선에 노예로 끌려갈 것이오. 내가 아까 보니 만삭인 여인도 있던데…."

"며느리입니다."

"데려오시오."

"배를 구해야 합니다."

"배도 내가 알아봐 주겠소."

"같은 백제인끼리 돕지 않으면 어쩌겠소. 어떡하든 살아남아야지."

"난 부여충이오."

"왕족이시구만, 난 목 씨요."

"우리 백제 8성 중 하나구료."

목 씨의 집은 벌수지현에서 멀지 않았다. 외딴곳에 있었다. 하팔현이 고구려 땅이 된 후로 부두에서 뱃일하고 있다고 하였다. 운이 좋은 사람이었다. 당나라나 고구려에 끌려가지 않았으니 말이다.

부여충은 목 씨와 함께 숲속에 숨어 있는 딸과 며느리 그리고 연 씨를 데리고 목 씨의 움막으로 갔다. 사비성을 떠난 지 닷새 만에 하늘이 가려진 곳에 드는 셈이었다.

"밥을 내오게."

목 씨의 집에 다다라 목 씨는 아내에게 밥을 내어오라 하였다. 목 씨의 아내는 사나운 표정을 지으며 퉁박스럽게 밥을 내왔다. 바닷가라 생선이 흔한 탓에 소금을 넣어 끓인 민엇국과 햇보리로 지은 보리밥이었다. 닷새 만에 익힌 음식이 배 속으로 들어가자 배 속이 요동쳤다. 구수하고 맛있었다. 배고픔에 주인의 눈치도 살피지 못하고 네 사람은 정신없이 먹었다. 부여충은 자신의 몫을 며느리에게 덜어 주었다. 허기를 채우기에 부족하긴 했지만 익힌 음식을 먹은 것만도 다행이었다. 며칠간 생보리를 먹고 흐르는 물을 마시고 노숙하여 모두 설사에 시달렸다.

모처럼 밥을 먹자 나른하니 잠이 쏟아졌다. 며느리는 배를 싸맸던 복대를 풀었다. 그러자 아이가 뒤트는지 배가 꿈틀거리는 것이 부여충의 일행에게 보였다. 놀라웠다. 부여충은 꿈틀대는 며느리의 배를 보며 가슴이 덜컥 내려앉았다. 곧 아이가 세상 밖으로 나올 것 같았다. 제발 범바위골에 도착할 때까지 세상 밖으로 나오지 않기를 빌었다.

목 씨가 배를 알아봐 준다고 했으니 좀 쉬어볼 요량이었다. 며느리는 배를 싸안고 잠이 들었다. 잠든 며느리를 바라보다 발을 보고 가슴이 쓰려 외면을 하였다. 맨발에 짚신을 신고 오느라 발이 쓸려 피가 배어 나왔건만 아프다 소리조차 하지 않고 닷새를 걸었다. 사람의 눈을 피해 걷느라 더 힘든 길이었다. 차라리 딸과 며느리를 왜로 가는 일행에게 딸려 보냈으면 더 낫지 않았을까 하는 생각도 들었다.

부여충은 쓰린 가슴도 달랠 겸 소피를 보려고 며느리가 깰까 조용히 방문을 열고 나와 집 뒤란으로 가 괴춤을 내리다가 깜짝 놀라 숨을 죽이고 들창 밑으로 다가갔다.

"어쩌자고 저런 백제 것들을 넷이나 데려왔단 말이오. 그 바람에 우리는 저녁도 굶지 않았소."

목 씨 아내의 화가 난 목소리였다. 부여충은 그 말을 들으며 미안한 생각이 들어 딸의 비녀를 밥값으로 주어야겠다는 생각을 하며 숨죽이고 물러나려다 목 씨의 대답에 그 자리에 얼어붙었다.

"조용히 하게. 내가 나라도 망하고 없는 저런 도망자들을 괜히 데려왔겠나. 안 그래도 내가 백제 사람이라 속여서 데려왔단 말일세. 내가 고구려 사람인 걸 알면 따라왔겠는가. 당나라 무역선이나 우리 고구려 선단에 팔면 짭짤하니 은전을 챙길 텐데. 저 두 늙은이는 배에서 얼마든 잡일을 할 수 있을 테고, 배불뚝이야 아이만 낳고 나면 애는 치워 버리고 팔아 버리면 꽤 돈을 챙기겠던데. 얼굴은 반반하잖은가. 아니면 내가 데리고 살든가."

"미쳤소? 그러면 내가 저년을 죽여 버리고 말지."

"성질머리 하고는… 아무튼 우리 고구려 여자들은 사납단 말이야. 그리고 그 딸도 반반하니 당나라 선원들이 서로 사려고 할 걸세."

"그럼 진즉에 말을 하던가… 하여간 영감 잔꾀는 알아줘야 한다니까."

목 씨 아내 목소리가 은근하고 작아졌다.

"이 사람아, 내가 어디 손해 보고 돈 안 되는 일 하는 것 보았나? 내가 잠시 후 당나라 선단에 가 알아보고 올 테니 얌전히 잘 지키라고."

부여충의 오줌이 쑥 들어가 버렸다. 소리 나지 않게 방으로 들어온 부여충은 안방 문이 열리기를 기다렸다. 아무리 다급했다 하더라도 사람을 쉽게 믿은 자신이 원망스러웠다. 지금까지의 고생과 네 사람의 운명이 자신으로 인해 풍전등화였다. 부여충은 연 씨에게 귓속말로 사실을 말해 주었다.

"저 고구려 놈이 나가면 내가 뒤를 쫓아 어떡하든 요절을 낼 터이니 내가 나가면 자네는 저 고구려 놈의 마누라를 요절내게."

부여충은 이를 사려 물었다.

잠시 후, 방문이 열리더니 고구려 놈이 방문 앞에 와 헛기침을 하였다.

"흠흠, 내가 배를 알아보러 나갔다 오겠으니 쉬고들 계시오."

이제는 확실히 들렸다. 백제 말투를 쓰지만 억양이 달랐다. 본시 고구려와 백제는 졸본이 뿌리지만 고구려에게 그 나라를 빼앗겨 여기까지 왔는데, 고구려 놈들은 그악스럽게 그 땅마저 빼앗는 도적놈들이었다. 부여충은 떨리는 마음을 진정하고 잠결인 척 졸리운 목소리로

"부탁합니다. 같이 가보고 싶지만 나다니기가 조심스러워서… 게다가 며칠 만에 곡기가 배 속으로 들어가니 잠이 쏟아져서… 며칠간 노숙을 했더니… 뱃값은 옥반지하고, 비녀 그리고 사슴가죽과 노루가죽이 있소."

부여충의 말에 고구려 놈은 은근해졌다.

"걱정 마시오. 배부른 며느리하고 사비성에서 여기 하벌현까지 걸어오느라 진이 다 빠졌을 텐데… 걱정 말고 쉬고들 계시오. 같은 백제인끼리 이럴 때 도와야지."

고구려 놈의 말에 부여충은 아랫입술을 질끈 깨물었다.

"그럼 부탁합니다."

"걱정 마시오."

고구려 놈의 발소리가 멀어지자 부여충은 연 씨와 눈빛을 교환한 후 방을 나섰다. 부여충은 장작개비를 들고 괴춤의 단도를 꺼내 쥔 후 놈의 뒤를 따르기 시작했다. 고구려 놈은 종종걸음으로 부두로 향했다. 부두에 다다르기 전 어떡하든 놈을 없애야 했다. 나루터에 다다르기 전 솔숲에 이르자 부여충은 달려가 몽둥이로 놈의 뒤통수를 후려쳤다. 뒤통수를 맞은 놈은 비명을 지르며 뒤돌아보더니 비틀거리며 부여충을 향해 달려들었다.

"이 백제 놈! 먹여 줬더니 내 뒤통수를 후려쳐?"

"이 고구려 놈아, 이제야 본색을 드러내는구나. 네가 우릴 데려간 게 우릴 팔아먹기 위한 더러운 수작 아니었더냐!"

부여충은 다시 한번 놈을 몽둥이로 후려쳤다. 몇 번을 더 맞고서야 놈은 뻗었다. 부여충은 사내를 재빨리 질질 끌어 소나무 숲 뒤 우거진 칡덩굴 속으로 밀어 넣었다. 칡덩굴을 끊어 손과 발을 묶은 후 입속을 칡잎으로 틀어막았다. 뒤통수에서 흐른 피를 소나무 밑의 흙으로 덮고 얼른 사내의 집으로 향했다. 부지런히 사내의 집으로 향하던 부여충은 다시 발길을 되돌렸다. 고구려 놈을 살려 두어서는 안 될 것 같아서였다. 칡넝쿨에 뒤덮여 있는 고구려 놈의 목을 단숨에 따 버렸다. 피가 솟구쳐 초록의 칡넝쿨 위로 흘렀다.

"미안하오. 우리 서로 시절을 원망합시다. 밥은… 고마웠소!"

발길을 재촉해 사내의 집으로 돌아오니 연 씨가 사내의 마누라를 결박 지어 묶은 후 혼절시켜 입에 재갈을 물리고 끌고 나가 뒷 숲의 소나무에 결박 지어 묶어 놓았다. 연 씨와 부여충은 고구려 놈의 마누라를 죽일지 살릴지 망설이다 죽이기로 했다. 사람 목숨이 파리 목숨만도 못하다는 소리가 세상을 훑고 지나갈 정도로 어수선한 시절이었다.

집의 항아리를 뒤져 생보리와 소금 한 줌을 챙겼다. 음식을 구하지 못하면 생보리라도 먹어야 했다. 놈의 집도 궁색했다.

"배를 타기는 너무 위험하다. 아무래도 걸어야겠다."

어느덧 보름이다. 달이 창백하다. 울음조차 잃어버린 딸과 며느리를 보며 앞날이 어찌 될까를 생각하다 앞날은 하늘에 맡기고 살아남자는 생각만 하기로 했다.

지팡이를 짚고 배를 감싸 안은 채 절뚝이며 걷는 며느리를 번갈아 부축하며 야밤에 천천히 걸음을 옮겼다. 배가 터질 듯 부풀었다 사그라져 가는 달은 반대 방향으로 부지런히 가고 있었다.

뜨거운 낮에는 숲에서 잠을 청했다. 산딸기가 지천이라 따다가 며느리와 딸을 먹였다. 무거운 몸으로 밤새 걷느라 며느리의 다리가 퉁퉁 부어터질 것 같았다. 그래도 며느리는 힘들다는 말을 하지 않았다. 오히려 자신 때문에 빨리 가지 못하는 것을 안타깝게 여기고 자책하였다.

며느리와 딸의 발에 흐르는 피가 나라를 잃은 현실이었다.

모두들 어떡하든 살아서 범바위골까지 가야 한다는 생각에 슬픔과 고통 아픔을 참았다. 해가 지고 다시 걸어 이틀을 꼬박 더 걸었다.

저 멀리 솔산이 보였다.

"솔산이다!"

부여충의 외침에 모두의 가슴에 얹혔던 불안과 두려움이 한 꺼풀 벗겨졌다. 이제 범바위골이 지척이었다. 그러나 하늘이 심상치 않았다. 아침부터 하늘이 흐리다 점점 사나워지며 시커메지더니 빗방울이 성기게 내리기 시작했다. 이내 장대비로 변하여 쏟아지기 시작하였다. 장대비를 맞으며 며느리와 딸을 데리고 범바위골까지 갈 수가 없다.

"내가 마을로 가서 사람들에게 연통 후 뗏목으로 오겠네."
"물이 금방 불어날 텐데 범바위골까지 갈 수 있겠나."
"내 걱정은 말게. 아직 그럴 힘은 남아 있네."
"나는 동굴에 가 있겠네."

지칠 대로 지친 부여충과 연 씨의 표정은 결연하였다.

사방 계곡에서 쏟아지는 물줄기들이 벌써 시뻘겋고 사납게 솔산과 범바위골 사이를 메워 나가고 있었다.

연 씨는 혼자 장대비를 맞으며 범바위골로 가기로 하고 부여충과 두 사람은 솔산의 동굴로 가기로 했다. 솔산 주위는 비가 내리면 금방 범람하여 작은 강처럼 변해 버리기에 연 씨가 장대비를 뚫고 마을로 가는 것이 걱정되기도 하였지만 며느리 때문에 어쩔 수 없었다.

비에 흠뻑 젖어 추위에 떨며 솔산에 다다라 부여충이 사냥 다니며 쉬곤 하던 동굴로 들어갔다. 이제는 안심이 되었다. 이곳 솔산은 부여충의 손안에 있었다. 동굴은 부여충이 사냥이나 낚시를 하다가 쉬기도 하고 하여 비상식량과 나무가 있었다. 동굴에 모아 두었던 나뭇가리로 불을 피워 습기를 없애고 비를 맞은 며느리의 한기를 없애 주었다. 며느리가 신음을 내기 시작했다. 걷느라 배 속의 손주도 힘들었을 것이다. 산통이 시작된 것이다. 먹은 것도 변변찮은데 며느리가 산통을 견디어 내고 출산을 잘할 수 있을지 마음이 무거웠다. 비가 더 거세졌다.

며느리의 신음과 함께 밤새 무섭게 비가 쏟아졌다. 칠월 장마가 시작된 모양이었다. 이 기세라면 솔산에서 배못탱이까지는 밀물과 사방 산골짜기에서 쏟아지는 물로 강물로 변할 것이다. 밤새 쏟아지던 비가 점심때가 되자 잦아들었다. 그리곤 언제 비를 쏟아냈냐는 듯이 비죽이 해를 구름 사이로 내보였다. 솔산 부근은 무섭게 불어난 벌건 황토물이 거세게 흐르고 있었다.

부여충은 이곳 범바위골에 터를 잡았던 할아버지 부여협을 생각했다.

부여 씨 일족으로 성왕과 위례성 회복에 나섰던 부여협은 사비로 돌아가다가 미추홀(인천)에 속한 지역에 이르러 숙영하게 되었다. 날이 밝아 아침 햇살이 숙영지를 비추자 땅에서 강한 빛이 느껴졌다. 부여협은 높지도 낮지도 않은 세 개의 봉우리가 아늑하게 숙영지를 감싸고 있는 평지를 둘러보다가 강한 기운에 이끌려 세 개의 봉우리 중 제일 높은 봉우리로 올라가 지형을 살펴보았다. 사람이 살았던 흔적이 있었지만 계속되는 전쟁으로 모두 유민이 되어 뿔뿔이 흩어졌는지 들판이 텅 비어 있었다.

백제 땅 곳곳이 그랬다. 이곳도 마찬가지였다. 비류왕 시절 미추홀에 속했던 땅이었지만 고구려가 위례와 한수 남쪽을 빼앗고 이곳은 주부토라는 지명을 내려 백제땅 미추홀이 아닌 고구려 땅 주부토였다. 그러나 부여협을 비롯한 백제인에게는 여전히 고구려 땅이 아니라 백제 땅이었다. 고구려에 영토를 빼앗겼지만, 백제의 후손들이 곳곳에 흩어져 다시 위례성의 부흥이 올 거라는 희망을 놓지 않고 고을고을에 흩어져 숨죽이며 살고 있었다. 부여협은 언젠가는 반드시 위례성을 백제의 땅으로 수복하기 위해서라도 곳곳에 백제 백성들이 터를 이루고 사는 게 필요하다고 생각하였다.

나지막한 세 개의 봉우리에 둘러싸여 있는 넓은 들판에 봄볕이 속속들이 내리비쳐 새 생명을 움틔우고 싶은 욕망으로 땅을 꿈틀거리게 하고 있었다. 봉우리에서 바라보는 땅은 북쪽으로는 한수와 마주하고 남쪽으로는 너른 들판이 보였다. 서쪽으로는 제법 높은 봉우리가 우뚝 선 솔산이 보였고 넘실거리는 황해가 지척이었다. 산과 바다, 그리고 한수가 멀지 않아 살기가 좋게 여겨졌다. 포구에서 배로 황해로 나아가 기벌포(금강)까지 곧장 가 바로 사비로 갈 수도 있었다. 햇볕이 골고루 사방으로 내리쬐는 우묵한 들판 안쪽으로 빽빽이 우거진 느티나무 군락지도 부여협의 마음을 사로잡았다. 멀리 한수와 조상의 숨결이 서린 위례 땅과 비류가 터를 잡았던 미추홀이 가깝고 들판 앞쪽의 범을 닮은 우람한 바위가 이곳을 지켜줄 것 같았다.

둥글게 평지를 에워싸고 있는 산자락이 끝나는 곳은 배의 앞모양을 닮아 뾰족하였다. 배의 앞부분을 닮은 못탱이를 돌아 우측으로 나가면 황해 바다가 지척이고, 배못탱이 앞쪽으로는 위례의 땅과 맞닿아 있다. 산이 마을을 에워싸고 있어서 외부에 쉽게 드러나지도 않고 바다가 가까워 배를 이용하여 사비까지 가기도 좋을뿐더러

생선을 구하기가 여의로운 땅이었다. 기름진 너른 들판은 농사짓기 좋은 지형이었다. 군락을 이루고 있는 아름드리 느티나무는 집을 짓거나 바다로 나갈 뗏목을 만들기에 제격이었다.

부여협은 이곳에 터를 잡기로 마음먹고 사비로 돌아가지 않았다. 사방에 흩어져 숨죽이고 살며 언젠가는 고구려로부터 옛 영토를 회복하리라는 희망을 가진 백제인의 대열에 합류한 것이다. 그는 자연스럽게 이곳을 범바위를 상징으로 삼아 범바위골이라 불렀다.

부여협은 아들 둘을 두었다. 장남은 사비로 가 벼슬을 살고 작은 아들은 부여협과 함께 범바위골에 남았다. 부여협이 터를 잡자 사비에서 살거나 사비로 돌아가던 사람들이 이주해 왔다. 백제 8대 성씨인 연 씨들도 이주해 왔다.

땅이 기름져 농사가 잘되었다. 모든 것이 풍부해 살기에 좋았으나 해마다 장마철이 되면 물이 넘치는 것이 문제였다. 부여협과 주민들은 느티나무를 베어 건조한 후 뗏목을 만들어 물이 범람할 때 이동 수단으로 삼았다. 뗏목을 솔산에 매어두고 포구로 나가 물고기를 잡는 데도 사용하였다.

부여협이 범바위골에서 마을을 이루고 촌장으로 지내다 세상을 떠나자 그의 아들과 마을 사람들은 그를 범바위 옆에 묻었다. 범바위와 함께 범바위골을 지켜 달라는 염원에서였다. 할아버지와 아버지를 보며 자란 부여충은 사비성으로 가지 않고 범바위골에서 마을 사람들을 아우르며 할아버지 부여협이 맡았던 촌장 일을 맡아 했다.

"이보게~ 촌장 어르신~"

부여충의 생각을 중단시키는 고함이 솔산을 휘돌아 흘렀다. 연 씨가 무사히 범바위골에 다다라 뗏목을 타고 노를 저으며 뗏목 하나를 더 끌고 마을 사람들과 함께 오고 있었다. 그 모습에 부여충은 지금까지 참았던 눈물이 왈칵 쏟아졌으나 손으로 가슴을 두드려 참았다. 지아비를 잃은 딸과 며느리 앞에서 무너질 수 없었다. 사람들이 뗏목에서 내려 동굴을 향해 올라왔다. 그들은 며느리를 들것에 태워 산을 내려가 끌고 온 다른 뗏목에 올랐다. 사나운 황토물에 뗏목이 일렁거렸다.

"고생했다. 고생했다."

"어머니!"

"엄마!"

부여충의 아내와 며느리 딸은 부둥켜안고 눈물을 쏟았다. 터진 눈물이 그치지 않아 뗏목은 온통 눈물이었다. 부여충도 뒤돌아서 비로소 울었다.

"그만 울고 밥을 먹입시다. 내내 굶었을 터인데…."

누군가 울음을 진정시킬 요량으로 밥을 먹이자고 했다.

"아이고, 이럴 때가 아니지. 얼마나 배들이 고프겠나. 어서 밥을 먹어야지!"

부여충의 아내가 울음 사이로 말을 받았다. 아직도 온기가 있는 보리밥과 뜨거운 물을 내어놓았다. 부여충이 사냥하여 말려 두었던 사슴 육포를 물에 불려 소금국을 끓여 왔다. 며느리를 위해서였다. 산통으로 울음과 비명을 번갈아 내는 며느리가 체할까 물부터 먹이고 밥을 먹이기 시작했다. 연 씨가 울지 말라고 단단히 당부를 해주었건만 아무 소용 없이 모두들 한스런 울음을 쏟아내었다. 한스런 울음은 그들을 단단히 결속 시키고 의지하게 하였다.

며느리는 산통 때문에 밥을 먹지 못하였다. 부여충의 아내는 산통을 겪는 며느리의 상체를 자신의 가랑이 사이로 싸안고 산통이 올 때 마다 같이 힘을 줬다. 뗏목 위의 사람들은 며느리의 비명을 들으며 온 힘을 다하여 노를 저었다. 며느리의 비명이 더해지면 노를 젓는 힘도 더 강해졌다. 며느리는 뗏목 위에서 몸부림쳤다. 노 젓는 사람들의 이마에도 긴장감에 땀이 비 오듯 흘렀다.

딸은 며느리의 손을 잡고 힘을 내라며 소리를 질렀다.

"서방님!"

며느리가 단발마 같은 외침을 지름과 동시에 딸이 소리를 질렀다.

"아기가 나와요! 머리가 보여요. 세상에나, 머리카락이 까매요. 아기가, 아기가 나왔어요!"

부여충의 아내가 가랑이 사이의 며느리를 내려놓고 아기를 거꾸로 들고 볼기를 후려쳤다.

부여충은 조상 대대로 물려받은 단도로 아기의 탯줄을 끊었다.

아기는 참으로 실하고 탐스런 불알을 가지고 있었다.

"으앙~"

우렁찬 울음소리가 대지 위에 힘차게 울려 퍼졌다. 지상에서 가장 아름다운 소리였으며 새로운 순간이었다. 뗏목은 마침내 배못탱이에 닿았다. 범바위골 모든 사람이 배못탱이에 나와 서 있었다.

긴 여정이었다. 한 생명을 지켜내기 위하여 얼마나 많은 사람이 목숨을 바쳤는가. 부여충의 가슴이 뜨거워졌다. 저기 졸본 부여에서 이곳 범바위골까지 이어지는 긴 여정의, 역사의 순간인 것이다.

언제부터 그 자리에서 묵묵히 이 땅의 시간을 지켰을지 모를 배못탱이 앞 느티나무에 뗏목을 매고 아기를 강보에 싸 범바위 앞에 섰다.

부여충은 아기를 두 손으로 받아 높이 들었다.

"비류 큰할아버지님 그리고 온조 작은할아버지님! 당신의 자손입니다! 굽어살펴 주십시오. 이 아이를 통하여 부여 씨는 이어질 것입니다."

마을 사람들을 향해 부여충은 강보에 싸인 아기를 들어 보였다.

"우리 백제는 패망했다. 황산벌 넓은 들은 피와 시신으로 가득 찼다. 나의 아들과… 사위는… 전사했다. 왕은 항복했다. 그러나 부여 씨의 뿌리가 있는 한 우리 백제는 사라지지 않는다. 우리 가슴에 백제는 있다."

부여충과 마을 사람들은 불알이 아주 크고 실한 아이를 안고 느티나무 우거진 속으로 사라졌다.

배못탱이 느티나무에 메인 뗏목에 며느리가 흘린 피가 아직도 온기가 남아 있었다. 그 피는 소멸의 피가 아닌 탄생의 피였다.

부여충의 손자가 태어난 660년 7월 18일 백제는 패망하였다.

한 세대는 역사 속으로 사라지고 새로운 세대는 주부토군 범바위골 느티나무 우거진 곳에 조용히 새 세대를 열었다. 칠월의 우거진 느티나무 잎들이 조용히 그들에게 바람을 보내 주었다.

다가올 새로운 역사는 또 새로운 이야기를 펼치겠지만 대지와 사람은 그냥 그대로인 것이다.

오얏꽃 피면

1

"은전 4만 냥입니다."

이범진은 은전이 든 염낭을 엄 상궁 앞으로 밀었다.

엄 상궁은 깜짝 놀랐다. 은전이 든 염낭을 내려다보며 당황한 표정을 감추려 얼른 시선을 내리깔았다. 자신의 놀람과 갈등을 이범진에게 들키지 않기 위하여 하반신을 감싼 치마의 앞을 여미는 척 딴청을 부렸다. 4만 냥이라… 지금껏 수중에 돈을 지녀보지 못한 엄 상궁이었다. 돈으로 물건다운 물건을 사보지 못한 엄 상궁은 4만 냥이라는 돈의 크기가 얼마만 한 것인지 가름 되지 않았다. 아주 큰 돈이라는 것 만 알 수 있었다.

엄 상궁은 궁에서 아무런 뒷배가 없었다. 가난 때문에 다섯 살 어린 딸을 궁으로 들여보냈던 부모는 이미 이 세상 사람이 아니었다. 형제도 먹는 날 반, 굶는 날이 반일 여동생 하나가 달랑 있지만, 지금은 어찌 살고 있는지 서로 소식을 전하지 못한 지 오래였다. 처지는 건청궁에서 대군주를 모시고 있다고는 하나 첩지조차 없는 대전

지밀상궁에 불과한 처지다.

4만 냥의 은전이 든 염낭을 눈앞에 둔 엄 상궁은 궁에서 내쳐지던 십여 년 전이 떠올랐다. 서른 살의 과년한 나이로 키 작고 못생긴 엄 상궁이 정화당에서 대군주의 승은을 입고 치마를 뒤집어 입고 나왔을 때, 건청궁의 모든 사람이 소스라치게 놀랐다.

민비의 분노는 하늘을 찔렀다.

16세에 왕비 간택을 받고 15세의 대군주와 혼례 후 한동안 민비는 대군주를 모실 수 없었다. 대군주에겐 이미 완화군을 낳은 후궁 영보당 이 씨가 곁에 있었다. 대군주와 영보당의 사이는 다정했다. 그 다정함 사이를 민비는 쉽사리 뚫고 들어가지 못했다. 민비는 어려서 부모를 잃고 외로이 자라 사랑이 갈급한 16세의 소녀였다.

대군주의 아버지 흥선군은 외척인 안동김씨의 세도가 나라를 망국의 길로 이끌고 왕권을 약화시켰다고 여겼다. 그런 이유로 흥선군은 일가라곤 없는 혈혈단신인 민비를 며느리로 간택했다. 흥선군의 속내를 알 리 없었던 민비는 자신이 중전이 된다는 것보다는 온전히 사랑해 줄 지아비가 생긴다는 것에 가장 기대가 컸었다. 그러나 대군주 곁엔 이미 왕자 완화군을 생산한 후궁 영보당 이 씨가 있었다. 첫날 밤을 대군주는 중전으로 간택된 민비의 신방에 오지 않고 후궁 영보당에게로 갔다.

첫날 밤을 홀로 하얗게 밝힌 민비의 수치심은 컸다. 무슨 수를 써서라도 대군주의 마음을 자신에게로 돌려, 다시는 이런 수치심과 모욕을 받지 않으리라 다짐했다. 쓸쓸한 첫날 밤이었다. 깊은 궁궐에서 홀로 잠드는 밤은 사가에서보다 더 외롭고 무섭기까지 하였다. 이러다 영영 왕의 사랑을 받지 못하는 게 아닐까 하는 두려움에 모욕감과 외로움은 분노로 변해갔다. 영보당을 증오하며 인내 끝에 민비는 어렵게 대군주의 사랑을 얻었다. 어렵게 얻은 사랑은 대군주의 후궁과 여인을 용납지 않았다. 자신을 곁에서 모시는 궁녀들도 모두 못생긴 사람들로 채웠다. 엄 상궁도 키 작고 못생긴 덕으로 민비의 시위 상궁이 될 수 있었다.

2

임오년에 13개월이나 봉급을 받지 못한 군인들이 난을 일으켰다. 민씨 일가의 폭정에 견디지 못하겠다며 폭도로 변한 군인들이 민비를 찾아 요절내겠다며 궁을 헤집고 다니자 6월 13일 밤 민비는 궁녀로 변복하여 피난길에 올라 8월 1일 환궁하였다.

난을 일으킨 군대와 결탁하여 섭정에서 밀려났던 흥선군이 다시 집권하여 민비가 아예 돌아오지 못하도록 민비가 붕어했다며 장례까지 치르는 혼란 속에서 대군주는 고립무원이었다. 흥선군은 대군주를 폐하고 맏손자 이준용을 왕으로 옹립하려 했다. 이런 대군주를 엄 상궁은 자신의 목숨을 내어놓을 각오로 곁에서 모셨다.

대군주는 즉위 후는 흥선군에게, 친정 후에는 민비에게, 흥선군과 민비가 곁에 없던 위기의 순간은 엄 상궁에게 의지한 셈이었다. 위기에 처했을 때 자신의 곁을 사력을 다해 지켜주는 사람에게 깊은 신뢰가 생기기 마련이다. 대군주에게 있어서 엄 상궁이 그러했다.

군란을 피해 피난길에 올랐던 민비가 여주에서 측근을 통하여 비밀리에 난을 진압해 달라고 청나라의 오장경을 불러들였다. 그 오장경과 가까스로 연락이 닿아 민비는 극적으로 환궁했다. 민비는 피난길에 인후염과 다리에 난 종기에 시달리고 학질에 걸려 생사의 갈림길을 오갔다. 살아 있다 하더라도 환궁을 막기 위해 흥선군이 장례까지 치른 터였다. 그런 민비가 환궁한 것이다. 모두를 놀라게 한 극적인 환궁이었지만 민비의 환궁은 조선의 앞날과 민비 자신에게 비극적인 어둠의 서막이었다.

환궁한 민비는 생사를 오갔던 피난의 고행과 외척인 민영환의 폭사, 민씨 일가의 몰락으로 시아버지 흥선군에 대한 분노감이 극에 달했다. 피난 전보다 권력에 대한 집착은 더 강해지고 오장경에 의해 군란의 배후로 지목되어 텐진으로 납치되어 간 흥선군에 대한 증오는 더 커졌다. 절대로 나누어 가질 수 없는 권력은 민비와 흥선군을 시아버지와 며느리가 아닌 증오의 대상과 철천지원수로 만들어 버렸다. 그런 와중에 자신이 믿었던 못생긴 엄 상궁이 왕의 승은을 입었다는 표시인 치마를 뒤집어 입고 나오자 민비는 질투와 배신감 모욕감 그리고 사그라져 가던 분노감까지 더해져 진노했다.

진노한 민비는 자신의 거처인 곤녕합 마당에 형틀을 직접 차리고 엄상궁을 매질했다. 자신이 보는 앞에서 때려죽일 심산이었다. 다섯 살에 아기 상궁으로 함께 입궁해 상궁이 된 지기인 이 상궁이 아니었더라면 엄 상궁은 그날 죽었을 것이다. 이 상궁의 고함을 받은 대군주는 곤녕합으로 달려와 엄 상궁을 살려 줄 것을 민비에게 간청했다. 자신의 처지가 어찌 될지 알 수 없었을 때, 자신의 곁에서 진심과 정성을 다해 주었던 엄 상궁이었다. 아무리 중전이라 하더라도 왕의 승은을 입은 궁녀를 매질하는 투기는 용서받지 못할 일이었다. 무서운 것이 없는 민비라 하더라도 대군주가 살려 줄 것을 청하니 매질을 중단할 수밖에 없었다.

 엉덩이 살이 터져 피가 흐르는 몸을 추슬러 엄 상궁은 그날로 궁에서 쫓겨났다. 다섯 살에 궁으로 들어와 서른 살에 피범벅이 된 엉덩이로 가마에 실려 요금문을 나서며 엄 상궁은 신음조차 내지 못했다. 맞은 고통보다 다시는 대군주를 볼 수 없다는 고통이 더 컸기 때문이었다. 민비가 서인으로 강등시켜 내어 쫓는 엄 상궁을 대신 윤용선이 왕에게 승은을 입은 상궁을 서인으로 내보내는 것은 부당하다고 고하였다. 그 덕에 겨우 상궁직을 유지하고 쫓겨났다. 상궁직을 유지하고 쫓겨났지만 민비의 명으로 엄 상궁은 궁으로부터 쌀 한 톨 받지 못하였다. 궁에서 쫓겨나는 궁녀는 일반인으로 살 수가 없었다. 결혼도 금해져 있었다. 궁에서 나온 궁녀들이 모여 사는 궁말로 쫓겨나 쌀 한 톨 받지 못하고 살아낸 고난의 십 년이 엄 상궁의 몸과 정신에 깊이 새겨져 있다.

 세상살이란 깊은 바닷속처럼 모를 일이다. 그렇게 서슬 퍼렇고 시아버지와 척을 지고 이 나라 군주마저 자신의 치마폭에 싸쥐고 휘어잡던 민비 마마가 세상을 뜨다니. 그것도 왜놈의 칼에 아주 잔인하게 살해되어 그 옥체가 곤녕합 앞의 녹산에서 불에 태워지다니.

 엄 상궁은 민비 마마 붕어 후 닷새 만에 대군주의 부름을 받고 십 년 만에 다시 궁에 들어왔다. 자신을 살려주었던 이 상궁으로부터 전해 들은 이야기는 치가 떨릴 정도로 끔찍한 일이었다. 어찌 감히 왜놈이 지엄한 왕이 계신 궁전에서 왕비를 살해하여 그 옥체를 불에 태워버린단 말인가. 불에 타고 난 뼛조각이라도 찾아야 하건만 감쪽같이 사라져 4개월이 지나도록 민비의 뼛조각 하나 찾지 못하여 빈전조차 차리지 못하고 있었다.

궁 안은 흉흉했다. 정신이 나간 궁녀들은 매일 지시를 내리던 상전이 없자 누구의 명에 무엇을 해야 하는지 몰라 우왕좌왕했다. 궁 안의 모든 사람이 충격으로 슬픔을 느낄 겨를이 없었다. 을미사변이 있던 날 새벽의 충격과 두려움에서 헤어 나오지 못하고 있었다. 대군주와 세자는 거의 혼이 나가 있었다. 하지만 그 사건이 아니었으면 엄 상궁은 살아서 궁에 들어올 수 없었다. 대군주를 영원히 다시 만나지 못하고 대군주를 향한 그리움과 가난과 더불어 살다 이 세상을 떠났을 것이다. 그래서 음지가 양지 되고 양지가 음지 되며, 쥐구멍에도 볕들 날이 있다는 말이 있나 보았다.

을미년 10월 8일 일어난 을미사변으로 민비의 옥체도 찾지 못한 시국에 대군주의 슬픔이나 충격은 아랑곳없이 궁을 장악한 친일파들이 잠시도 빈전을 비울 수 없다며 왕비 간택을 강요하였다. 강요에 못 이긴 대군주의 허락으로 사변 6일 만에 왕비 간택이 이루어졌다. 왕비로 간택된 김 씨가 입궁만을 남겨두고 있었다.

민비의 옥체도 수습하지 못하여 장례는커녕 빈전조차 차리지 못했는데 왕비 간택하는 친일파 대신들을 지켜본 엄 상궁은 두려웠다. 자신보다 한참 어린 왕비가 입궁할 경우 자신의 처지는 어찌 될까 싶어서였다. 투기가 어떻다는 것을 민비를 통해 이미 혹독하게 겪어 봤다. 출궁 후 십 년은 그리움과 가난과의 싸움이었다. 다시는 궁

밖으로 내동댕이쳐지고 싶지 않았다. 다시는 배고픔을 겪고 싶지 않았다. 온갖 수를 써서라도 대군주 곁에서 죽어야 한다는 생각뿐이었다. 이제는 투기의 화신인 민비도 없잖은가. 게다가 권력을 잡은 친일파 대신들이 자신을 대군주 곁에서 쫓아낼 수도 있었다.

 궁으로 돌아온 4개월 동안 엄 상궁은 대군주 곁에서 권력의 맛을 조금씩 알아 가고 있었다. 그전에 권력이 어떻다는 것을 민비를 통해 봤다면 지금은 직접 느껴가는 중이었다. 대군주가 지금 믿고 있는 사람은 엄 상궁뿐이라는 사실을 알고 이런저런 사람들이 접근해 오고 자신이 필요한 것을 얻기 위해 비굴한 웃음을 보내왔다. 그 비굴한 웃음의 의미도 점차 이용할 줄 알게 되었다. 대군주가 친일파 내각에 의해 연금 상태고 실권을 잃었다 하더라도 이 나라의 군주였다. 4개월 동안 빠르게 엄 상궁은 변해갔다. 쫓겨나기 전 민비라는 당차고 영민한 상전을 모시며 어깨너머로 권력의 속성을 충분히 학습한 엄 상궁이었다. 민비의 시위 상궁으로 있으면서 민비가 어떻게 권력을 사용하고 사람을 다루는지 충분히 봐왔고 학습을 한 터였다.

 이범진도 현재 대군주를 가장 가까이서 모시고 대군주가 절대적으로 믿는 사람이 엄 상궁이라는 것을 알고 자신의 목적을 위하여 엄 상궁에게 접근해 온 사람 중 한 사람이었다.

 삼일천하로 끝난 갑신정변 마지막 날 민비의 구조 요청으로 원세개가 청군 1500명을 이끌고 왕과 민비가 억류되어 있던 창덕궁으로 진입하여 궁은 피비린내가 진동하였다. 민비는 조대비와 세자만 데리고 급히 창덕궁을 나와 피난하였다. 이날 홍문관 수찬으로 당직 중이던 이범진은 어디로 피난해야 할지 우왕좌왕하는 민비와 조대비, 세자를 호위하여 자신의 부친 이경하의 별장이 있던 동대문 밖 노원의 각심사로 급히 피신시켰다. 입신했다고는 하나 양명에 제한이 있던 서자 출신이었던 이범진은 그 일로 민비의 총애를 얻게 되었다. 민비의 거처에 무시로 드나들 권한과 함께 초고속 승진하여 민비가 무참히 살해되던 3일 전에 농공부 대신에 임명되었다. 그는 민비와 함께 날아올라 민비와 함께 추락했다.

을미사변 때도 그는 궁에 머물러 있었다. 일본 낭인이 궐을 진입하여 소란이 일자 러시아와 미국 공사관에 도움을 요청하라는 대군주의 명을 받고 5m 높이의 건춘문을 넘다 발목이 부러져 부러진 발목을 질질 끌고 미국과 러시아 공사관에 도움을 요청했다. 그러나 그 요청은 받아들여지지 않아 두 번째 민비의 목숨을 구하지는 못하였다. 민비의 붕어로 농공부 대신에 임명된 지 3일 만에 김홍집 내각이 들어섬과 함께 면직되었다.

이범진은 대군주와 민비의 측근이었던 엄 상궁에게 접근하여 대군주에게 밀서를 보냈다. 궁에서 탈출해야 한다는 밀서였다. 민비의 붕어로 대군주와 세자는 암살과 독살의 공포에 하루하루를 보내고 있었다. 대군주의 주변 사람을 모두 제거한 일본과 친일파 때문에 대군주 곁에는 엄 상궁과 시종 몇이 전부였다. 시종도 믿을 수가 없었다. 이런 대군주에게 전해진 이범진의 밀서는 유일한 희망이었다. 대군주는 여기에 호응하여 자신을 구출하라는 밀지를 엄 상궁을 통하여 이범진에게 내렸다. 이범진은 대군주와 연락을 취하고 대군주를 궁에서 탈출시키기 위해서는 대군주가 가장 총애하고 믿는 엄 상궁의 도움이 절대적으로 필요했다. 이범진은 궁내부 전선 사장인 김명제를 통해 엄 상궁에게 접근하여 엄 상궁과의 연락을 취했다. 엄 상궁은 이범진 일파와 대군주 사이의 간첩이었다. 엄 상궁의 두려움이 무엇인지 이범진은 정확히 파악하고 있었기 때문에 그것을 이용하여 엄 상궁을 자극했다.

엄 상궁이 궁에서 견디어 내고 대군주 곁에 머무르려면 조력자와 돈이 필요했다. 엄 상궁은 천천히 손을 뻗어 이범진이 자신의 앞으로 밀어 놓은 은전 4만 냥이 든 염낭을 당겼다.

"폐하께 잘 전달하겠습니다."

"아닙니다. 이 은전은 폐하께 드리는 것이 아니라 엄 상궁님께 드리는 것이니 거사에 요긴하게 써 주십시오."

"아닙니다. 폐하께 잘 전달하겠습니다."

엄 상궁은 이범진에게 단호하게 자신은 은전에 전혀 관심이 없다는 뜻을 전달하기 위해 대군주를 한 번 더 언급했다. 그런 엄 상궁의 속마음은 달랐다. 이제 자신에게도 4만 냥이란 은전이 생겼다. 이 4만 냥이 자신이 궁에서 살아남는 발판이 되어 줄 터였다. 엄 상궁은 자신도 모르게 가슴을 폈다. 대군주라는 방패막이와 함께 죽은 귀신도 불러온다는 거액의 은전도 생겼기 때문이었다.

"폐하께선 지난번 춘생문 의거 실패로 이번엔 과연 성공할 수 있을까 염려가 크십니다."

엄 상궁이 이범진에게 대군주의 의중을 전하였다.

"11월 15일 의거 때 친위 대장이었던 이진호의 배신이 아니었다면 무사히 미국 공사관으로 피신할 수 있었을 것입니다."

"그때 그렇게 군대까지 동원하였는데도 실패하였는데…."

엄 상궁이 대군주와 자신의 걱정을 전했다.

이범진은 그런 엄 상궁을 바라보았다.

〈率兵來護(솔병내호: 병사를 이끌고 와 왕을 보호함), 宮城誅討凶逆(궁성주토흉역: 왕의 명으로 흉악한 역도를 토벌함)〉이라는 대군주의 밀지를 받고 민비 붕어 후 경복궁에 연금되어 친일내각에 왕권을 빼앗긴 대군주를 미국 공사관으로 탈출시키려다 실패한 춘생문 의거를 말하는 것이었다.

"오히려 그때 그렇게 큰 병력을 동원하고 많은 사람이 가담한 게 실패의 원인이었습니다. 처음부터 계획했던 대로 가마로 탈출했더라면 성공했을 것입니다. 또한 그때는 일본 병력이 전부 도성에 집결해 있을 때라 위험했는데 지금은 단발령으로 인한 의병이 전국에서 일어나 일본 수비병이 거의 도성을 비웠습니다. 일본군이 도성을 비워 수비가 허술한 이때 이어하셔야 합니다. 게다가 아라사(러시아) 공관에서도 대군주 이어에 필요한 수비병과 준비를 대비했습니다."

이범진과 엄 상궁 사이에 잠시 침묵이 흘렀다.

"궁녀의 가마로 과연 탈출에 성공할 수 있을까요?"

"이것은 누구에게도 발설해선 안 됩니다. 왕태자 부부에게도 출발 때까지 비밀로 해주십시오. 오직 대군주 폐하와 엄 상궁님만 아시고 계셔야 합니다. 아는 사람이 적을수록 성공 확률이 높습니다. 금천교에서 통금 해제를 알리는 대포가 울리고 나서 5시에 보교를 탄 후 궁녀들이 출퇴근하는 영추문으로 나오십시오. 금천교까지만 오시면 금천교에 가마와 시위할 사람을 대기시켜 두겠습니다. 궁 밖에는 제가 의병들하고 따로 머물겠습니다."

이범진의 말을 듣자 불안한 마음이 조금 진정되었다.

"헌데 왜 왕세자도 함께 이어해야 합니까? 가마 두 대가 움직이면 아무래도 시선을 더 끌 텐데."

"반드시 함께해야 합니다. 생각해 보십시오. 대군주 폐하는 아라사 공관에, 왕세자는 경복궁에 머무르시면 어찌 되겠습니까. 왜놈은 왕세자를 인질로 잡거나 황제로 추대할 것입니다. 그러면 이 나라는 두 분의 군주가 계신 두 개의 나라가 되거나 대군주 폐하는 폐위 될 수도 있습니다. 그러니 반드시 함께 궁을 나오셔야 합니다."

이범진의 말을 들은 엄 상궁은 고개가 절로 끄덕여졌다.

"그럼 2월 11일 통금 해제를 알리는 대포가 울리고 1시간 후인 5시에 궁녀 퇴궐 시간에 출발하십시오. 가마꾼을 매수하여 영추문을 나간 후 금천교로 가라는 말을 반드시 하셔야 합니다."

"알겠습니다. 가마꾼과 상궁들은 이미 다 손을 써놨습니다. 이것은 대군주 폐하의 밀지입니다. 아라사 공사 베베르에게 전달하라는 전언이 있으셨습니다."

전선 사장 김명제의 중간 역할로 김명제의 집에서 이범진과 엄 상궁이 만났다. 대군주의 밀지를 전하고 은전이 든 묵직한 염낭을 챙긴 엄 상궁은 일어났다.

이범진은 춘생문 의거 실패 후 일본과 친일파 내각에 쫓겨 아라사 공관과 미국 공관에 숨어 있다가 상해로 도망갔었다. 연금된 대군주를 탈출시키기 위해 몰래 들어와 아라사 공관에 숨어 있었다.

일본이 내세운 내각에 모든 권력을 빼앗기고 연금 상태에서 절대 권력을 되찾고 싶은 대군주와 민비 때의 권력을 되찾고 싶은 이범진 일파, 두 번 다시 대군주 곁을 떠나 그리움과 가난에 시달리고 싶지 않은 엄 상궁의 마음이 합을 이루었다.

"혹여 대군주께서 망설이시면 엄 상궁께서 대군주를 독려하셔야 합니다."

우유부단한 대군주 때문에 민비가 모든 결정을 하던 모습을 익히 보아 왔던 이범진은 엄 상궁에게 다시 한번 은근히 다짐을 두었다. 엄 상궁에게 건넨 4만 냥도 그 대가였다.

궁 안의 궁녀 중 일부는 하루에 2교대나 3교대를 하는 사람이 있었다. 그중 민비 붕어 후 중궁전에 있던 궁녀들 몇이 안국동 별궁으로 나가 출퇴근하고 있었다. 하루에 두 번 궁궐의 오후 4시와 새벽 5시에 교대가 이루어졌다. 교대가 이루어진다는 건 퇴궐을 말하는 것이었다. 새벽 교대는 4시를 알리는 대포가 금천교에서 울린 후 1각 후에 이루어졌다. 전날 오후에 들어온 궁녀는 밤새 일을 하고 새벽 4시에 통금 해제를 알리는 대포가 울리면 궁녀가 타는 작은 가마인 보교를 타고 영추문을 통해 퇴궐하여 하루를 쉬고 그 뒷날 오전에 들어와 저녁에 퇴궐하는 식이었다.

이범진의 계획은 이랬다. 통금 해제를 알리는 대포가 울면 가마꾼을 매수하여 퇴궐하는 궁녀를 보교에 태워 건청궁으로 온 후, 건청궁에서 궁녀복으로 변장을 한 대군주와 왕세자와 바꿔 타고 궁녀들이 출퇴궐하는 영추문으로 나가 금천교까지 간다. 금천교에 이범진의 지시를 받은 시위꾼이 내소사 전로까지 호위하여 거기 바꾸어 탈 가마를 대기했다가 대군주와 세자가 가마를 바꾸어 탄 후, 대군주와 왕세자를 모시고 아라사 공관으로 간다는 계획이었다.

궁궐 법도 상 출퇴궐하는 궁녀의 보교는 수문병이라 하더라도 들춰보지 못하게 되어있었다. 수문병들과 출퇴궐하는 궁녀도 정해져 있고, 궁녀의 보교를 맨 가마꾼들은 매일 보는 데다 궁녀들이 타고 출퇴궐하는 보교는 작아 남자가 보교에 탔다고 생각하기는 어려웠다. 수문병들도 의심이 없었다. 게다가 대군주는 새벽녘에 잠들어 오후 2시가 되어야 기침한다는 것을 성안의 모든 사람이라면 다 알았다. 궁궐을 감시하는 일본군들도 밤새 불을 밝혀 훤하던 건청궁이 불을 끈 새벽부터 오후 2시경까지는 대군주를 감시하지 않았다. 게다가 일본군이 전국 각지의 의병들이 도성으로 처들어온다는 정보에 의병과 교전하러 각지로 일본군을 파병하여 경복궁의 감시가 느긋했다. 이런 상황을 이용하자는 것이었다.

대군주가 일본의 핍박을 피하려 궁궐을 탈출하려 한다는 소문이 성안을 떠돌았지만 궁녀의 가마를 타고 대군주와 왕세자가 새벽에 궁을 나가리라곤 일본과 김홍집 일당은 상상도 하지 못했다. 엄 상궁도 이범진의 계획에 신뢰가 가면서 기발하다는 생각이 들었다. 춘생문 의거 실패 후 이범진 일파의 실각으로 궁내에 세력이 없어 군인을 동원할 수도 없게 되어 달리 방도도 없었다.

3

이범진을 만나고 궁으로 돌아온 엄 상궁은 대군주에게 이범진에게 들은 궁을 탈출하여 아라사 공관으로 이어하는 실행 과정을 다시 한번 전하고 이범진의 서찰을 대군주에게 전하였다.

이범진의 서찰을 받아 본 대군주는 깊은 생각에 잠겼다. 11일 통금 해제를 알리는 대포가 울린 후 궁을 나가기까지는 이틀이 남았다. 대군주가 맘에 걸리는 것은 자신을 보호해 줄 아라사 군사가 일본군에 비해 적다는 점이었다. 궁을 감시하던 일본군이 전국에서 민비의 붕어와 단발령에 저항하여 거세게 일어난 의병과 교전하러 궁을 비웠다 하더라도 아라사 병사 숫자가 일본 수비병에 비하여 적었다.

탈출 후 일본군이 아라사 공관으로 와서 자신의 환궁을 요구하며 교전이라도 벌어지면 아라사 공관이 자신을 끝까지 보호할 수 있을지 확신이 서지 않았다. 대군주는 민비 죽음을 겪은 후 암살과 독살의 걱정에 궁에서 내어 오는 음식은 먹지 않았다. 밤이면 건청궁에 훤하게 전깃불을 밝히고 쓰디쓴 커피를 마시고 잠들지 못하였다. 새벽이 되어서야 겨우 잠드는 생활을 이어가고 있었다. 그 불안에서 벗어나려면 당장이라도 건청궁을 벗어나야 하겠지만 그 결정도 어려웠다.

실패할 경우 자신은 물론이고 왕세자와 이 나라는 어찌 될 것인가. 또한 궁궐을 버리고 겨우 남의 나라 공관으로 피신했다고 하면 백성들은 어찌 생각할 것인가, 하는 생각에 결단이 오락가락하였다. 10일 낮이 되어서야 대군주는 아라사 수비병이 너무 적어 신변 보호가 제대로 이루어질 것 같지 않아 이어를 하지 않겠다는 밀지를 이범진에게 전하라고 엄 상궁에게 주었다. 엄 상궁은 황망했다. 마음이 다급해졌다. 자신이 있는 궁궐에서 민비를 끌어내어 무참히 살해한 일을 겪은 데다 춘생문 의거의 실패로 일본에게 억류와 왕비의 잔인한 죽임을 당한 것을 겪은 대군주다. 망설여지는 게 당연했다. 그러다 탈출하지 못하면 어찌 될 것인가. 대군주의 안위도 걱정이었지만 왕비로 간택된 어린 왕비가 입궁하게 되면 자신은 다시 궁 밖으로 쫓겨나 모든 것을 잃을지도 모른다는 불안감이 엄습해 왔다. 더구나 이 거사를 돕는 조건으로 은전을 4만 냥이나 받아 챙기지 않았는가.

엄 상궁은 허둥거렸다. 재빠르게 전선 사장 김명제에게 아라사 공사관에 숨어 있는 이범진에게 대군주가 약속된 11일 이어하지 않겠다는 사실을 알려주길 요청했다. 이범진이 우려했던 일이었다.

10일 저녁.

모두가 다급하게 움직였다. 김명제는 이범진의 서찰 두 통을 들고 왔다. 한 통은 대군주에게, 한 통은 엄 상궁에게 온 것이었다.

대군주에게 온 전갈은 아라사 수비병 일백 명이 대포 한문과 함께 인천으로부터 당도하여 일본을 상대로 도성 수비에 만전을 기하였으며 친일파 내각이 대신들과 공모하여 금일 대군주를 폐하고 조카 이준용을 왕위에 옹립하려 하니 11일 새벽 5시 반드시 계획대로 아라사 공관으로 이어해야 한다는 내용이었다.

엄 상궁에게는 대군주가 폐위되면 엄 상궁의 신변도 위험하니 대군주를 통촉하라며 아라사 공관으로의 이어가 실패할 경우 단지 출궁 당하는 것으로 끝나지 않고 폐하의 안위도 보장하지 못할뿐더러 엄 상궁도 목숨을 잃을 것이라는 전갈이었다. 궁 밖은 만반의 준비를 갖추었으니 11일 통금 해제를 알리는 대포가 울린 후 무슨 일이 있어도 폐하와 세자를 출궁시켜야 한다고 했다.

서찰을 읽은 엄 상궁은 모골이 송연해졌다. 폐위와 죽음이라는 두 단어가 4개월이 지나도록 옥체조자 찾지 못하는 민비의 죽음을 떠 올리게 해 온몸에 소름이 돋았다. 마음이 다급했다. 어떤 수를 써서라도 오늘 밤이 지나 통금 해제를 알리는 대포 소리가 울리면 궁을 빠져나가야 했다. 이범진의 말대로 김홍집 일당이 대군주를 폐위하면 죽음이나 마찬가지였다. 실패해서 죽으나 앉아서 죽으나 결과가 같다면, 가만히 앉아서 죽는 것보다는 싸워라도 보아야 한다는 생각이 들었다. 새벽이 오면 무슨 일이 있어도 궁을 나가야 한다.

"폐하."

엄 상궁은 대군주 앞에 무릎을 꿇고 엎드렸다. 눈물이 북받치고 사지가 떨렸다.

"십 년 만에 폐하의 부름을 받고 폐하를 보필하게 되어 이 몸 이 자리에서 죽어도 여한이 없습니다. 그러나 친일파 일당이 대신들과 작당하여 금일 폐하를 폐위시킨다고 하니 이를 어찌하면 좋습니까. 저는 죽는 것이 두렵지 않사오나 폐하와 이 나라, 그리고 백성은 어찌합니까. 또 왕세자와 왕세자비는 어찌합니까. 억울하게 돌아가신 중전마마의 한은 누가 풀어 드립니까. 더 이상 지체할 수 없습니다. 아라사 공관에 폐하를 보호할 수병이 인천에서 대포와 함께 들어와 폐하를 왜놈으로부터 보호할 모든 준비를 갖추었다 합니다. 폐하와 왕세자 전하가 옥체를 보존하시고 사직을 지키려면 내일 새벽 통금 해제를 알리는 대포 소리가 나면 계획대로 아라사 공관으로 이어를 하셔야 하옵니다. 부디 통촉해 주소서."

눈물 콧물이 범벅되어 엄 상궁은 마음이 여리고 겁이 많은 대군주의 마음을 흔들었다. 이범진의 말이 사실이라면 내일 대군주는 친일파와 흥선군에 의해 폐위될 것이다. 그리고 흥선군의 장손이며 대군주의 장조카인 준용이 보위에 오를 것이다. 지금도 건청궁에 연금되어 독살과 암살의 두려움에 하루하루를 보내는데 폐위되면 어찌될까. 한 나라의 국모도 살해하는 시국에 미천한 엄 상궁 자신 같은 사람은 그 자리에서 죽임을 당할 수도 있을 것이다. 공포스러웠다. 대군주가 다시 이어를 늦출까 무서웠다.

친일파 내각이 폐위시키려 한다는 이범진의 전갈은 민비의 붕어와 겹쳐져 대군주 마음을 공포로 흔들었다. 왜놈을 등에 업은 그들과 어떡하든 권력을 다시 잡으려는 아버지 흥선군은 그러고도 남을 무리였다. 일국의 왕비를 왕이 있는 궁궐에서 무참히 끌어내어 잔혹하게 살해하고 불에 태운 그들이 무슨 짓인들 못 하겠는가. 왕의 용안은 왕의 하교가 있기 전에는 똑바로 우러러보는 것도 금지되어 있건만 단발령을 선포한 후 감히 위생을 내세워 중전의 붕어 중임에도 왕과 왕세자의 고귀한 머리칼을 싹둑 자르는 저들이 무슨 짓인들 못 하겠는가 하는 생각에 마음이 다급해지기도 했다. 마침내 대군주의 입이 무겁게 열렸다.

"알았다. 내일 새벽에 대포가 울리면 아라사 공관으로 이어한다!"
"폐하 망극하옵니다."

엄 상궁은 흐느껴 울며 엎드려 있었다.

"그만 일어나라."

대군주의 말을 듣고서야 엄 상궁은 겨우 몸을 일으켰다. 한참을 엎드려 운 탓에 머리가 휘잉했다. 엄 상궁은 즉각 김명제에게 소식을 전했다.

엄 상궁도 바삐 움직였다. 내일 새벽 통금 해제를 알리는 대포가 울리면 퇴궐을 할 이 상궁과 박 상궁은 궁녀들의 거처인 복수당에서 가마꾼을 매수하여 건청궁으로 오라고 일러두었다.

이 상궁은 엄 상궁이 승은을 입은 일로 민비에게 매질을 당할 때 대군주에게 알려 목숨을 구해 준 궁녀였다. 엄 상궁이 다시 궁으로 돌아와 해후 후에 더 가까워졌다. 박 상궁은 민비를 모시던 침방 나인이었지만 민비 붕어 후 이 상궁과 함께 안국동으로 나가 출퇴궐을 하며 궁궐 일을 하고 있었다. 민비를 모셨던 상궁들은 사변이 일어났던 날 새벽에 아수라장 같은 곤녕합에 함께 있었다. 민비를 보호하려고 발버둥 쳤지만 민비의 초상화를 들고 궁녀들 사이에 섞인 민비를 찾아내느라 야차 같았던 왜놈들은 궁녀들의 달비채를 휘어잡고 내동댕이치고 발로 밟고 걷어차는 바람에 혼절하거나 목숨을 잃었다.

민비와 함께 목숨을 잃은 궁녀도 셋이나 되었다. 그 바람에 허리를 다쳐 거동을 못 하게 되어 궁말로 나간 궁녀도 있었다. 다행히 이 상궁과 박 상궁은 몸을 추스렸지만 그날의 비명과 고함소리, 녹산에서 타던 연기는 왜놈들에 대한 분노로 가슴을 끓게 했다. 상전을 지키지 못했다는 죄책감도 그녀들을 괴롭혔다. 민비의 붕어가 아직도 믿기지 않았다. 대군주의 명으로 민비 생전과 똑같이 수라를 올리고 의복을 손질하여 곤녕합에 들여놓았다. 연금 상태에 갇힌 대군주 일도 이 상궁과 박 상궁을 분개하게 만들었다. 만날 때마다 세 여인은 대군주와 세자의 건강을 걱정하였다. 그런 이 상궁과 박 상궁에게 이범진의 계획을 말하자 두 상궁은 민비를 지키지 못한 부덕함을 대군주를 지키는데 목숨을 내어놓겠다고 하였다.

 엄 상궁은 이 상궁과 박 상궁에게 은전을 주며 대군주를 아라사 공관으로 이어 하는 길만이 살길이라고 하였다. 민비의 붕어 현장에 함께 있었던 이 상궁과 박 상궁은 이를 갈고 치를 떨었다. 엄 상궁이 이범진과 모의한 궁녀 가마를 타고 이어 하는 방법을 말하자 적극 찬성하였다. 문제는 가마꾼들이었다. 이 상궁은 자신의 가마를 메는 가마꾼이 먼 사촌 오라비니 걱정 말라고 하였다.

 근자에 대군주가 궁을 탈출하려 한다는 소문에 수문 경비가 삼엄해졌다. 이 상궁과 박 상궁은 새벽에 퇴궐할 때마다 수고한다며 경비병들에게 떡이며 음식, 가끔 술을 가마꾼을 통하여 수문병들에게 전했다. 그게 되풀이되자 이 상궁과 박 상궁의 가마가 나가면 수문병들은 가마를 그냥 내보냈다. 가마를 메고 나가는 가마꾼들은 저녁에 미리 불러 삶은 돼지고기와 술을 먹였다. 새벽에 궁궐 문을 나갈 때 수문병들에게 줄 음식과 은전도 준비했다.

 이틀만 있으면 이 나라의 명절인 정월 초하루다. 김홍집 내각이 시헌력을 철폐하고 태양력을 강제적으로 사용하게 하는 바람에 백성들은 올해부터 두 번의 새해를 지내는 셈이었다.

4

 이틀 뒤면 건청궁을 나간다는 생각에 대군주는 자신의 처소인 장안궁을 나서 소박한 정원을 둘러보았다. 아라사 공관으로 이어하기로 결정하였지만 대군주의 마음속은 아직도 갈팡질팡했다. 깊어진 겨울의 바람이 휭휭 소리를 내며 불어 대고 있을 뿐 궁 안은 낮인데도 별다른 인기척 없이 고요하였다. 대군주의 처소인 장안궁 뜰의 잎이 다 진 나무들을 바라보았다. 시베리아 벌판에서 불어오는 삭풍에 앙상한 가지들이 떨고 있다. 꼭 지금의 대군주 자신을 보는 것 같았다. 대군주는 뜰에 내려 삭풍에 떨고 있는 나무들에게 다가갔다. 대군주와 민비가 궁을 완성하고 심었던 나무들이다. 살아서 천 년, 죽어서 천 년을 산다는 왕실을 상징하는 주목나무와 과실나무들을 뜰에 심으며 대군주와 민비는 흐뭇했었다. 그때 심었던 과실나무 중에 감나무와 오얏(자두)나무가 있다. 과실나무들은 대군주와 민비에게 철 따라 소소한 이야깃거리와 즐거움을 만들어 주었다. 꽃이 피면 꽃과 그 향기에 취해서 이야기를 나누었고, 달콤한 과즙을 선물해 주는 과일이 열리면 그 과즙이 주는 달콤함에 시름을 덜기도 했었다. 감나무는 대군주가 감을 좋아하여 심었다. 오얏나무는 대군주의 성씨를 상징하는 것이기에 심었다. 대군주의 성씨는 오얏 이씨였기 때문이다. 오얏나무가 자라 빨간 오얏을 푸짐히 따서 궁 안의 시종들에게까지 하사하여 그 달콤함을 다 함께 즐기기도 하였다.
 "이 씨 조상님들이 왜 오얏을 성씨로 삼았는지 알 것 같소."

붉은색의 오얏을 한 입 베어 물고 달콤함이 온몸을 노곤하게 만드는 것을 느끼며 대군주가 민비에게 말했었다.

"그게 무엇입니까?"

민비 역시 붉은 오얏을 한입 물어 달콤함을 즐기며 대군주에게 물었다.

"오얏꽃이 얼마나 희고 깨끗하오. 향기는 또 어떻고. 과실나무들 중 향기가 으뜸 아니오. 게다가 과실을 보시오. 얼마나 빽빽이 가지가 찢어질 듯 달리는지. 또한 농익은 오얏의 달기는 결코 꿀에 뒤지지 않소. 그리고 벌레에 강하여 이렇게 달기가 꿀 같은데도 벌레가 꼬이질 않잖소."

"참으로 그러합니다."

대군주의 말에 오얏을 다시 베어 물던 민비가 화답을 하였다.

"조상님들은 이씨 후손들이 오얏꽃처럼 흰 마음에, 오얏꽃 같은 향기를 지니고, 벌레도 침범하지 못하는 강인함을 지니길 바라셨던 것 같소. 또한 가지가 찢어질 듯 열리는 오얏처럼 후손이 번성해 주길 바라는 마음에 오얏을 성씨로 정한 것 같소."

"그러니 대군주도 더 강해지시고 마음을 굳건히 하셔야 합니다. 이 나라 이 강산 조선은 그 누구의 것도 아닌 오얏 즉 이씨의 나라, 전하의 나라입니다."

대군주는 조상님들의 바람에는 자신이 턱없이 나약하다는 생각이 들었다. 오얏꽃처럼 마음이 희지도 않고, 벌레가 먹지 못하는 강인함도 없고, 가지가 찢어질 듯 후손을 번성시키지도 못하였다. 이제는 외세에 나라의 국권을 내어주고 또 다른 외세에 자신의 구명

오얏꽃 피면 171

을 청하는 처지가 아닌가. 그것도 과연 성공할 수 있을지 아무도 모른다. 이 나라와 이씨의 명운을 건 일이다.

지나간 그 순간들이, 민비가 너무 그리웠다. 결단력이 강하고 빨랐던 민비라면 어떤 결정을 내릴까 싶었다.

바람에 떠는 오얏나무를 살펴보다가 대군주는 나뭇가지 사이에 끼워진 돌을 보았다. 이 혼란 속에서도 해마다 겨울이면 하던 시집보내기를 민비의 궁녀들이 잊지 않고 한 모양이었다. 대군주는 나뭇가지 사이의 작은 돌을 떨어지지 않도록 잘 다독였다. 민비와 궁녀들이 시집보내기를 하려고 작은 돌을 고르고 그 돌을 나뭇가지 사이에 끼우며 찬 바람 속에 웃던 웃음소리가 귓전에 생생하여 민비의 부재가 믿기지 않았다.

시집 보내기는 나무를 여자로 생각하여 과일이 풍성히 열리기를 바라 정월 초하루에 했던 행사였었다. 아직 초하루가 이틀이나 남았는데도 궁녀 중 누군가가 잊지 않고 시집보내기를 한 모양이었다. 오얏나무 시집보내기에는 오얏나무가 풍성히 오얏을 맺기를 바라는 마음과 함께 나라가 어지러움 없이 풍요롭고 이씨 왕조가 번영하기를 바라는 소망도 곁들여 있다. 대군주는 누군가가 잊지 않고 오얏나무 시집보내기를 한 그 마음이 애틋한 충절로 여겨졌다. 이씨 왕가가 무탈하게 번성하기를 바라는 것이 백성의 마음이라고 느꼈다.

나처럼 민비를 잊지 못하고 그리워하는 궁녀가 있는 모양이라고 대군주는 생각하며 오얏나무 둥지를 어루만졌다. 오얏이 겨울을 이겨내고 꽃을 피우고 열매를 맺듯. 나는 이씨의 나라를 일본과 청과 아라사로부터 지켜내어 오로지 이씨의 나라로 보존할 수 있을까 하는 걱정에 머리에 통증이 왔다. 담비 가죽을 덧댄 갖옷을 입었음에도 삭풍은 대군주의 몸속으로 싸늘하게 파고 들었다. 긴 한숨과 함께 정원의 풍경을 다시 찬찬히 눈에 담은 후 대군주는 장안궁으로 몸을 돌렸다.

5

 해가 지고, 이월 겨울의 매서운 바람이 건청궁을 휘이 맴돌며 웅웅거리고 울었다. 대군주는 민비가 붕어한 후 한 번도 곤녕합 쪽으로 가지 않았다. 밤이면 그날 새벽에 들리던 궁녀들의 비명과 매캐한 연기 냄새가 코끝을 스치고 지나갔다. 그래서 더 잠들지 못하였다. 일본 낭인들이 궁내로 쳐들어왔다는 소리에 궁에 머물던 이범진에게 즉시 아라사 공사관과 미국 공사관에 이 소식을 전하라고 알린 대군주는 혹시 모를 일에 대비하여 세자를 자신의 처소인 장안당으로 불러 함께 있었다. 무슨 일인지 모르지만 대군주 자신이나 민비가 대상은 아닐 거라는 생각을 하였다. 궁중의 시위를 맡고 있는 알렌이 잘 막아 내리라 생각했다. 이 나라 군주인 자신이 있는 곳까지 낭인들이 들어오지는 못할 거라는 생각에서였다. 그런 대군주의 생각을 비웃듯 칼을 든 낭인들이 장안당 안으로 신발을 신은 채 들이닥쳤다.
 "네 이놈들! 무엄하다. 이것이 무엇하는 짓이냐, 썩 물러가지 못할까!"

대군주의 호통은 헛소리에 불과했다. 누군가 고함치는 대군주를 휘어잡더니 대군주의 무릎을 꿇리었다.

"이놈!"

그 모습을 본 세자가 고함을 치며 달려들자 낭인 한 명이 세자의 상투를 잡아채어 세자를 내동댕이쳤다. 연약한 세자는 허수아비처럼 바닥에 나뒹굴었다. 쓰러진 세자가 벌떡 일어나 이놈 하며 낭인에게 달려들자 낭인은 다시 세자의 풀어 헤쳐진 머리칼을 휘어잡더니 세자의 목을 칼등으로 쳤다.

"이놈!"

그 모습에 놀란 대군주는 사지를 떨며 세자에게 다가가려 했으나 낭인의 제지로 꼼짝하지 못했다. 칼로 세자의 목을 친 줄 알았더니 칼등으로 쳐 세자는 목숨을 잃지는 않았지만 그대로 혼절하였다. 네 이놈, 하고 대군주가 부들부들 떨며 대군주를 잡고 있는 낭인을 뿌리치려 몸부림치자 낭인은 대군주의 옷을 칼로 부욱 찢었다. 일어나려 해도 낭인 두 놈이 무릎으로 대군주의 등을 사납게 내리눌러서 일어날 수가 없었다.

"세자, 세자!"

대군주의 부름에도 세자는 좀처럼 깨어나지 못했다.

민비의 처소인 곤녕합에서는 어지러운 발소리와 째지는 궁녀들의 비명이 들려왔다. 대체 저놈들이 무슨 짓을 하는가 싶었다. 얼마 후, 비명이 사라지고 잠잠해지더니 건청궁 전체에 매캐한 연기가 스며들어 숨쉬기가 어려웠다.

암 여우 사냥이 끝났다는 외침과 함께 낭인들이 물러가고 날이 밝았을 때는 건청궁 안팎에 곤녕합 앞 녹산에서 나는 연기가 그때까지도 진동했다.

그날 이후 대군주는 곤녕합 쪽으로 한 걸음도 하지 않고 고개도 돌리지 않았다. 지금껏 울지도 않았다.

"따르지 말라. 혼자 걷겠다."

엄 상궁을 비롯해 따르는 사람들을 물리쳤다.

"하오나 폐하!"

엄 상궁이 뒤따라 나오며 뒷말을 달았다.

"혼자 있고 싶다. 따르지 말라!"

대군주는 자신의 처소인 장안당을 나와 민비의 처소인 곤녕합으로 이르는 복도를 지나 곤녕합 앞에 이르러 한참을 서 있었다. 이월의 매서운 바람이 독했다. 밤이면 곤녕합의 불을 절대 끄지 말라는 대군주의 명에 곤녕합은 환한 불빛을 내비치고 있었다. 민비가 없어도 민비가 살아있을 때와 똑같이 방을 해놓으라고 대군주가 일러 곤녕합은 저녁이면 침수를 펴놓고 불을 밝혔다. 새벽녘 대군주의 침방인 정화당의 불이 꺼지면 곤녕합의 불도 꺼졌다.

민비와 둘이 섰었던 곤녕합 마당의 가로등이 겨울의 밤을 매서운 바람 속에 쓸쓸히 밤을 밝히고 있다.

아버지 흥선군의 섭정을 끝내고 내 힘으로 나라를 다스리고 싶다는 생각에 대신들의 반대에도 불구하고 대군주와 민비는 내탕금을 털어 경복궁 깊은 안쪽으로 250칸의 이 건청궁을 지었다. 건청궁은 경복궁 안의 궁이다. 내탕금이 많았더라면 좀 더 크고 화려하게 짓고 치장했을지도 모른다. 흥선군이 섭정할 때라 내탕금이 적었던 대군주와 민비는 일반 양반가의 형태로 단청도 칠하지 않고 소박하게 지었다. 말이 궁이지 평범한 기와집이었다.

건청궁의 구조는 양반가의 사랑채에 해당하는 장안궁과 안채에 해당하는 곤녕합으로 이루어져 있다. 장안궁은 대군주의 처소이다. 그 옆에 대군주의 침방인 정화당이 있다. 민비의 처소인 곤녕합과는 복도로 이어져 있는 형태였다. 대군주와 민비는 흥선군이 중건한 경복궁이 아닌 대군주와 민비의 자력으로 지은 궁이 친정의 첫걸음이라 생각했다. 대군주와 민비의 힘으로 창건한 건청궁으로 이어 했을 때 대군주와 민비는 흥선군의 그늘을 비로소 벗어났다는 생각에 모든 것이 한결 편안했었다. 건청궁에 이어를 하고 대군주는 친정 선언을 하여 비로소 나라의 일에 자신의 옥음을 낼 수 있었다. 이 건청궁에서 대군주와 민비는 많은 결정을 내리고 희로애락을 함께하며 정치를 했다. 박문각에 처음 전기를 들여왔을 때 그 밝음에 깜짝 놀라 탄성을 지르며 전기가 들어온 가로등 밑에서 웃던 민비의 모습도 떠올랐다.

눈을 감고 가만히 힘주어 곤녕합의 문을 열었다. 삐이걱 소리가 고요함을 깨트렸다. 괴로움에 눈을 뜰 수가 없었다. 천천히 눈을 떴다. 방안의 풍경이 눈에 들어왔다. 민비가 살아 있을 때 그대로 하라던 대군주의 말이 잘 지켜져 방안은 훈훈했다. 처참히 민비를 살해한 일본 낭인들이 민비의 방을 휘저어 귀중품과 민비가 사용하던 물건들까지 들고 가는 바람에 민비가 사용하던 물건들은 없었다. 그저 단정히 침수가 깔려있고 베개가 놓여 있었으며 민비가 잠잘 때 입던 흰 능라 비단 양장의가 이불 속에 단정하고 가지런하게 놓여 있었다. 대군주는 쓰러질 것 같아 벽을 짚고 우두커니 방안에 서 있었다. 되돌아 나갈까도 싶었다. 우두망찰 서 있다가 쓰러지듯 보료에 앉았다. 이렇게 혼자 있는 것이 입궐 후 처음이다. 늘 누군가가 자신을 부축했고 앉히고 했다.

"중전…."

가만히 불러 보았다. 그리웠다.

"짐은 내일 새벽 금천교에서 통금 해제를 알리는 대포 소리가 울리면 아라사 공관으로 이어 하려 합니다. 이 결정이 앞으로 조선이나 짐, 그리고 세자에게 어떤 일을 불러올지는 예측할 수 없소. 그러나 지금은 이 방법만이 왜놈의 손아귀에서 벗어나 사직을 지키고 세자를 지킬 방법이오. 범진의 전갈에 의하면 아바마마는 나를 폐위하고 준용을 왕으로 앉히려 한다오. 아마 그 과정에서 나를 아예 죽이려 할지도 모르오. 그렇게 되면 세자도 안전치는 못할 것이오.

아아, 아바마마는 어찌 그리 야차와도 같이 이 자리에 집착하는지 모를 일이오. 그분에겐 오직 권좌 외엔 자식도 필요 없는 것 같소. 그렇게 권좌에 애착이 크신 분이 애초에 왜 나를 왕으로 앉혔단 말이오. 그저 그분의 꼭두각시 노릇만 했다면 중전은 무사할 수 있었을 것이오. 중전이 있었으면 어떤 결정을 할지 궁금하오. 그러나 더 이상 왜놈과 왜놈의 앞잡이들의 만행을 두고 볼 수는 없소. 다시 이 나라를 왕의 나라로, 이씨의 나라로 돌려놓겠소. 그리고 중전의 한도 풀어 주겠소. 왜놈들을 이 땅에서 몰아내겠소. 그러나 솔직히 나는 아직 어떻게 해야 할지 모르겠소. 아라사 공관으로 이어 해야 할지, 건청궁에 있어야 할지. 나라의 사직과 세자를 지키어 내는 일이 어느 쪽일지."

감정이 격해진 대군주는 민비의 잠옷인 흰 능라 비단을 손으로 쓰다듬으며 침묵했다. 이월의 매서운 바람에 문풍지가 파르르 떠는 소리만이 곤녕합의 침묵을 간간이 깨트렸다.

"오얏꽃이 피면 중전의 곁으로, 이 건청궁으로, 왜놈을 이 나라에서 내어 쫓고 권좌를 회복해 다시 돌아오겠소… 이 강산에 오얏 꽃을 피우기 위하여 이어 하겠소."

대군주의 눈에 눈물이 흘렀다. 민비 붕어 후 한 번도 울지 않던 울음이었다. 속으로 꾹꾹 눌렀던 울음이었다. 12살 즉위 후 처음으로 우는 울음이었다. 눈물샘이 터지자 걷잡을 수 없었다. 이렇게 나약한 나라의 왕이라는 게 통탄스러웠다. 힘을 지니지 못한 왕이라는 게 분노스러웠다.

임오군란 때 난을 물리칠 힘이 없었던 대군주와 민비는 청나라에 도움을 요청했다. 청이 난을 진압하려 조선으로 들어오자 일본과 청이 텐진에서 맺었던 조약을 핑계로 일본이 경복궁 습격 사건을 일으켜 궁을 점령하고 내정에 간섭을 시작했다. 군란을 진압하러 왔던 청도, 텐진 조약을 핑계로 궁을 점령한 일본도 조선의 내정에 간섭하며 대군주를 압박했다. 두 나라 다 물러가 달라고 해도 말을 듣지 않더니 평양에서 청과 일본이 전쟁을 일으켰다. 평양에서 벌어진 청일 전쟁에서 일본군이 이기는 것을 보고 대군주와 민비는 충격에 빠졌다. 대국이라 여겼던 청나라가 섬나라 일본에 패하다니. 일본이 그렇게 강한 줄 몰랐다.

대군주는 한 번도 왕이고 싶은 적이 없었다. 12살에 아버지의 손에 이끌려 왕이 되고 이 나라는 자신의 나라고 자신이 군주라는 생각인 서슬 퍼런 아버지 밑에 주눅 들어 지냈다. 아버지가 왕이지 자신이 왕은 아니었다. 아버지는 언제나 왕을 바꿀 수 있는 사람이었다. 대군주를 폐하고 장조카 준용을 왕위에 올리고 싶어 했다. 아버지는 대군주가 나약하다며 눈에 차 하지 않았다. 이런 대군주를 대신해 나선 사람이 민비였다. 즉위하여 친정하는 동안 흥선군에게 시달려야 했고 사건이 끊이지 않았다. 권력을 놓지 않으려는 흥선군과 민비, 변화하는 시류로 인해 조선은 사나운 풍랑 속의 돛단배 같았다. 왼쪽 뺨을 거세게 맞고 오른쪽으로 돌아간 고개가 제 자리로 돌아오기도 전에 오른쪽 뺨을 세차게 쉬지 않고 맞느라 정신을 차릴 수 없는 형국이었다.

　민비가 중전으로 내명부만 다스리지 못하고 대군주를 대신하게 된 데에는 연유가 있었다. 흥선군을 조정에서 밀어내고 보니 대군주의 사람이 없었다. 모든 조정의 신료가 흥선군의 사람이었다. 십 년을 섭정하며 흥선군의 뜻대로 조정을 다스렸으니 당연했다. 흥선군의 사람들을 밀어내고 대군주의 사람으로 채우려 해도 대군주 주변에 인재가 없었다. 흥선군의 정책에 대군주가 반대하면 부자간의 대립이 되니 민비가 나서게 된 것이다. 그러다 보니 민비와 관계된 사람들로 채워지게 되었다. 왜놈들이 민비를 살해한 데에는 민비와 대군주가 아라사를 끌어들여 일본을 조선 땅에서 내어 쫓을 계획이었기 때문이었다.

　민비의 죽음으로 정신을 차릴 수 없었던 시간이 지나면서 대군주는 왕의 나라인 이 나라를 이대로 왜놈의 내각에 내어줄 수는 없다는 생각에 영사관들이 알현을 오거나 심지어는 프랑스 주교 뮐렌도프에게까지 끊임없이 왕이 연금당한 이 상황을 세계에 알려주길 요청하였다.

청에서 일본으로, 이제 아라사로, 이 나라와 나의 운명은 어찌 될 것인가. 미국 영국 아라사 들이 몰려와 조선 반도 주인을 제쳐 두고 물고 뜯고 으르렁거렸다. 이럴 때 민비가 있었더라면 어떤 선택을 했을까. 통금 해제를 알리는 대포가 울리면 궁녀복으로 변장하고 아라사 공관으로 이어를 하는 결정이 과연 이 나라와 사직에 올바른 결정인가. 끊임없이 드는 앞날을 알 수 없는 결정에 대한 의문이었다. 그러나 폐위는 피하고 볼 일이었다. 장조카 준용과 아버지 흥선군 그리고 일본을 등에 업은 김홍집 내각에 더 이상 나라를 맡길 수는 없었다. 치욕은 오늘로써 끝내리라 마음을 다잡았다.

한없이 민비가 그리운 밤이었다.

— 중전, 이 조선은 그 누구의 조선도 아닌 짐과 중전의 조선이오.

대군주는 울음을 멈추고 다시 한번 곤녕합을 찬찬히 둘러보았다. 주인만 없을 뿐 모든 것이 그대로였다.

"폐하."

그렇게 혼자 있고 싶다고 하였건만 엄 상궁이 뒤를 따라와 곤녕합 앞에 있는 모양이었다. 시계를 보았다. 새벽 3시다. 한 식경만 있으며 통금 해제다.

"들어가겠습니다."

이어 문이 열리고 엄 상궁이 들어왔다.

"부축하겠사옵니다."

엄 상궁은 대군주를 부축하였다. 대군주는 다시 한번 곤녕합을 둘러보았다. 약간 갸름하면서 파리했던 민비가 보료에 앉아 자신을 올려다보는 것 같았다. 엄 상궁의 부축을 받으며 대군주는 다시 한번 곤녕합을 눈에 담았다. 그리고 마음속으로 뇌었다.

― 중전, 넋이 있다면 이 나라와 이씨의 사직을 위하여 나와 세자의 아라사 공관으로의 이어를 부디 도와주오.

"가자."

대군주의 음성은 단호했다.

대군주와 엄 상궁은 곤녕합을 나와 대군주의 침방인 정화당으로 돌아왔다.

"준비하셔야 합니다."

엄 상궁의 마음은 바빠졌다. 대군주의 눈에 침수 위에 놓인 궁녀복이 들어왔다.

"송구하오나 환복하셔야 합니다."

대군주는 궁녀 복을 물끄러미 내려다보았다. 아무리 쫓기듯 궁을 나가는 신세라 하더라도 궁녀복으로 변복을 하면서까지 궁을 나가고 싶지는 않았다. 나는 이 나라의 왕이 아닌가. 그렇게 구차하게 구걸하고 싶지 않았다. 중전을 낭인의 칼에 난자당하여 불에 태워진 후 뼈조차 찾고 있지 못하고, 낭인에게 세자와 자신이 내동댕이쳐지고 무릎을 꿇리고, 머리까지 잘리는 수모와 치욕을 겪었다. 더 이상 치욕을 허하고 싶지 않았다.

"원유관과 강사포를 내어 오라."

"폐하, 그것은….''

오얏꽃 피면　181

엄 상궁은 부복을 하면서 원유관과 강사포는 안 된다는 소리를 삼켰다.

"강사포와 원유관을 내어 오라."

그 어느 때보다 대군주의 음성에는 위엄이 서려 있었다. 엄 상궁은 토를 달 수 없었다. 황급히 아라사 공관에 이어 하여 갈아입으려고 보자기에 싸 두었던 원유관과 강사포를 내어왔다.

"세자에게는 익선관과 곤룡포를 입히라."

대군주는 아라사 공관에 이어하는 즉시 새 내각을 발표하고 왕정시대로 되돌릴 계획이었다. 대신들의 조례를 받으려면 조복을 입어야 했다. 궁녀복 대신 조복을 입고 궁을 나갈 생각이었다. 탈출이 실패할 경우 궁녀복을 입은 왕의 모습은 백성과 그리고 만방에 얼마나 웃음거리가 될 것인가. 탈출의 성공과 실패가 옷에 달려 있다고 여기지 않았다. 단발령으로 인해 상투가 잘려 볼품없는 머리카락 위에 원유관을 쓰고 강사포를 입었다.

세자도 익선관을 쓰고 남색 곤룡포를 입었다.

"아바마마!"

대군주는 세자의 손을 잡았다. 왜놈에게 칼등으로 목을 맞아 혼절했던 세자는 민비의 붕어로 충격이 더해져 정신과 몸이 온전치 못하였다.

"세자, 마음을 굳건히 가지거라. 두려워 말라. 혹 잘못된다고 하여도 세자로서의 체통은 지키라!"

을미사변 때 일본 폭도의 칼등에 목을 맞아 혼절했던 세자는 말을 잃고 식사량이 줄어 여위어 있었다. 대군주 역시 마찬가지였다.

혹시 있을 독살이 두려워 궁에서 내어 오는 모든 음식은 일절 먹지를 않았다. 아라사 공사 베베르의 처제인 미스 손탁이 가져오는 연유나 생달걀, 아니면 커피로 4개월 동안 거의 연명만 하였다. 대군주는 엄 상궁보다도 작고 가벼워져 있었다.

"두려워 말라!"

대군주는 다시 한번 떠는 세자에게 다짐을 주었다. 자신에게 하는 다짐이기도 했다.

펑!

금천교에서 통금 해제를 알리는 대포 소리가 마침내 울렸다. 대포 소리에 대군주도 세자도 세자비도 엄 상궁도 가슴이 대포 소리만큼이나 크게 고동쳤다. 건청궁의 불이 모두 꺼졌다. 이제 대군주가 잠든 시간이다. 건청궁은 이월 새벽의 냉기와 시커먼 어둠에 휩싸였다. 곧이어 가마꾼들이 가마를 메고 퇴궐하는 이 상궁과 박 상궁을 태우고 정화궁으로 올 것이다.

대군주와 세자, 엄 상궁이 두려움에 허둥대는 사이 가마꾼들이 왔다. 엄 상궁은 준비한 뜨끈한 육개장과 술 한 잔씩을 가마꾼들에게 먹였다. 가마꾼이 술과 음식을 먹는 사이 대군주와 세자가 가마에 올라 뒤쪽으로 바짝 붙어 앉았다.

이 상궁이 탄 가마 뒤에는 대군주가 앉았다. 엄 상궁은 세자와 함께 가마에 앉았다. 가마꾼들은 가마를 들었다. 가마가 무거운 것을 염려하여 이 상궁은 몰래 쌀을 가지고 나간다고 둘러대었다. 가마꾼들에게 2냥씩 은전을 쥐여주었다. 겨울의 매서운 추위가 볼을 에워쌌지만, 술 한 잔과 뜨끈한 국, 그리고 은전까지 받은 가마꾼들의 발걸음은 가벼웠다. 영추문에 다다르자 수문병들이 검문하였다.
"이 상궁 마마님 퇴궐하시는가 보네."
"네, 이틀만 있으면 설이라 그런지 날씨가 설 추위를 하네요."
"안을 보아야 하네. 대군주께서 궁을 탈출하려 한다는 첩보가 있어서 유길준 대감이 철저하게 오늘부터 상궁의 가마라 하더라도 반드시 보라는 명하셨네."

대군주는 재빠르게 원유관을 머리에서 벗고 몸을 최대한 오므려 이 상궁의 등 뒤로 바짝 붙었다. 이 상궁이 가마의 문을 살짝 들어올려 얼굴을 보이며

"대군주 폐하는 밤을 새우시고 이 시간에는 침수에 드신다는 걸 궁 안의 사람은 다 알지 않습니까. 어찌 이 추운 겨울에 그것도 궁녀 혼자 타기도 빠듯한 조그만 가마를 둘씩이나 타고 나간단 말입니까. 더구나 대군주와 궁녀가 어찌 가마를 함께 탑니까. 듣기도 불경스럽습니다."

"네, 그러게 말입니다. 건청궁 불이 꺼진 걸 보면 대군주 폐하는 취침에 드신 모양입니다."

"그러시겠지요."

이 상궁은 떨려서 가마 안의 대를 꽉 움켜잡았다. 대군주 역시 마찬가지였다. 원유관을 쓰고 강사포를 입겠다고 고집을 부린 것이 후회되었다.

뒤의 가마에서 엄 상궁도 떨리기는 마찬가지였다. 세자가 이를 딱딱 마주쳤다. 엄 상궁은 준비했던 수건을 세자에게 건네었다. 세자는 엄 상궁이 건네준 수건으로 입에 재갈을 물고 익선관을 벗었

다. 엄 상궁의 장옷을 뒤집어썼다.
"이월 새벽바람이 매우 차네, 이 추위에 궁 문을 지켜주는 덕에 경복궁과 폐하가 평안하네. 날도 추운데 음식과 술을 준비했으니 교대하고 몸들 녹이게나."
이 상궁은 가마꾼을 향하여 작은 보따리를 내어주며 가마 문을 닫았다.
"어서 주게."
가마꾼을 향해 준비한 음식 보따리를 수문병들에게 주라고 채근했다.
"어이구, 쇤네들 생각해 주는 건 이 상궁 마마님뿐이십니다. 날 추운데 어서, 어서, 가십시오."
"수고들 하시게나."
가마 안에서 대답하는 이 상궁의 낯빛이 파리했다. 가마꾼들이 움직이기 시작하자 이 상궁이 스르르 옆으로 쓰러져 가마 모서리에 머리를 찧었다. 긴장이 놓이자 정신을 놓아 버린 것이다. 대군주도 긴장 탓에 이 상궁 등 뒤에서 쪼그려 앉아 두 손으로 어찌나 입을 틀어막았던지 손가락이 움푹 패고 등이 펴지지 않을 정도였다.
마침내 대군주와 세자는 궁을 나섰다.
수문병들은 다른 날에 비해 가마꾼들이 힘겨워하고 가마가 무거워 보였지만 어서 교대하여 추위를 벗어나 음식과 술을 마시고 싶다는 생각에 어둠 속으로 기우뚱거리며 멀어져 가는 가마에서 시선을 거두었다.
가마 안의 네 사람은 터질 듯한 가슴으로 안도의 숨을 쉬었다.

오얏꽃 피면

입에 물었던 수건을 뱉어낸 세자가 흑 하며 울음을 터트렸다.
"어마마마!"
사변 이후 세자는 장안당 안을 빙빙 돌며 어마마마를 찾다가 울고 중얼거리고 하여 모두의 근심을 샀다. 등 뒤로 멀어져 가는 드넓은 경복궁 안에 민비를 버리고 가는 것 같아 세자는 고통스러웠다.
"세자마마, 고정하소서. 이제 아라사 공관에 무사히 도착하면 저것들을 다 도륙 낼 수 있을 것입니다. 그리고 중전마마의 혼령도 위로해 드릴 수 있을 것이옵니다."
엄 상궁도 함께 울었다. 흐르는 눈물 때문에 가마 안으로 파고드는 새벽바람에 볼에 얼음을 대는 것처럼 아렸다.
영추문으로 나와 금천교에 이르자 어디선가 건장한 남자 둘이 나타나 가마꾼들 옆으로 붙었다. 남자 둘은 가마를 시위하며 놀라는 가마꾼들을 독려했다. 황토재를 지나 내수사 선로에 이르자 초조하게 기다리고 있던 이범진이 나섰다.
"폐하!"
"범진아!"
가마의 문이 열리더니 대군주의 얼굴이 보였다. 이범진은 기다리느라 추위에 뻣뻣하게 굳은 몸을 겨울 냉기로 언 땅 위에 부복했다. 눈물이 북받쳤다. 땅 위로 뜨거운 눈물이 뚝뚝 떨어졌다. 눈물이 설핏 언 땅 위의 얼음을 녹여 동그란 구멍이 생기기 시작했다.
대군주도 가슴 저 밑바닥으로부터 뜨거운 게 차올랐다. 사변 후 4개월 동안 대군주의 수족과도 같았던 대신들은 전부 면직되거나 벼슬에서 물러나 대군주의 사람을 4개월 만에 보는 것이었다.

"어서 가자!"

"네, 폐하! 모시겠습니다."

이범진은 벌떡 일어나 앞장섰다. 동이 터오기 시작했다. 내수사 선로에 이르자 가마가 대기하고 있었다. 대군주와 세자는 그 가마로 옮겼다. 네 대의 가마는 아라사 공관 앞에 멈추어 섰다.

아라사 공관의 쪽문이 열렸다.

1896년 2월 11일 오전 7시였다.

건청궁에서 아라사 공관으로 무사히 이어를 한 대군주는 의관을 갖추어 입고 도열한 대신들 앞에서 첫 옥음을 내었다.

"짐이 곧 조선이다!"

조선의 운명은 어찌 될까, 대군주의 염원대로 오얏꽃이 피면 건청궁으로 돌아갈 수 있을까. 오얏꽃을 삼천리 강산에 무궁히 피울 수 있을까. 일본의 손아귀에서 벗어나 아라사의 손아귀로 옮겨 온 대군주 앞에 역사는 어떻게 흘러갈지 알 수 없었다.

대정동 언덕의 아라사 공관에 병신년 이월 열하루 햇볕이 찬 바람을 뚫고 무심히 비추어 언덕의 눈을 녹이고 있었다.

저 너머, 샹그릴라

1. 나

"너무 안됐지 뭐냐, 글쎄 대학 2학년인데 데모하다 끌려가 고문 받아 정신이 나갔다는구나. 쯧쯧, 늦게 얻은 아들인 데다 넉넉지도 않은 형편인데…. 글쎄, 거의 죽어가는 걸 살렸다는구나, 철구 엄마가 아들 찾느라 반은 미쳐서 돌아다녔지. 그런데 철구가 말을 안 하니 무슨 일이 있었는지 자세히 모른다더라. 철구가 말을 해야 무슨 일이 있었는지 알 수 있을 텐데… 에휴, 병명도 복잡해, 대인기피증에다, 실어증이라나, 정신도 오락가락하는 것 같고… 아들 저리되는 바람에 철구 아버지 죽었지. 철구 엄마도 반은 정신이 나갔다. 목구멍이 포도청이라고 철구 엄마가 갈빗집에서 설거지하는 돈으로 근근이 살지. 참 똑똑한 청년인데 데모는 왜 해서. 대체 애를 어떻게 패고 고문했기에 똑똑하고 당차던 아이가 정신을 놔버렸을까. 정신병원에 있다 나왔다더라."

엄마의 말이 점점 멀어져 갔다. 온몸에 극심한 경련과 함께 아랫배에 견딜 수 없는 통증이 일어 얼굴에 식은땀이 솟았다. 잠깐 정신을 잃었다. 정신이 들었을 때는 배를 싸쥐고 엎드려 고통스러워하는 나를 끌어안고 엄마가 울고 있었다. 격렬하게 몰려왔던 경련과 통증이 가라앉아 가면서 엄마의 흐느낌도 잦아들었다. 달구어진 프라이팬 소금 위의 빨갛게 구워진 대하처럼 몸을 둥글게 말고 헉하고 숨을 몰아쉬며 견디는 동안 통증은 서서히 물러갔다.

"물 좀 마셔라."

경련과 통증이 진정되자 엄마는 물을 가져왔다. 물이 목구멍으로 넘어가기 전 온몸이 부들부들 떨려 사리가 들렸다. 눈물과 입속의 물이 동시에 왈칵 쏟아졌다. 엄마가 물컵을 받아 놓고 천천히 등을 쓸어주었다. 등을 쓸고 지나가는 손의 감촉이 나를 진정시키면서도 서러웠다. 엄마는 내 눈물을 닦아 주더니 서른세 살이나 된 딸의 떡지고 냄새나는 머리칼을 쓸어 넘겨주었다. 갑자기 온몸에 경련이 일며 배에 통증이 왔던 것은 엄마가 201호 철구 이야기를 하며 고문과 얼마나 팼으면 이라는 소리에서였다. 고문과 팬다는 말은 아직 내가 견디어 낼 수 없는 잔혹한 기억의 무게다.

오늘 낮이었다.

아파트 현관문을 열고 나갔다 깜짝 놀라 황급히 문을 닫고 안으로 들어왔다. 놀란 나의 숨소리가 현관문 밖으로 새어 나갈까 가슴을 쓸어안고 조용히 숨을 내쉬었다. 긴장 탓인지 재채기가 나왔다. 얼른 입을 틀어막고 작은방으로 들어갔다.

현관문을 열고 나갔던 것은 충동적이었다. 딱히 무엇이 정해진 것도 아니고 목표도 없이 나는 문을 열고 밖으로 나갔다. 어쩌면 그것은 오전부터 내리기 시작한 비 때문일 수도 있었고 하얗게 피어 비를 맞고 있는 목련 때문일 수도 있었다. 내 몸속 어디의 살고자 하는 본능일 수도 있었다. 며칠을 안 감았는지 기억도 없어 떡지고 냄새나는 머리로 세수도 하지 않은 채 엄마의 몸빼바지를 걸치고 아무 생각 없이 현관문을 열고 나갔던 것이다. 정신이 온전한 남자였다면 내가 철구를 보고 놀라듯 상대도 나를 보고 놀랐을 것이 틀림없다. 그러나 철구의 눈은 아무것도 인지하지 못하는 눈빛이었다. 눈동자가 움직이지 않았다.

재채기도 가라앉고 숨도 편안해지자 현관문 밖이 궁금해졌다. 현관문으로 다가가 조그만 볼록 유리에 눈을 바짝 갖다 대었다.

복도에 여전히 청년이 쪼그려 앉아 있다. 목이 늘어난 흰 면 티셔츠에 오래된 회색 츄리닝 바지를 입고 두 팔을 깍지 껴 무릎 위에 두고 두 눈은 무심히 앞을 응시하고 있다. 내가 놀란 것은 현관 앞에 생각지도 못했던 사람이 앉아 있는 것이기도 했지만 순식간에 바라보았던 청년의 눈동자였다. 어찌 저리 무심한 눈동자가 있을 수 있단 말인가. 나와 마주쳤을 때 그의 조리개에 나의 모습이 담겼을 텐데 그것을 전혀 느끼지 못하고 있었다. 눈동자는 움직이지 않았으며 나의 존재를 인식하지 못하는 것 같았다.

현관문의 조그만 볼록 유리로 보이는 청년의 얼굴빛은 지나치게 노랬으며 주근깨가 가득했다. 얼굴이 노래서 주근깨는 더 도드라져 보였다. 몸은 여위었고 짧은 단발이 되기 직전의 머리칼은 엉클어져 나처럼 떡져 있었다. 그도 나처럼 씻지 않는 것이다. 나처럼 자신의 몸이 두려운 것인지도 몰랐다. 나는 현관의 거울로 은밀히 세심하게

저 너머, 샹그릴라 191

관찰했다. 미동도 않고 앉아 있는 청년의 얼굴 위로 복도의 유리창으로 들어오는 초봄의 햇빛이 환하게 비추고 있다. 등짝에 달라붙은 얇은 면티 위로 척추의 등뼈가 모양을 만들어 내고 있었다. 너무 여위었다. 가끔씩 미세하게 어깨가 움직였는데 그것은 청년이 숨을 쉴 때뿐이었다. 여전히 눈동자는 화석 같았다. 그의 모습은 넋이 나간 게 이런 것이라고 나에게 증명해 보여주고 있었다. 엄마가 바라보는 내 모습도 저러했겠구나 싶었다.

저녁에 엄마가 노동에 지친 고단한 몸을 이끌고 집으로 돌아왔다. 엄마의 손엔 어김없이 검은 비닐봉지가 들려 있다. 비릿한 냄새가 집안에 퍼졌다.

"동태를 한 마리 사 왔다. 봄 무가 바람 들어 맛이 없기 십상인데 땅속에 묻었다 꺼낸 거라 바람이 안 들었다며 무를 쪼개 보여주기까지 하더라. 무도 맛있어 보이고 해서. 콩나물이랑 넣고 시원하게 끓여 줄게."

만신창이가 되어 돌아온 딸을 엄마는 무엇인가를 먹이려 매일 무치고 볶고 끓이고 졸이고 부치고 튀겼다. 엄마는 당신의 정성이 들어간 음식이 나를 온전하게 하리라고 굳게 믿는 사람이었다. 그 믿음은 일부러 음식 냄새를 집안 가득 퍼지게 하여 단단한 콘크리트 벽 속까지도 스며들게 했다. 음식 냄새가 저승의 귀신도 불러오는데 산 사람을 못 일어서게 하겠냐며 내 삶의 의지를 일깨우려 했다. 거의 모든 음식이 내가 집을 떠나기 전 즐겨 먹던 소박한 것들이었다. 결국 그것은 엄마의 입맛이기도 했다. 나는 그런 엄마를 번번이 배신하고 잘 먹지 않아 엄마를 괴롭혔다.

겨울을 견디어 낸 미나리 향이 화악 퍼진 시원한 동태찌개를 국물만 겨우 떠서 먹고 작은방으로 들어왔다.

"이번 사과는 모양도 그렇고 싸게 샀는데 맛은 그만이다."

설거지를 끝낸 엄마가 사과를 들고 들어왔다.

"오늘 현관 앞에 웬 청년이 앉아 있었는데…."

내가 말을 다 하지 않았음에도 내가 입을 열어 준 것만도 반가웠던지 엄마는 철구가 데모하다 끌려가 고문을 받고 정신이 나갔다는 말을 했다.

엄마는 3층짜리 15평 연립주택에 산다. 방 두 칸에 조그만 주방과 조그만 거실이 있다. 연립주택 한 동으로 18가구가 전부였다. 입주민 대부분 허드렛일로 밥을 먹고 살았다. 기쁜 일보다 슬픈 일들이 더 많은 사람이 살았다. 이웃들은 그 슬픔을 함께 나누며 형님 아우 하며 지냈다. 철구네는 내가 집을 떠난 후 이사 온 모양이었다.

"머리 좀 감고 씻자."

모처럼 입을 열었던 내가 씻을 기회라고 생각하는지 엄마는 넌지시 말을 하다 내가 대꾸가 없자 조심스럽게 한숨을 쉬며 나갔다.

눈을 감자 그 끔찍했던 기억이 또 사납게 달려와 눈을 뜨고 천정을 노려보았다. 천정에 커다란 욕조가 아가릴 벌리고 나를 내려다보고 있다. 내가 노려보며 팔을 휘저어도 욕조는 천정에서 사라지지 않고 나를 노려보다가 나를 향하여 내려온다. 숨이 가빠졌다. 벌떡 일어나 구석 모서리로 가 몸을 벽에 밀착시켰다. 욕조는 사라졌다. 천정을 바라볼 수가 없다. 희고 커다란 욕조가 천정에서 내려와 나를 덮치는 바람에 수면제를 먹지 않으면 누워서 잠을 자기 어렵다.

병두와 나는 공통된 결핍이 있었다. 그 결핍은 아주 자연스럽게 서로를 이해하고 가까워지게 했으며 의지하게 했다. 신데렐라는 없다. 이상하게 가난한 사람들은 대부분 가난한 사람을 만나 같이 허우적거리며 산다. 자신이 노출되는 환경이 같아서일 것이다.

엄마는 폭력적인 아버지를 피해 집을 나와 나를 키웠다. 엄마의 가장 큰 두려움은 내가 엄마의 팔자를 닮는 거였다. 엄마에게 있어 남자의 폭력은 살아오는 내내 트라우마였다.

병두도 아버지가 없었다. 병두의 아버지는 알코올 중독자였다. 병두의 아버지는 병두가 중학교 때 술에 만취하여 시비가 붙어 싸우다 콘크리트 바닥에 머리를 찧고 그대로 죽었다. 병두와 병두 엄마는 장례식 내내 울지 않았다고 했다. 병두와 나는 아버지가 없고 가난하다는 결핍이 같았다. 가난한 사람이 돈을 적게 들이고 유일하게 할 수 있는 게 제도권에서의 공부다. 병두와 나는 제도권 교육의 수혜자다.

병두와 나는 고등학교를 졸업하고 9급 공무원 시험에 합격해 시청에 함께 근무했다. 같은 부서에서 일하다 보니 친근해졌고 친근이 동거에 이르게 했다. 내가 생활을 맡고 병두는 대학에 진학해 고시 공부를 했다. 그사이 나는 7급으로 승진되었고 두 번의 낙태를 해야만 했다.

병두가 변한 것은 사법시험에 합격하고 연수원에 들어가서였다. 어떻게 사람의 마음이 그리 빨리 변할 수 있을까. 마음이란 게 아무런 형태가 없기 때문에 쉽게 변할 수 있는 것인가. 그것은 지금 생각해도 의문이다. 나의 마음도 변한다면 그때는 어쩌면 병두가 아닌 병두의 마음을 이해할 수 있을까.

병두가 연수원 교육을 시작했을 때 세 번째 임신을 했다. 나는 병두가 기뻐하리라고 생각했다. 나는 아이가 바위처럼 단단하라고 태명을 바위라고 지었다. 그리고 이제는 아이를 낳고 싶었다. 더 이상은 죄책감에 시달리고 싶지 않았다. 나이도 서른을 넘겼다. 태어나지 못했던 아이들을 위해서라도 잘 키우고 싶었다.

"그러니까, 아기를 좀 더 있다 낳으면 안 될까? 아직 우리가 기반을 잡은 것도 아니고…."

나의 기대와 달리 병두는 전혀 기뻐하지 않았다. 나는 그런 병두가 당황스러웠다. 두 번이나 낙태했을 때 병두는 미안하다며 울기까지 했었다. 시험만 합격하면 낳자고 하던 병두였다. 그랬던 병두는 은근히 아기 낳기를 거부하더니 급기야는 낙태를 요구했다. 그때만 해도 나는 우리 형편 때문에 그런 줄 알았다. 병두가 연수원에서 동기생과 사랑에 빠진 것을 안 것은 상대 여자가 나에게 전화를 걸어와 왜 남자의 발목을 잡느냐며 비아냥거리고 나서였다. 나는 그 비아냥을 들으면서도 병두는 그 여자가 아닌 나를 더 사랑하고 나를 택할 것이라고 굳게 믿었다. 우리는 사랑과 결핍을 함께 나누며 성장했다고 믿기 때문이었다. 형체가 없는 것들의 변덕을 알지 못했던 것이다.

그런 나의 믿음을 비웃기라도 하듯 병두는 나와 헤어지길 요구했다. 병두의 엄마도 임신해서 남자의 발목을 잡는다며 악담을 퍼부었다.

배 속의 아이는 어쩌라고… 배 속의 아이는 이미 나에게 발길질을 해대며 자신을 알리고 있었다. 유난히 발길질이 요란했다. 우리가 싸우기라도 하면 발길질은 더 심해졌다. 바위는 칠 개월을 넘어서고 있었다.

그날도 며칠 만에 집에 들어온 병두는 헤어지길 요구했다. 나는 그럴 수 없다고 했다. 갑자기 병두가 나의 뺨을 때렸다. 나도 참을 수 없어서 병두의 뺨을 때렸다. 뺨을 때릴 때만 해도 나는 병두를 제압할 수 있다고 여겼다. 병두는 마음이 여리고 눈물도 많고 체격도 작았다. 우리가 다투면 늘 먼저 사과했으며 나보다 울은 횟수도 더 많았다. 나보다 병두가 나에게 더 순종했다. 나의 월급으로 병두의 학비와 용돈 생활비가 지출되었다.

우리 싸움은 격해졌고 급기야는 자존심을 건드리는 말이 오고 갔으며 병두가 나를 밀쳐 벽에 머리를 찧었을 때 나는 소리를 질렀다.

"기생충 같은 자식, 나에게 빌붙어 먹고 산 주제에."

병두가 나의 배를 힘껏 걷어찼다. 온 힘이 실린 발길질이었다.

너무 아파 배만은 안된다는 소리가 나오지 않았다. 병두의 발길질은 멈추지 않았다. 병두는 정신을 잃은 나를 끌고 가 욕조에 집어넣고 물을 틀었다. 만약 뜨거운 물이었다면 나는 살지 못했을 것이다. 물이 욕조에서 넘치도록 받아 기절한 나를 밀어 넣고 병두는 가버렸다.

지금 내 기억에는 없지만 내가 욕조에서 기어 나와 119와 112에 신고했다고 한다. 욕조 바닥에 쓰러진 나를 경찰과 구급대원이 문을 따고 들어와 병원으로 실어 갔다.

중환자실에서 눈을 떴을 때 모든 것이 사라진 뒤였다. 나의 배는 홀쭉해져 있었다. 욕조에 어렴풋이 보았던 욕조의 물이 빨갰던 것이 선명하게 머릿속에 콕 박혔다.

태명을 바위라고 지었건만 바위는 산산조각이 났다. 자궁파열로 나는 자궁도 잃었다. 병두는 나를 욕조에 집어넣고 나가 연수원 동기와 섹스를 끝낸 후 잠이 들었다가 구속되었다.

중환자실에 면회를 온 엄마는 한참을 나를 내려다보았다. 나는 그 사람을 알아볼 수 없었다. 이 여인은 누구기에 이리 서럽게 울까. 엄마를 알아보지 못하면서 내 입에서 나온 말은 엄마였다.

"엄—마."

그제야 엄마는 고개를 끄덕이며 내 이마를 쓰다듬었다.

"됐다, 이제 됐다."

그 목소리와 손길은 내 기억 속에 저장되어 있던 익숙한 것이다. 살았구나, 엄마의 목소리에 나도 고개를 끄덕이며 다시 잠이 들었다. 평생 남의 눈치를 보고 살아온 엄마는 오늘까지도 나에게 아무것도 묻지 않았다. 떠오르는 기억을 막을 방법은 없다. 그것은 파도와도 같다. 왔다 갔다 하며 때로는 사납게. 때로는 부드럽게 나의 머릿속을 오고 간다.

옛집에 돌아와 화장실에 오줌을 누러 갔다가 들어가지 못하고 가랑이 사이로 철철철 오줌을 흘리는 딸을 보며 엄마는 나를 쓸어안고 참았던 눈물을 쏟았다. 욕조 때문이었다. 엄마는 그날로 욕조를 들어냈다.

 참으로 이상한 것은 병두와 나는 좁은 욕조에 둘이 들어앉아 서로의 몸을 씻겨 주며 물장난도 치고 서로를 탐하고 절정에 이르기도 했다. 고시에 합격하던 날 둘이서 그 좁은 욕조에 들어앉아 서로에게 물을 끼얹으며 성취의 순간을 만끽하고 즐기며 깔깔대고 웃었었다. 그러던 욕조에 어떻게 자신의 아이를 갖은 나를 밀어 넣고 그 욕조를 자신의 자식과 사랑했던 여인의 붉은 피로 가득 채울 수가 있을까.

 아마 철구도 그렇게 파괴되었을 것이다.

 한 사람에게 가해진 폭력이 그 사람의 존엄성과 정신세계 그리고 인성을 얼마나 파괴하는지 가해자들은 모를 것이다. 개인이 폭력을 행사한 것이든 국가가 국민에게 행사한 것이든 폭력의 주체는 사람이라는 것이다. 그래서 폭력을 당한 사람들이 더 수치스러운 것이다.

 내가 이렇게 돌아오도록 육 개월이 걸렸다. 지금은 수면제를 거르기도 하고 욕조에 갇히는 가위눌림도 약해졌지만 철구는 알 수 없다. 나는 순간적으로 일어난 폭력이었다면 고문은 계획하에 이루어지고 교묘하게 이루어진다. 고통과 수치심을 동시에 주는 게 고문이다. 철구는 어떤 고문을 당했을까. 진저리가 쳐진다. 그러다 모서리에 기댄 채 나는 잠이 들었다.

 오늘도 나와 있을까, 몇 번을 현관문 볼록 유리에 눈을 대고 보았다. 열두 시가 좀 지나서야 어제와 똑같은 자세로 철구가 나와 앉아 있는 게 보였다. 한참을 내다보니 여전히 그 자세다. 다리가 저릴 텐데 하는 생각이 들자 갑자기 마음이 조금 바빠졌다. 그러나 무엇을 내가 어떻게 해 줄 수가 없다. 이튿날도 그 이튿날도 또 그 이튿날도 철구는 여전히 그 자세였고 나는 훔쳐볼수록 마음이 더 초조해져갔다. 다리가 저릴 텐데, 많이 저릴 텐데 하며. 철구와 나 사이에 있는 현관문도 결국은 보이지 않는 폭력이다. 두려워서 내가 나가지 못하기 때문이다.

오늘도 역시 철구는 쪼그리고 앉아 있다. 볼록거울로 바라보다 오줌이 마려워 화장실에서 소변을 보는데 와장창 소리가 났다. 놀라 마무리가 덜 된 오줌 방울을 속옷에 묻히며 현관문으로 달려가 현관문을 벌컥 열었다. 철구가 복도의 유리창을 깨고 있었다. 철구의 손에서 피가 뚝뚝 흘렀다. 오래된 3층짜리 연립주택의 얇은 유리는 분노가 담긴 철구의 손에 무참히 깨져 버렸다. 그 순간 유리는 유리가 아닌 철구를 고문했던 사람들이었을 것이다. 철구는 살고 싶은 것이다. 그 순간에서 뛰쳐나오고 싶은 것이다. 나는 아무런 생각 없이 현관문을 열고 나가 피가 흐르는 철구의 손을 잡았다.

"바위야, 괜찮아, 괜찮아, 그래, 괜찮아, 바위야."

무엇을 생각하거나 주저할 겨를없이 철구를 끌어안고 등을 다독였다. 내가 엄마의 품에서 진정되어 가듯이 철구가 내 품에서 진정되어 갔다. 그것은 이상한 경험이었다. 홀쭉해진 내배가 다시 차오르는 느낌이었다. 포옹을 풀고 철구를 쳐다보았다. 철구는 자신이 무엇을 했는지 모르는 어리둥절한 표정이었다.

손에서 피가 흐르는 철구를 끌고 집 안으로 들어왔다. 철구를 의자에 앉힌 후 약상자에서 소독약과 붕대를 찾았다. 다행히 상처는 깊지 않았다. 유리에 긁힌 손 등에서 피가 흐르고 있었다. 철구는 제 손을 닦는 나와 손을 번갈아 바라보고 있었다. 내 속도 무언가에 뻥 뚫리는 기분이었다.

"잘했어, 바위야. 그렇게 그들을 깨부수고 싶었지. 나도 그러고 싶었으니까."

갑자기 철구에게 무언인가를 먹이고 싶었다. 먹을 거라면 냉장고에 얼마든지 있다. 엄마가 불타는 의욕으로 내가 먹든 먹지 않던 음식을 만들어 냉장고에 넣어 두니까.

아침에 엄마가 새우를 넣은 두부 호박 찌개를 끓여 둔 게 있고, 들기름 발라 구워 놓은 김도 있으며, 똥을 발라 고추장에 매콤하게 볶아 놓은 멸치도 있다. 게다가 내가 된장에 찍어 먹기 좋아하는 푸른 풋고추도 예쁘게 접시에 담겨 새초롬하니 있다. 나는 고추의 맛보다는 그저 내 입에서 고추가 베어질 때 그 아삭하는 소리와 입속에서 사각사각 소리를 내는 질감이 좋아 풋고추를 좋아했다.

갑자기 식욕이 돋았다. 대체 몇 개월 만인가.

하필 철구가 다친 손은 오른손이다. 내 밥과 철구의 밥을 밥솥에서 퍼 마주 보고 앉았다. 거의 육 개월이 지나 내 힘으로 식탁에 앉아 밥을 먹으려 하고 있다. 엄마가 나에게 했듯 철구의 왼손에 숟가락을 쥐여주고 새우젓 호박국을 떠서 입안으로 넣었다. 새우의 단맛, 두부의 미미한 고소함, 애호박의 밋밋함, 고춧가루의 톡 쏘는 맛과 마늘의 알싸한 맛이 느껴진다. 언제나 마늘을 마지막에 넣는 엄마의 솜씨 때문에 마늘의 알싸한 맛을 느낄 수 있다. 순간적으로 식도를 타고 내려가는 맛에 조그맣게 나도 모르게 맛있다! 라는 말을 했다.

철구를 바라보며 이번에는 밥을 한 수저 떠서 입에 넣었다. 철구는 그런 나를 바라보지만, 눈동자에 느낌이나 감정을 담고 있지는 못하다. 나는 수저로 철구에게 먹으라는 시늉을 했다. 그리곤 내가 다시 먹기 시작했다. 이렇게 밥을 먹는 거야, 어서 먹어, 먹어야 견딜 수 있어, 살 수 있어, 앞으로 나아갈 수 있어. 어서 먹어. 어서, 다시 숟갈로 철구에게 먹으라는 시늉을 했다. 철구가 왼손으로 천천히 새우젓 애호박 찌개를 한 수저 떠서 입으로 가져가다 흘렸다. 나는 괜찮다고 고개를 끄덕여 줬다. 그리고 다시 먹으라고 손짓했다. 철구는 다시 찌개를 떠서 입으로 가져갔다. 나는 철구의 눈동자에 내가 비치기를 바라며 씹으라고 재촉했다. 철구는 씹어서 음식을 삼켰고, 그다음은 밥을 먹었고, 다시 씹어서 삼켰다. 마침내 우리 둘은 밥 한 그릇을 다 먹었다. 철구가 마지막 숟갈을 입에 떠 넣는 것을 보고 나는 울었다. 철구에게 물을 주며 나도 모르게 중얼거렸다.

"됐어, 이제 우리는 살 수 있을 거야."

한참을 앉아 있다 철구를 집으로 보냈다. 철구가 돌아가고 나는 찬물로 설거지를 했다. 촐촐촐촐 손등 위로 분수처럼 떨어지는 찬 물줄기가 청량했다. 물소리와 물의 감촉이 나를 즐겁게 했다. 나는 설거지를 마치고도 손등과 손바닥을 뒤집어 가며 물소리와 물의 감촉을 가지고 놀았다. 더 이상 물이 무섭지 않았다. 머리도 감고 온몸에 물줄기를 맞으며 씻고 싶다는 생각이 사고 이후 처음으로 들었다.

이튿날부터 나는 복도에 나와 앉아 있는 철구를 집으로 데려와 같이 점심을 먹었다. 그냥 밥을 먹고 앉혀 놓으면 그대로 앉아 있다가 철구는 201호로 갔다.

"얘, 철구가 복도에 나와 앉아 있었다는 말을 철구 엄마한테 했더니 철구 엄마가 놀라며 무척 좋아하더라… 혼자서 복도까지 나온 게 첨이래. 이젠 살았다고 하더라."

철구를 복도에서 처음 마주쳤을 때 이야기했더니 엄마가 한 말이다.

"큰일 날 뻔했구나… 그래도 조심하는 게 좋지 않을까."

밥과 반찬이 많이 줄어든 것을 의아해하는 엄마에게 철구가 우리 집에 와 점심을 먹는다고 하자 혼잣말처럼 엄마가 조그맣게 말했다.

엄마의 말에 나는 씨익 웃었다. 엄마는 철구가 나에게 있어 바위라는 사실을 모르는 것이다. 나는 이 사실을 누구에게도 말하지 않고 나만의 비밀로 할 것이다.

2. 너

"임상호 어디로 갔어."

"모―릅―니―다."

이 말이 말이 되어 내 입 밖으로 나왔는지 모르겠지만 나는 모른다고 대답했다. 나도 임상호가 어디로 갔는지 알고 싶었다. 임상호를 만나 묻고 싶었다. 너희들은 왜 나를 끌어들였으며 왜 우리 집으로 왔느냐고 임상호의 멱살을 잡고 묻고 싶었다.

남자는 모나미 볼펜을 책상에 톡톡 두드리거나 엄지손가락에서 새끼손가락으로, 새끼손가락에서 엄지손가락으로 볼펜을 이동하며 휙휙 돌렸다. 그러다가 똑딱똑딱 소리가 나도록 신경질적으로 볼펜을 눌러 대었다. 그것은 나를 위협하고 겁주는 소리였다. 나에게 곧 고문이 시작된다는 알림이기도 했다. 그는 고문을 시작하기 전 볼펜을 똑딱거렸으며 점점 빨라지면 어떤 고문을 할지 결정하여 지시를 내렸다.

수원 외곽의 그린벨트에 둘러싸인 곳에 덜렁 연립주택 한 동이 자리하고 있다. 이 연립주택 201호가 나의 집이었다. 집에 오려면 서울에서 수원까지 지하철을 탄 후 다시 시내버스를 타고 종점까지 와야 했다. 버스에서 내려 가로등도 없는 외딴길을 십여 분 정도 걸어들어와야 집이다. 집에서 대학까지 통학하는 것만으로도 나는 늘 허기에 시달려야 했다. 어머니의 노동의 대가로 내 창자를 듬뿍 채우기에는 염치를 아는 나이였기에 나의 점심은 거의 없었다.

끌려오던 날 자정이 거의 다 된 시각에 집 가까이 왔다. 어머니가 된장찌개를 끓여 놓고 작은 거실에서 반쯤은 자다 깨다를 반복하며 나를 기다리시겠구나. 이제 집에 다 왔구나, 빨리 가 밥을 먹어야지, 하는 생각을 하며 걸음을 재촉하는데 누군가 뒤에서 나를 내리쳤다. 밥을 먹는다는 생각에 하루의 피로도 풀리고, 기쁜 마음이 드는 그 순간이었다.

정신이 들었을 때는 눈이 가리어져 있었다. 손과 발이 묶인 채 차

뒤 트렁크에 실려져 있었다. 입에도 수건을 물려놔 소리를 지를 수도 없었다. 엄청난 공포가 밀려와 숨이 제대로 쉬어지질 않았다. 내게 왜 이런 일이 일어났는지, 무엇을 잘못했는지 공포에 떨며 기억을 더듬어 보아도 떠오르는 것이 없었다.

어딘지도 모르는 곳으로 눈을 가리고 끌려와 나는 맞았다. 이유도 설명해 주지 않고 그들은 패기부터 했다.

"이 새빨간 빨갱이 새끼!"

나를 패는 사람이 내뱉은 말에 나는 그 말이 맞는 것보다 더 무서웠다. 이 나라에서 빨갱이로 낙인찍히면 어떻게 된다는 것쯤은 차고 넘치도록 들었다. 입과 콧구멍으로 짬뽕 국물이 섞인 물을 들이붓는 물고문에 몸부림쳐야 했다.

그들은 나에게 변명하거나 부정할 시간도 주지 않고 때린 후에 물었다.

"임상호 어딨어?"

그제야 임상호 때문에 끌려온 것을 알게 되었다.

나를 끌고 온 그들은 무턱대고 임상호의 간 곳을 대라고 했다. 조직원 중 아무나 한 명을 불라고도 했다. 그러면 너는 나갈 수 있다고 했다. 더욱 어처구니없는 것은 너 북한에 갔다 왔지. 거기서 김일성한테 주석께 충성 맹세하고 왔지. 하며 고문했다. 그런 빨갱이 자식을 열흘씩이나 집에 숨겨 준 것을 보면 너도 틀림없이 빨갱이라는 거였다.

그러나 내가 아는 것은 임상호가 전국대학생연합회의 대표라는 것 외엔 아무것도 몰랐다. 그날 처음 만났을 뿐이었다. 갈 데가 없다고 해서 재워준 것일 뿐 그와 나는 서로 말도 섞지 않았다. 임상호가 한마디 했을 뿐이었다. 자신에 대하여 내가 알게 되면 나중에 문제가 될 수도 있다는 얘기였다 그래서 아무것도 모르는데 오히려 모르는 것이 이렇게 큰 문제가 된 것이다.

그것은 번개와도 같은 일이었다.

어느 순간 갑자기 예고도 없이 번쩍하고 벼락을 치는 번개와도 같은 일이었다.

대학에 입학하고 보니 연일 데모의 연속이었다. 가난한 낭만이라도 기대했던 나는 낭만 대신 최루탄 연기를 하루가 멀다고 맡아야 했다. 나만 그런 것은 아니었다. 시절은 청년들의 뜨거움을 요구했고 청년들은 여기에 뜨겁게 화답했다. 데모로 하루가 시작하고 데모로 하루가 진다고 해도 지나치지 않을 정도로 시위가 뜨거웠고, 자신의 신념을 위해 목숨을 내어놓는 학우도 있었다.

시위대와 진압대의 대립이 영웅담처럼 학교를 뒤덮었다. 시위에 참여하지 않는 사람들은 무엇인가를 해야 하는 게 아닌가 하는 부채감에 시달려야 했다.

모든 대학이 열병을 앓았다. 열병에 전염되지 못한 나는 시위가 끝나면 널려 있는 돌덩이라도 치워야 할 것 같아 청소를 하기도 했다. 그러다 내가 속한 경영학과가 휴강이라 전부 시위에 참여한다기에 얼결에 시위에 참여하게 되었다. 그저 세를 과시하고 숫자를 불리기 위한 참여자였다. 구호를 따라 외치다 보니 속이 후련하기도 했다. 그다음부터는 종종 시위에 숫자를 보태느라 참여했지만, 체구가 작고 힘이 없어 밀리고 밀려 내 의지와는 상관없이 맨 앞 대열에

설 때도 있었다. 정말 재수가 더럽게 없었을 뿐이다. 무슨 이념이나 민주화에 대한 열망이 내게는 없었다.

고문을 하는 사람들이 들이미는 사진에는 맨 앞줄에 내가 선명히 찍혀 있었다. 이게 나의 표정인가 싶을 정도로 오른손을 번쩍 치켜들고 구호를 외치느라 입을 벌리고 있었다. 표정은 아주 시위대의 리더처럼 보여지고 결연해 보이기까지 했다. 이게 나의 모습인가 싶었다.

세상의 모든 일은 우리도 모르는 사이에 보이지 않는 우연에 의해 대부분 결정지어지는 것인지도 모른다.

임상호를 만나던 날도 마찬가지였다. 그날의 시위는 심상치 않았다. 경찰들이 눈에 불을 켜고 찾는 임상호가 시위에 참여했기 때문이었다.

학교 정문 앞에서 시위대와 경찰이 밀고 밀리며 대치를 하다 최루탄에 쫓겨 학생들은 백양로 안으로 밀려 들어왔다. 누군가 나의 팔을 낚아챘다. 보니 같은 과 1년 선배였다. 그는 전대협의 위원을 맡고 있었다. 왜 그러냐고 물을 사이도 없이 선배에게 낚아채어 강의실로 끌려갔다. 거기 몇 명의 학우들이 모여 있었다. 특이한 것은 여학생이 많았다. 나를 끌고 온 선배는 그 여학생들 중 한 여학생의 옆에 나를 세웠다.

"오늘만 니가 얘 애인해라."

검은 뿔테 안경을 쓴 예쁘장한 여학생이었다. 화장을 좀 진하게 한 것이 다른 여학생들과 달랐다. 나는 여장을 한 그가 임상호인지도 몰랐다. 그때까지 여자 친구를 사귀어 보지 못한 나는 애인이란 말만으로도 그 여학생을 똑바로 볼 수가 없었다. 그렇게 나는 임상호의 애인이 되어 여학우들과 함께 학교를 빠져나왔다. 나와서야 그가 여장한 임상호인걸 알았다. 임상호는 전국대학생연합회의 회장으로 경찰의 추적을 끈질기게 따돌리고 있어 경찰의 자존심을 무너트린 존재였다. 임상호를 검거하기 위해 경찰은 혈안이 되어있었다.
"철구야, 너네 집에 며칠만 상호가 가 있으면 안 될까?"
선배의 말을 거절할 수 없었다. 그 당시에 그게 얼마나 위험한 일인지 가늠하지 못했던 나는 그저 나의 가난을 드러내는 것이 주저되었을 뿐이었다. 임상호가 우리 집에 온 유일한 학생이었다.
"믿는다!"
선배는 나의 두 어깨를 잡고 힘을 주어 두어 번 흔들었다.
임상호는 우리 집으로 왔다. 나는 운동권이 아니어서 안전하다는 것이었다. 임상호는 일가친척 친구 동지 그 누구의 집도 갈 수 없다고 하였다. 지금껏 잡히지 않고 신출귀몰한 것도 나 같은 운동권이 아닌 학생들이 자신을 숨겨 주었기 때문이라고 했다. 그게 다였다. 그를 숨겨 주었던 학생들이 잡히지 않은 것은 나처럼 시위대 앞에 서 있다 잡히지 않았기 때문이기도 했지만, 우리 집에 있다는 걸 구속된 선배가 고문에 못 이겨 불었기 때문이었다. 하루만 더 머물렀어도 임상호는 잡혔을 것이다. 임상호가 우리 집에 열흘을 숨어 있었던 것은 사실이지만 그 외의 것은 아무것도 몰랐다. 열흘이 지나고 학교에서 돌아오니 임상호는 가고 없었다. 고마웠다는 말과 어머니가 묵은김치를 넣고 졸여준 고등어조림이 너무 맛있었다고 적혀 있었을 뿐이었다. 나는 홀가분했다. 우리 집에 있는 임상호가 부담스러웠었다.

고문을 받고 쓰러져 정신이 돌아와 나는 곱씹어 보았다.

선배가 속한 운동권 조직에서 나는 만만한 대상이었다. 가난했고 나에게 무슨 일이 생긴다 해도 그악스럽고 극성맞게 설칠 뒷배가 없었다. 그들은 일부러 나를 조직에 끌어들이지 않은 것이다. 그렇지만 나에 대해서 그들은 다 파악하고 주시하고 있었을 것이다. 적당히 써먹을 시기를.

나의 꿈은 열심히 공부하여 은행원이 되는 것이었다. 은행원이 되면 같은 은행의 동료와 연애하여 결혼하는 것이었다. 그렇게 맞벌이를 하여 십 년 후쯤 15평 연립주택을 벗어나는 게 내 꿈의 전부였다. 나는 그 꿈이 과하다고 생각하지 않았다. 가난한 부모를 두고 변변한 뒷배도 없는 내가 꿀 꿈이 무엇이 있겠는가. 그 꿈을 위해 나는 아주 조심스럽고 소심하게 청춘을 보내느라 어떤 조직에도 발을 들이지 않았건만 그 결과는 혼자 내팽개쳐진 것이었다. 나는 운동권의 어느 조직에도 소속되지 않았다. 동아리도 가입하지 않아 이방인이나 마찬가지였다. 그러니 운동권의 동지도 아닌 내가 끌려온 걸 그들이 알 턱이 없다. 안다 해도 그들이 내 상태가 어떨지를 백방으로 수소문이라도 하고 조직에 알리기라도 할 노력도 그들은 하지 않을 것이다.

볼펜을 똑딱이는 중년의 남자는 우리 집 앞의 구멍가게 남자를 닮았다. 여름이면 구멍가게 앞의 평상에 모여 앉은 동네 사람들은 더위를 식히며 이런저런 정보들을 나누었다. 박정희가 김재규 총에 맞아 죽을 때 마셨던 술이 시바스 리갈이었으며 자신도 그 술을 마셔 본 적이 있노라는 말을 구멍가게 남자는 평상에서 떠들었다. 왕년에 자신이 잘 나갔었노라고 했다. 처음 잡혀 왔을 때 나는 남자가 하도 순하고 착해 보여서 마음이 놓였었다. 별일 없이 사실대로 말하면 나갈 수 있겠구나 싶었다. 난 잡혀 올 이유도 없고 왜 잡혀 왔는지도 몰랐다. 그들에게 이유 따위는 아무런 필요가 없다는 것을 몰랐다. 이유는 그들이 만드는 것이었다.

그런데 그 순해 보이는 남자는 시위대의 내 사진을 코앞에 들이밀며 이제는 나를 빨갱이라고 했다.

볼펜을 신경질적으로 똑딱이던 남자가 갑자기 딱 멈추었다.

"벗겨."

남자의 말에 조사실에 있던 건장한 젊은 남자 둘이 달려들어 피와 오물이 묻은 옷이라고 할 수도 없는 나의 옷을 벗기었다.

"몸뚱어리가 이게 뭐냐, 사내새끼가, 이 몸으로 무슨 데모를 한다고…."

"하이고, 이것 좀 보소, 물건하고는…."

젊고 건장한 남자는 나의 성기를 주물럭거렸다. 수치심으로 온몸이 오그라들었다. 저항이라고는 손과 발이 묶여 있어 몸을 뒤트는 것밖에 할 수 없었다.

"눈 가려."

곧 나의 두 눈을 남자들이 또 가렸다. 눈이 가려져서 보이지 않자 공포심과 두려움은 더 커졌다. 공포심과 두려움은 수치심을 가려 버렸다. 눈으로 볼 수 없다는 것은 상대방이 내게 어떤 행위를 할지 알 수 없어 온몸에 소름이 돋으며 경직되었다. 엄청난 고통과 함께 나는 비명을 지르며 정신을 잃었다. 순식간에 일어난 일이었다.

아주 순하고 인자해 보이기까지 하는 남자의 어디에 그런 잔혹함이 숨어 있는지 불가사의했다. 웃으면 새우 눈이 되는 왜소한 남자는 나의 음경 속으로 조금 전까지 책상을 두드리고 손가락 사이에 볼펜을 넣어 획획 돌리고 하던 모나미 볼펜을 쑤셔 넣었다. 생살이 찢기는 그 고통을 무슨 말로 표현하겠는가.

기절해 가랑이 사이로 피가 흐르는 나를 그들은 그대로 둔 채 자장면을 배달시켜 후루룩 쩝쩝거리며 먹었다.

나는 성기에 볼펜을 쑤셔 넣는 고문을 당한 후 40도가 넘는 열에 시달리며 헛소리와 환청에 시달리며 차가운 시멘트 바닥에서 앓았다. 초겨울의 차가운 시멘트 바닥은 얼음보다 나을 게 없다. 그 차가움도 나의 열을 내리지는 못했다. 성기에 염증이 생겨 피고름이 흘렀다. 그들이 항생제를 먹이고 무슨 주산지도 모를 주사를 내 엉덩이에 찔러 넣었지만 염증과 열은 내리지 않았다.

"정말 재수 없는 새끼야."

나를 고문했던 그 순한 얼굴을 한 왜소한 남자는 내가 재수 없다면서 카악 하고 가래를 끌어 올려 나에게 뱉었다.

"치워버려!"

고열 때문에 환청과 환상에 시달리며 발광과 신음을 번갈아 하는 나를 순한 얼굴의 남자는 버리라고 했다. 그들은 나의 눈을 다시 가리고 나를 마대 같은 자리에 둘둘 말아 차의 트렁크에 쑤셔 박았다.

"장염이 맞기나 한 거야, 장염도 아닌데 이런 더러운 일이 하기 싫어 핑계 대는 것 아냐."

나를 잡아 올 때도, 나의 옷을 벗길 때도, 나를 팰 때도 둘이던 남자 중 하나가 장염으로 입원했다고 하여 남자는 혼자서 나를 버리는 궂은일을 하게 된 것이다. 장염으로 입원을 한 남자는 나의 성기를 주물럭거리던 사람이다.

나를 버리기 위하여 어딘지도 모를 저수지에 다다른 그는 한참을 저수지 앞에 차를 세워놓고 앉아 있었다. 차의 트렁크를 연 그는 마대를 툭툭 쳤다. 내가 꿈틀하자

"죽지는 않았구먼, 그렇지. 사람 목숨이 그리 쉽게 끊어지나. 허무한 게 사람 목숨이기도 하지만, 질기기도 한 게 사람 목숨이기도 하지."

그러고는 담배를 한 대 피웠다. 담배 연기가 바람에 날려 나에게까지 왔다. 며칠째 아무것도 먹지 못한 빈속에 폐로 스며드는 담배 연기가 역겨워 헛구역질이 나왔다. 노란 이자액이 배 속에서 나와 내 입을 타고 흘렀다.

왔다 갔다 하는 발소리가 들렸다. 무엇을 걷어차는지 툭툭 하는 소리도 들렸다. 그는 갑자기 새벽 저수지에서 휘파람을 불었다. 옛날에 금잔디 동산에 메기같이 앉아서 놀던 곳~ 새벽 저수지 위로 휘파람 소리가 가늘고 길게 내려앉았다. 저 휘파람 소리가 끝나면 나를 저수지에 던지겠구나 싶었다. 이상하게 나는 휘파람 소리에 평온해졌다. 죽음이 두렵지 않았다. 어서 빨리 고통에서 벗어나고 싶을 뿐이었다. 지옥도 이것보다는 나을 것 같았다. 지옥에서 벗어났다는 해방감과 함께 이 지옥을 끝내고 싶었다.

"나도 꿈이 있었다."

남자는 마대를 툭툭 치며 그 말을 하더니 나를 트렁크에서 꺼내어 저수지에 던지는 대신 차의 트렁크 문을 닫았다. 그러기 전까지 그는 자신의 이성과 감성 그리고 양심과 무던히도 갈등했을 것이다.

그는 나를 저수지에 돌을 매달아 밀어 넣는 대신 도로의 풀숲에 버려 버리고 그대로 달아났다. 잠시 후, 그는 다시 와서 포대를 풀고 나를 잘 보이게까지 해 놓았다. 그러더니 곧 다시 와서 나를 포대로 다시 싸고 보이지 않는 곳으로 밀어 넣었다. 그러나 그는 다시 왔다. 나를 끌어내어 도로변에 내려놓고 그대로 갔다.

"너도 네 인생에서 한 번쯤은 재수가 좋기를 바란다! 밥이 이렇게 더럽기도 한 것이야."

그 말을 남기고 그는 차를 몰아 사라졌다. 저수지에서 불던 그 곡조를 휘파람으로 불며 사라졌다. 그 새벽 그는 무던히도 자신의 양심과 싸운 것이다. 나를 고문하고 팼지만 이제 그는 자신의 모든 것을 나에게 내어 준 것이다.

살 운명이었을까. 아니면 그의 말대로 인생에 한 번쯤은 재수가 좋았던 것일까. 나는 발견되어 병원으로 옮겨졌다. 성기는 염증으로 인해 거세해야만 했다.

나는 깊은 어둠에 잠겼다. 그 어둠은 좀체 나를 놓아주지 않았다. 나의 의식과 의지는 어둠을 뚫고 나가기를 거부했다. 어둠밖에는 끔찍한 고통만이 있을 뿐이라며 나의 의식과 의지는 점점 더 어둠 속으로 들어갔다. 나는 지옥이 무서운 게 아니라 사람이 무서웠다. 나는 사람을 무서워하는 병을 앓게 되었다.

처음 본 여자는 나를 바위라고 불렀다. 여자는 나에게 숟갈을 쥐여주며 밥을 먹으라고 했다. 오른손을 다쳐 왼손으로 숟갈질이 서툴러 반찬을 흘리자 반찬을 밥 위에 놓아 주기도 했다. 여자를 쳐다볼 수가 없었다. 다른 사람만큼은 아니지만 여자가 무서웠다. 내 손에 흐르는 피를 닦아주고 붕대를 싸매어 주는 여자가 무서워서 싫다고 할 수가 없었다. 처음 밥을 먹은 날 나는 집으로 와 먹은 걸 죄다 토했다. 무서워서 체했던 것이다.

여자의 집에서 밥을 먹은 뒷날 나는 전날과 다름없이 현관 앞 복도에 나가 쭈그리고 앉아 있었다.

"여전히 그 자세 그 자리네."

현관문을 열고 나 온 여자가 나와 똑같은 자세로 내 옆에 쭈그리고 앉았다. 여자는 그냥 내 옆에 한참을 앉아 있었다.

"다리가 저리다, 밥 먹자. 맛있는 밥. 엄마가 해놓은 밥."

여자는 내 손을 잡아 나를 일으켜 세웠다. 여자를 똑바로 쳐다보지는 못하지만 어제보다 무섭지 않았다. 내 손을 잡은 여자의 손이 따듯했다. 오래도록 잊고 지낸 사람의 온기였다. 여자는 매일 내 손을 잡고 자신의 집으로 들어가 나에게 밥을 먹였다. 여자와 밥을 먹는 일이 하루씩 늘 때마다 여자를 무서워하는 마음이 작아졌다. 여자는 내게 아무것도 묻지 않았다. 나는 묻지 않는 여자가 더 이상 무섭지 않았다.

"바위야, 내일은 이렇게 벨을 눌러. 눌러 봐, 그래. 그렇게. 잘했어. 기다릴게. 알았지."

내가 더 이상 여자를 무서워하지 않는다는 것을 알았는지 여자는 내 손을 잡고 자신의 집 벨을 누르라고 했다. 나는 고개를 끄덕였다. 그것은 유리창을 깨는 것보다 쉬운 일이다.

이튿날 나는 잊어버리지 않고 여자가 알려준 대로 여자의 집 벨을 눌렀다. 딩동 딩동 딩동 세 번이 울리자 "누구세요?" 하는 소리가 들렸다. 그 소리에 나도 모르게 웃음이 나왔다. 이것은 무슨 암호인가. 누구냐고 나의 존재를 묻다니. 얼마나 오랜만인가. 나를 물어주는 것이. 마치 너 잘 있니, 잘 지내니, 하는 안부 인사 같아서 가슴이 찌르르해졌다. 난감한 감정이었다. 난 잠시 멈추어 있다가 다시 벨을 눌렀다. 딩동 딩동 딩동 그렇게 세 번이 울리자 "누구세요?" 하는 여자의 목소리가 다시 들렸다. 나를 누구라고 해야 하나 망설일 때 여자가 문을 열었다. 여자는 환하게 웃었다.

"잘했어. 어서 와. 내일도 그렇게 벨을 누르면 돼. 그리고 내가 누구냐고 물으면 네 이름을 말하면 돼. 알았지?"

여자는 내 대답은 들을 필요가 없다는 듯 대답할 틈을 주지 않고 나를 식탁으로 데려갔다.

"엄마가 쑥국을 끓였어. 쌀뜨물에다 된장을 풀고 쑥국을 끓였어. 어제 바위 네가 돌아가고 엄마랑 요 앞에 가서 쑥을 뜯었거든. 손톱 밑에 흙이 끼었는데 그게 그렇게 좋더라. 흙 밑에 지렁이도 있더라. 언 땅에서 지렁이는 어떻게 살았나 몰라. 꽝꽝 언 땅속에서 지렁이도 살아 냈잖아. 우리도 살아내질 거야."

여자는 나에게 계속 이야기를 들려주었다.

여자의 이야기를 듣다 보면 내 기억 속 저 먼 곳 어디에서 따뜻한 것이 나에게로 오는 것 같았다. 그것이 무엇인지는 모르지만 나는 걸음

마를 다시 배우고, 벨을 누르는 법을 배우고, 밥 먹는 법을 배우고, 유리창을 깨서는 안 된다는 법을 배우는 중이다. 그 배움이 싫지 않았다.

3. 우리

나는 철구와 봄 소풍 가기로 마음먹었다. 그것은 창밖의 풍경 때문이다. 엄마 곁으로 돌아왔을 때 창밖의 먼 풍경들은 울긋불긋했었다. 그 뒤를 이어 이 연립주택의 마당에 심어진 은행나무 두 그루가 온통 노란 잎을 주렁주렁 매달고 때때로 흔들렸다. 방에 쭈그리고 앉아 때때로 흔들리는 은행잎을 보면 어지러웠다. 은행잎의 노란색이 짙어지자 온 아파트에 똥내가 진동했다. 연립주택의 형님과 아우들은 은행알을 주워 커다란 함지에 넣고 으깨어 똥내를 흘려보냈다. 똥내 나는 옷을 벗고 말갛게 된 은행알을 형님과 아우들은 사이좋게 나누어 가졌다. 엄마도 은행알을 한 대접 정도 가져와 물감을 사다 물을 들였다. 아주 진한 철쭉꽃색, 진달래색, 민들레꽃색, 겨울을 끝내고 나뭇가지 끝에 수줍게 돋아나는 이파리 색, 형형색색의 은행알들을 엄마는 작은 바구니에 담아 내 방에 가져다 놓았다. 나는 그 은행알을 만지며 창밖에 내리는 흰 눈과 사나운 바람에 진저리를 치는 마른 나뭇가지들을 하염없이 바라보았다.

눈이 더 이상 내리지 않자 빈 가지로 을씨년스럽던 마당의 은행나무가 연둣빛을 보이기 시작했다. 멀리 보이는 들판도 점점 연둣빛으로 뒤덮여 갔다. 그때쯤 철구가 우리 집으로 와 밥을 먹었다. 이제 철구는 우리 집 초인종을 누르고 내가 문을 열어 주면 들어온다. 여전히 철구는 말이 없지만 얼굴의 노란빛이 사라졌으며 노란빛이 사라지자 주근깨도 엷어져 갔다. 그리고 얼굴은 둥글어졌다. 나도 마찬가지다. 이것은 순전히 엄마의 밥 때문이다.

창밖의 풍경은 매일매일 바뀌었다. 멀리 보이는 연둣빛이 초록으로 바뀌고 일렁이는 게 보였다. 나와 철구는 엄마가 만들어 놓은 반찬으로 점심을 먹고 좁은 거실에 나란히 앉아 매일매일 바뀌는 풍경들을 바라보았다. 아무 말없이 바라보다 졸기도 했다. 말이 없다는 게 무료하기도 하지만 편안하기도 하다.

나는 점점 바뀌는 들판의 표정이 있는 곳으로 가보고 싶었다. 연초록에서 시퍼런 빛으로 변해가는 일렁임이 끊임없이 내게 손짓을 했다. 나는 그곳으로 철구와 소풍 가기로 마음먹었다. 2층 창밖으로 거기에 다다르는 길을 외우고 또 외웠다. 철구를 데려가야 하기 때문이다. 저기에 다녀오면 철구가 말을 할 것 같았기 때문이었다.

철구를 데리고 작은 베란다로 나갔다. 엄마가 키우는 군자란이 꽃을 피우고 게발선인장도 한껏 초록물이 오르고 행운목과 돈나무도 이파리에 기름기가 좌르르 돌아 베란다는 생명이 물결치고 있었다. 베란다 창문을 열었다.

"우리 오늘 점심을 먹고 소풍을 갈 거야. 저기로 갈 거야."

철구의 눈동자가 내 입을 바라보다 천천히 고개를 돌려 내 손끝을 주시했다. 그 손끝에 초록의 물결이 일렁이고 있었다. 늦봄과 초여름이 서로 만나는 접점이 그 들판에 있었다. 철구는 일렁이는 초록의 물결을 바라보며 고개를 끄덕였다.
"당신을 믿어요."
철구의 끄덕거림은 나에게 그런 소리로 들렸다.
"우리는 저곳에 가서 봄과 여름을 만날 거야. 봄은 새롭게 태어나는 것이고, 여름은 그 봄이 굳세어지는 계절이지. 언 땅을 뚫고 올라와서 그 땅을 생명력이 왕성해지도록 수분을 가득 채우거든."
내 말에 철구는 별 반응을 보이지 않는 대신 거실 밖의 먼 들판을 바라보고 있었다. 어쩌면 철구는 사고를 당하기 전 저기에 갔었을지도 모른다는 생각이 들었다. 혼자 숨어서 시간을 보내기엔 좋은 장소이기 때문이다.
라디오에서 노래가 나왔다. 저 푸른 들에 솔잎을 보라. 돌보는 사람도 하나 없는데…. 우리 나갈 길 멀고 험해도 깨치고 나아가 끝내 이기리라. 노래를 부르는 가수의 음성이 맑고 청아했다. 나와 철구를 응원해 주는 응원가 같았다. 노래를 들으며 오늘 저 푸르른 낙원에 철구를 데리고 가야겠다고 마음을 굳혔다. 문득 낙원은 우리가 가야하는 곳이지 우리에게 오는 곳이 아니라는 깨달음이 들었다.
점심을 먹은 후 철구의 흐트러진 머리카락에 물을 발라 정리를 해주고 내 머리카락은 고무줄로 묶었다. 단발이었던 머리카락이 많이 자라 어깨 밑으로 내려왔다. 자란 머리카락은 내가 흘려보낸 아픔의 시간이다.
철구 손을 잡고 현관문을 나왔다. 철구는 정신병원에서 돌아온 후 자신의 발로 걸어서 처음 하는 외출이다. 밖에 나오자 철구는 내 손을 꽉 잡았다. 곧 손에 축축하게 땀이 솟았다. 철구의 눈이 겁에 질려 있다. 나도 마찬가지였지만 힘을 냈다. 철구와 내가 지나가는데 사람들이 힐끗거리며 우리를 쳐다보았다. 슬슬 피하는 사람도 있었다. 철구는 땅만 보았다. 나를 잡은 손에 너무 힘이 들어가 내 팔이 저려오기 시작했다.

"겁먹을 필요 없어. 사람들이 우릴 쳐다보는 게 아니고 우리가 저들을 쳐다보는 거니까. 봐봐, 나처럼 저들을 노려봐. 저 사람들이 시선을 피하잖아."

그러나 철구는 여전히 고개를 들지 못하고 땅만 보았다.

집의 창을 통해 볼 때는 길을 잘 알 수 있을 것 같았는데 초록의 물결이 일렁이던 숲은 좀체 나타나지 않아 나를 초조하게 했다. 눈높이가 다르기 때문이었다. 이렇게 다르다. 세상의 사람들은 수평의 눈앞에 나타나는 현상만을 가지고 그것이 진리라고 여긴다. 진리란 어쩌면 이기적이고 왜곡된 것일 수도 있다. 그것은 매우 보편적이기 때문이다. 수평과 수직이 만나는 접점 바로 그곳에 진리가 있을지도 모르기 때문에 단순히 수직이나 수평에서 본 것 만을 가지고 확신해서는 안 된다.

수직으로 바라보던 초원을 수평으로 바라보며 신발에 흙을 묻히며 우리는 베란다에서 바라보았던 풀밭에 도착했다. 그린벨트인 이곳의 넓은 땅이 이런저런 풀들로 가득했다. 바람이 불자 지난 가을 은행알에서 나던 똥 냄새보다 더한 똥 냄새가 풍겨왔다. 근처에 소를 키우는 축사가 있기 때문이다. 음매~ 하고 느리고 길게 소가 울었다. 이상하게 그 소리가 다정해서 마음이 녹진해졌다. 이 푸른 풀은 소들을 먹이기 위해 키우는 것인가 보았다. 이름을 알 수 없는 들꽃도 피어 있었다. 철구는 나의 팔을 풀었다. 인생은 이렇게 누군가를 끌고 가는 것인지도 모른다. 내가 의식하든 의식하지 못하든.

"여기 앉을까."

편편한 풀밭에 철구와 나는 앉았다. 햇볕이 온 천지를 따갑게 내리쬐고 있다. 햇볕은 겨우내 어디에 이 따가운 볕을 숨기고 있었을까. 푸른 풀들을 바라보는 철구의 얼굴을 보니 편안해 보인다. 눈이 부신 지 가늘게 눈을 뜨고 있다. 온몸으로 햇볕이 쏟아져서 몸속으로 들어온다. 엉덩이는 축축해져 오고 약간의 냉기가 스며오지만 온몸으로 쏟아지는 햇볕은 날카롭다.

우리는 햇볕과 간간이 부는 봄바람에 몸을 맡기고 그저 앉아 있었다. 시간이 그런 우리와 풀밭을 지나 흘러간다. 철구가 손으로 풀을 사납게 쥐어뜯었다. 그 손이 점점 빠르고 더 사나워져 갔다. 철구의 손에 뜯긴 풀들은 철구의 옆에 쌓여갔다. 그것은 철구가 세상에 할 수 있는 유일한 저항이며 공격인지도 모른다. 뜯기어져 버려지는 저 풀들은 철구에게 있어 자신을 고문하던 사람들일지도 모른다. 철구는 그들을 저렇게 없애버리고 싶었을 것이다. 철구의 손에 초록이 물들여져 갔다. 그 초록색이 철구에게 남겨진 고문의 흔적 같다. 나는 풀 사이에 섞인 웃자라버린 쑥을 한 움큼 뜯어 코끝에 가져다 대고 냄새를 맡아보았다. 코끝으로 쎄한 쑥 향이 훅 들어왔다. 여전히 풀을 뜯고 있는 철구의 손을 끌어당겨 쑥을 쥐여주었다. 내가 냄새를 맡으며 철구에게도 맡아보라고 턱짓을 했다. 철구는 쑥을 내려다보다 천천히 코끝에 가져다 대었다. 눈을 감고 쑥을 코끝에서 떼지 않는다.

"이게 세상이야. 향기."

나도 쑥을 코끝에 가져다 대고 심호흡하며 말았다.

해도 움직여서 얼굴 정면에서 비추던 것이 얼굴의 옆을 비추고 있다. 나는 심호흡을 하여 공기를 들이마셨다.

"너도 해 봐."

그러자 철구가 눈을 감더니 숨을 들이마시고 내쉬었다. 그 모습이 어린아이 같았다. 나는 풀밭에 벌러덩 누웠다.

"너도 누워."

철구는 나를 내려다보더니 내 옆에 누웠다. 해가 우리의 옆을 비추어서 눈은 덜 시렸지만 아득히 높은 초여름 하늘이 눈부셨다. 점점이 흰 구름이 흘러간다. 우리는 아무 말없이 하늘을 올려다보았다. 점점 마음이 부드러워졌다. 마치 맑은 도랑물이 유려한 모퉁이를 돌아 흘러가는 듯한 그런 부드러움이었다.

"하늘이…"

내 귓속으로 음성이 들렸다. 철구의 목소리를 처음 듣는다. 철구가 말을 한 것이다. 나는 상체를 일으켜 철구의 얼굴을 내려다보았다. 그 바람에 철구의 얼굴에 그늘이 생겼다. 철구의 얼굴에 비추는 햇빛을 가리고 싶지 않아 반대편으로 가 철구의 얼굴을 들여다보았다. 철구가 눈을 깜박거리고 눈썹을 바르르 떨었다. 햇살이 비치는 철구의 눈썹이 이른 아침에 이슬을 매달고 있는 풀잎 같았다. 그런 철구의 두 눈으로 물기가 번지고 그것은 호수가 되어 갔다. 아프리카의 혹독한 건기가 끝나고 새로운 생명을 샘솟게 하는 비와도 같았다. 호수는 곧 범람하더니 양옆으로 터져서 흘렀다.

"파랗다…."

하늘이 파랗다고 철구는 문장을 말했다. 철구의 어두운 동굴이 와르르 무너져 버렸다.

철구는 흐느끼기 시작하더니 어깨를 들썩이며 숨죽여 울었다. 그 위로 햇볕은 계속 비추었고 하늘은 파랗고 구름은 점점이 흘러갔다. 바람이 불어와 풀잎들을 쓰다듬고 쓰러트리고 일으켜 세웠다. 살아 있는 사람의 세상이다.

철구를 내 가슴 쪽으로 끌어당겨 안았다. 내 가슴 고랑 사이로 얼굴을 묻은 철구는 마침내 소리 내어 울기 시작했다. 어찌나 울음소리가 크고 격렬한지 나의 상체가 흔들렸다.

나는 통곡하는 철구를 세차게 안았다. 나의 가장 깊은 곳에서 소리가 터져 나왔다. 꽁꽁 싸매 두었던 아리고 아픈 말이었다.

"바위야!"

나의 가슴 고랑이 철구의 눈물로 축축해졌다. 눈물은 태어나지 못한 바위에게 먹여보지 못한 젖이 철철 흐르는 것 같았다. 내 깊은 곳에서 울음이 터졌다. 우리는 함께 울었다. 풀잎과 바람과 하늘, 그리고 구름이 우리의 울음소리를 들었다.

우리 등 밑에 깔렸던 풀잎들이 옆으로 누운 우리 때문에 서서히 몸을 세우고 있었다. 그러더니 풀잎은 언제 누웠었냐는 듯이 몸을 바짝 세우고 바람에 몸을 흔들고 있었다.

이제 철구는 내가 없어도 바위에서 철구로 돌아갈 수 있을 것이다. 쏟아낸 울음을 통하여 본래의 그로 돌아갈 것이다.

쓰러졌다 일어나는 풀잎처럼 철구와 나는 일어설 것이다.

오, 나의 배트맨

마음이 조급하고 초조해졌다. 어제 저녁 자유시장 입구 쓰레기 버리는 곳에 있던 스티로폼 상자 뚜껑이 없으면 어쩌나 싶어서였다. 스티로폼은 얼핏 눈짐작으로 가로 60센티, 세로 30센티 정도의 길이었다. 무엇엔가 약간 눌리고 겉에 거뭇거뭇한 때가 묻기는 했지만, 부서지거나 뜯긴 곳 없이 원래의 제 형태를 잘 지니고 있었다.
　나는 그 스티로폼 뚜껑을 발견한 순간 침이 꼴깍 넘어갔었다. 눈도 반짝 빛났었다. 어느 순간 세속적인 탐욕이 내게서 대부분 사라졌지만, 무의식 속에 남아 있는 버릇처럼 가끔은 세속적인 탐욕이 저 스스로 살아났다. 스티로폼 뚜껑을 발견한 순간이 그렇다. 스티로폼 뚜껑을 발견한 순간, 나는 그 스티로폼 뚜껑을 나의 식탁으로 써야겠다고 생각했다. 왜 진작 식탁 생각을 못 했는가 싶어 오른손으로 나의 머리통을 세 번이나 후려쳤다. 손바닥과 머리가 동시에 얼얼했지만, 기분이 좋아서 웃음이 났다.
　어제 발견한 즉시 스티로폼 뚜껑을 챙기지 못한 이유는 시장의 과일 가게에서 짓무른 자두를 잔뜩 내어놓았기 때문이었다. 이게 어디서 나는 달콤한 향내인가 하고 굳이 멀리 찾을 필요도 없었다. 파리가 날개를 바삐 움직여 윙윙 소리를 내며 제 친구들을 부르는 그 곳을 보니 커다란 검은 비닐봉지 안에 물러터진 자두가 속살을 삐죽이 내보이고 있었다. 순간 맛의 본능과 기억이 살아나 입안에 침이 가득 고였다. 자두는 내가 좋아하던 과일이었다. 맛에 대한 기억은 본능이라 정신의 세계가 바뀌었어도 사라지지 않는 모양이었다.

― 쌍놈의 파리들!

새로운 정신세계로 옮겨 온 후 나는 욕쟁이가 되었다. 그전에도 욕은 나의 내면에 존재해 있었다. 다만, 그때는 나를 둘러싼 관계들 때문에 욕을 겉으로 하지 않고 속으로 했을 뿐이다. 지금 나를 둘러싼 관계는 모조리 파괴되었다. 내가 그 울타리를 뚫고 나왔기 때문이다. 지금의 나에게 욕은 불합리한 것에 대한 아주 가벼운 저항이며, 과거와의 끈을 연결하는 인식의 터널이며, 욕구불만에 위안을 주는 언어다.

달려드는 파리 떼를 미간을 찌푸리며 손으로 쫓았다. 이 순간만은 파리와 나는 아주 맹렬한 적이다. 먹을 것을 가지고 추호도 양보할 의사가 서로에게 없다. 그러나 파리조차도 나를 우습게 알아서 달아나기는커녕 겁도 없이 내게 마구 엉긴다. 눈 주위와 머리 그리고 옷에도 달라붙는다. 파리 놈들이 비겁하다. 난 혼자인데 이것들은 떼로 덤비니 말이다.

파리가 인간보다 약하다고 생각하면 그건 참으로 인간의 큰 오산이다. 혹독한 겨울을 견디고 어디선가 살아남아 여름이면 이렇게 돌아오니 말이다. 그런 점은 파리에게 배워야 한다. 어떻게든 살아남는 게 중요하다. 나도 살아남아야 한다. 그래야 배트맨을 기억해 줄 수 있다. 내가 사라진다면 배트맨도 사라지는 것이다. 누군가가 자신을 기억해 주는 사람이 있으면 그것은 사라진 게 아니다. 그러므로 배트맨은 여기에 살아 있다. 내 옆에 있다. 배트맨을 기억하기 위해 나는 살아야 한다. 다른 기억은 혼란스럽고 잊힌 것이 있어도 내가 누구인지와 배트맨은 절대 잊지 않는다.

파리가 더욱 극성맞게 나에게 달려들었다. 달콤한 자두 향보다 나한테서 나는 퀴퀴한 냄새가 더 좋은 모양이다. 자두에서 나는 것은 향내지만 나에게 나는 것은 냄새다. 나도 예전엔 자두처럼 향내가 났지만, 지금은 냄새가 난다. 그것은 배트맨을 잃어버렸기 때문이다. 파리와 함께 뒤엉겨 자두 자루를 움켜쥔 나를 지나가던 사람이 코를 싸쥐며 쯧쯧 혀를 찼다. 혀 차는 소리에 갑자기 머리가 근지러워져 자두 자루를 놓고 머리를 긁었다. 왼쪽을 긁으니 오른쪽이 가렵고, 위를 긁으니 아래가 가렵다. 두 손으로 실컷 긁고 나니 정신이 개운해졌다. 손톱 밑을 들여다보니 새카만 때 사이로 붉은색이 보였다. 너무 세게 긁어 짓무른 곳에서 피가 난 모양이다. 머리를 감은 지 오래라 머리에 풀을 발라 놓은 것처럼 엉켜있다.

실컷 긁어 개운해진 머리로 터진 자두 속살을 보니 파리가 슬어 놓은 쉬가 구더기가 되어 꼬물거리며 기어다닌다. 나는 그곳을 베어 내 버린 후 무르지 않은 곳을 덥석 베어 물었다. 내가 아무리 자두를 좋아하고 미쳤다 하더라도 장차 파리가 될 구더기까지 먹지는 않는다. 살아 있는 것을 먹을 정도로 난 미치지 않았다. 그건 살생 아닌가. 그 정도의 분별력은 있다. 시고 단 맛이 입안 가득 퍼졌다. 파라다이스다!

모든 과일은 나무에 달렸을 때가 아니라 이렇게 썩기 직전이 가장 달다. 사람들이 싱싱하다며 산 과일은 싱싱한 게 아니라 아직 익어가는 중이다. 세상의 모든 것은 그 마지막에 내뿜는 향기가 있다. 과일은 마지막이 가장 달고, 생선은 썩기 전이 가장 비린내가 심하고, 똥의 마지막은 냄새가 점점 사라진다. 그렇다면 사람의 마지막은 어떤 냄새일까.

입안 가득 퍼진 자두의 단맛에 비시시 웃으며 인간들은 가장 과일이 달 때 상했다며 버린다는 사실을 처음으로 알았다. 새로운 깨달음이었다. 나도 내 인생에서 무르익어 단 것들을 썩었다며 버린 것이 얼마나 많았을까. 내가 미치고 나서야 그것을 알았다. 사람들이 나를 미쳤다고 하지만 내가 보기엔 내가 아닌 나를 미쳤다고 하는 것들이 죄다 미쳤다. 정말이지 그들이 미쳤다. 나는 냄새를 풍길지언정 타인에게 결코 해로운 짓을 하지 않는다. 아주 작은 거짓말조차 하지 않는다. 하지만 나를 미쳤다고 하는 것들이야말로 거짓말과 무뎌진 양심으로 제 이익을 위하여 온갖 이기를 떨면서도 멀쩡한 얼굴로 시침을 딱 떼고 살고 있지 않은가. 이거야말로 미친 게 아니고 뭣인가. 그래서 루쉰이 일찍이 광인 일기와 아큐정전을 쓴 것일지도 모른다. 나는 미친 게 아니라 내 속의 욕망과 탐욕을 버렸을 뿐이다.

어제 자두 맛에 취해 식탁은 그만 까맣게 잊어버렸다. 오늘에서야 다시 식탁 생각이 났다. 자유시장의 쓰레기 버리는 곳이 가까워질수록 스티로폼이 없을까 봐 점점 더 초조해져 머리가 또 근지러워졌다. 양손으로 머리를 벅벅 긁으며 쓰레기가 쌓인 곳에 도착해 보니 어제의 스티로폼은 없고, 어제 것보다 좀 더 깨끗하고 찌그러지지 않은 것이 있다. 어제보다 더 좋은 나의 식탁이 생겨서 나는 기분이 좋았다. 사실 숙녀 체면에 식탁도 없이 맨바닥에 밥을 먹기는 그동안 좀 그랬었다. 더구나 배트맨이 올 때는 괴롭기까지 했다. 배트맨에게 식탁도 없이 맨바닥에 밥을 먹게 하는 게 괴롭다 못해 고통스러웠다. 배트맨과 나 사이에 있어서 식탁은 징검다리와 같았다.

배트맨과 나는 식탁에서 많은 이야길 나누었다. 학교 이야기, 날씨 이야기, 친구 이야기, 음악, 영화, 책 그리고 사회의 부조리한 현상과 우리가 알지 못하는 것들, 심지어 어설픈 정치 이야기로 언쟁을 벌이고 서로에게 빈정 상해 이틀간 삐친 적도 있었다. 나중엔 정치 문제로 삐친 우리가 우스워 식탁에서 딸기잼을 바른 식빵을 먹다가 마른 식빵을 서로에게 던지며 낄낄대고 웃었다. 내 생각이 식탁을 건너 배트맨에게로 갔고, 배트맨의 생각이 식탁을 건너 나에게로 왔다.

배트맨이 중학교 1학년 때 좋아하는 여학생이 생겼었다. 우리는 식탁에서 같이 그 여학생에게 보낼 편지를 고민하며 쓰고, 하트 모양의 상자에 담긴 초콜릿을 정성스레 포장했다. 여학생은 편지도 초콜릿도 받지 않았다. 난 숨어서 사정하듯 편지와 초콜릿을 내미는 배트맨과 수줍음도 없이 앙칼지게 거절하는 여학생을 훔쳐보며 질투와 모성 사이에서 주먹을 꼭 쥐고 숨을 거칠게 쉬었었다. 아니, 코가 들창코잖아. 게다가 입술을 벌릴 때마다 번쩍이는 저 교정기도 보기 사납고. 나는 여학생의 결함만 보였지 좋은 점은 하나도 보이지 않았다. 우리는 배트맨의 첫 연정을 딱지 놓은 그 여학생을 식탁에서 험담했다. 대문니가 여자가 너무 크고, 코가 약간 들렸으며, 배트맨이 학교에서 자세히 봤더니 짝궁둥이더라는 얘기에 사레가 걸릴 정도로 웃었었다. 우리 둘에게 식탁은 가족이었다.

우리가 서로에게 유달리 애틋했던 것은 버림받았기 때문이다. 말하자면 우리는 서로에게 버림받은 상처를 싸매는 항생제가 발라진 밴드 같은 존재였는지도 모른다. 배트맨의 아버지 즉 나의 남편이, 내 친구와 한방에서 잠을 자겠다며 집을 나간 후, 배트맨과 나는 서로에게 깊이 의존했다. 우리 둘뿐이라는 자각이 우리의 관계를 더욱 깊고 굳건하게 했다.

배트맨의 아버지가 내 친구와 한방에서 홀랑 벗고 헉헉거리며 뒤엉겨 있을 때, 나는 잘 나가는 여성학 강사였다. 대학에서 여성학을 가르쳤다. 내가 여성으로서의 자각과 자존에 대해 떠들고, 티브이나 신문 잡지에 칼럼을 쓰는 동안, 배트맨의 아버지는 내 친구와 홀랑 벗고 헉헉거리며 뒤엉겨 있었다. 나를 향한 조롱으로는 최고의 것이었다. 그 조롱 앞에서 내가 떠들었던 모든 언어와 사고는 남루하기 그지없었다. 그것을 설명할 어떤 언어도 내 머릿속에는 없었다. 내 친구와 남편은 내가 공부한 여성학을 온몸으로 비웃고 조롱한 것이다.

남편과 헤어진 후 나는 아들과 영화관에 가 배트맨 영화를 봤다. 선과 악의 이분법적인 그 영화처럼 나도 악의 축인 남편과 내 친구를 배트맨처럼 응징하고 싶었다. 나는 슬프지 않은 그 영화를 보며 슬픈 영화보다 더 울었다.

내가 놀랄 때마다 내 배를 걷어차는 배 속의 아들 때문에 보름달처럼 둥글게 부풀어 가는 나의 배 위에 그와 꼭 잡은 두 손을 얹고 배트맨 1편을 보았고, 세 살 난 아들과 나란히 앉아 2편을 보았으며, 아들과 둘이서 본 배트맨은 남편을 친구에게 빼앗기고 본 3편이었다. 다섯 살이었던 아들은 배트맨에게 홀려 내가 흐느끼는 것조차 몰랐다.

아들은 배트맨 영화를 본 후 자나 깨나 배트맨에 골몰해 있었다. 일어나 잠들 때까지 언제나 아들의 어깨엔 시커먼 보자기가 매어져 있었다. 미국에는 실제로 배트맨이 있다고 생각해 자신은 어른이 되면 미국에 가서 살고 싶어 했다. 그때부터 나는 아들을 배트맨으로 불렀다. 그 애칭은 아들이 배트맨처럼 그 어떤 위험도 비켜 가고, 악을 행하는 사람이 아닌 악을 응징하는 사람이 되길 바라는 나의 기도였으며, 남편을 증오하면서도 그리워하는 그리움이기도 했다.

새로 주운 스티로폼 뚜껑을 단단히 잘 쥐고 쓰레기 더미를 뒤지니 국숫집에서 버렸는지 국수와 열무김치가 뒤엉켜 있는 것이 보였다. 번지는 미소를 어쩔 수 없다. 자두를 발견한 어제도 재수가 좋더니 오늘도 재수가 좋다. 마침 국수 생각이 간절했었다. 오늘 점심은 비빔국수다. 비상용으로 허리춤에 지니고 다니는 검정 비닐봉지를 꺼내 국수 덩어리를 담았다. 사람은 항상 준비성이 있어야 한다. 국수는 불어서 맥없이 툭툭 끊겼다. 시큼한 냄새가 났다. 이마트에서 못 들어가게 하면 어쩌나 싶어 한 번을 더 쌌다. 나는 의기양양하여 식탁을 놓을 자리로 부지런히 향했다.

내가 늘 밥을 먹는 곳은 부천역에 있는 이마트 4층이다. 에스컬레이터가 올라가는 옆 공간에 놓인 음료자판기와 정수기가 놓인 귀퉁이가 나의 밥 먹는 자리다. 이 귀퉁이에서 밥을 먹으며 뭔가 항상 허전했었다. 그것이 식탁이 없었기 때문이라는 것을 이제야 알았다. 이 자리는 완전 명당이다. 음료자판기 옆이기 때문에 운이 좋으면 마시다 남은 오렌지 주스나, 콜라, 사이다를 후식으로 먹을 수 있다. 더구나 자판기 옆에 생수기가 있어서 언제나 시원한 물을 공짜로 마실 수 있다. 나는 이마트 시식 코너에서 절대 시식을 하지 않지만 물은 마신다.

이 자리를 노리는 사람이 많아 차지하기가 쉽지는 않았다. 자판기 옆으로는 사람이 네 명 정도 앉아 쉴 수 있는 긴 의자가 마주 보고 있는데 이 의자에서 은밀한 거래가 많이 이루어진다. 주로 60대가 넘은 남자나, 지갑이 얇은 거친 인생을 사는 남자가 어떻게 알았는지 많이 온다. 그런 걸 보면 발 없는 말(言)이 천 리를 간다는 속담이 맞다. 여자는 항상 두 명의 같은 여자가 온다. 한 명은 짧은 청치마를 입고 배가 불룩 나온 사십 대 초반이고, 또 한 명은 머리부터 발끝까지 빨강으로 휘감은 빨간 가방이다. 오늘은 둘 다 보이지 않는 걸 보니 일하러 간 모양이다. 오늘은 나도 재수가 좋지만, 그 둘도 재수가 좋다.

청치마는 늘 짧은 청치마와 젖가슴이 보일락 말락 한 티셔츠를 입고 와 앉아 있다. 청치마의 가슴은 커서 작은 수박만 하다. 청치마는 늙은 남자건, 거친 인생을 사는 남자건, 청치마의 맞은편에 남자가 앉으면 다리를 헤벌레 벌려서 남자가 자신의 은밀한 곳을 볼 수 있도록 한다. 청치마는 다리를 벌렸다 오므렸다 하여 남자를 자극한다. 이마트에 오고 가는 사람들이 눈살을 찌푸리고 노파심에 늙은 여자가 다리를 오므리라고 편잔을 줘도 청치마는 개의치 않는다.

오늘 일을 할 수 있느냐 없느냐가 달려 있기 때문이다. 일을 못 하면 밥을 굶어야 한다. 사실 청치마는 미친 게 아니고 약간 지능이 낮을 뿐이다. 그래도 사람들은 미친 취급을 한다. 지능이 낮은데도 남자에게 자신을 파는 일은 선수다. 어떻게 그럴 수 있는지 도통 모르겠다. 남자가 신호를 보내면 둘은 일하러 간다. 청치마는 부천역 소신 여객 골목에 냄새나는 만 원짜리 여인숙에 가서 일한다. 만 원이나 2만 원을 받고 그녀는 땀을 뻘뻘 흘리며 일한다. 뼈에서 뚜둑 하는 소리가 날 정도로 일한다. 때로는 일을 제대로 못 한다고 맞고 오기도 한다. 어떤 놈은 실컷 부려 먹고 돈을 안 주고 때리기까지 한다. 그래도 청치마는 돈을 받으면 가끔 음료수를 뽑아 벌어진 앞니가 다 보이도록 웃으며 나를 주기도 한다.

빨간 가방은 늘 빨간 여행 가방을 끌고 다닌다. 머리는 허리까지 길러서 묶었다. 빨간 바지의 허리 옆으로는 체인이 길게 늘어진 허리띠를 찼다. 부천역에 있는 미친 여자 네 명 중 가장 멋쟁이고 예쁘다. 그리고 깔끔하다. 비교적 정신이 온전한 시간도 많다. 빨간 가방을 끌고, 빨간 바지를 입고, 빨간 운동화를 신고 걸어가는 그녀를 처음 본 사람은 그녀가 미친 여자가 아니라 어디 외국 여행에서 막 돌아온 여잔 줄 안다. 그녀는 주로 외국인 노동자와 일을 한다. 필리핀, 방글라데시, 캄보디아, 베트남. 주로 그녀가 일하는 외국인 노동자들이다. 밥을 위해 이곳 이국에 와서 차별을 돈과 바꾸고 살아가는 그들을 위해 빨간 가방은 일했다. 얼핏 그녀가 연 가방을 봤

오, 나의 베트맨

는데 거기엔 팬티, 수건, 화장품이 아주 차곡차곡 예쁘게 개켜지고 놓여 있었다.

빨간 가방은 외국인 노동자들 사이에서는 아주 유명하다. 그래서 그녀는 바쁘다. 청치마처럼 다리를 벌렸다 오므렸다 하여 남자에게 신호를 보낼 필요도 없다. 그녀는 바쁘기 때문에 맘에 들지 않으면 딱지를 놓을 수도 있다. 그녀와 일을 한 외국인의 소개로 그녀를 찾는 외국인 노동자는 점점 더 늘어나 그녀에게 장미꽃을 바치는 외국인 노동자도 있다. 그녀는 부천역 우리 미친 여자 넷 중 가장 풍요로우며, 배가 고프지 않으며, 거절할 수 있는 권력을 지녔다. 노동을 돈으로 바꾸는 자본주의의 가장 밑바닥 계층이다. 또 한 명은 언제나 등짐을 지고 다니는 미친년인데 우리 넷 중 가장 미쳤다. 종종 부천역사에 철퍼덕 주저앉아 자신의 사타구니 사이에 난 종기의 딱지를 뜯느라 시커먼 아랫도리를 훤히 드러내어 국민 돌보기에 바쁜 경찰을 출동시키곤 했다.

우리 미친년 넷은 모두 자존심이 강하고 서로의 영역이 확실하다. 자존심이 강하기 때문에 이마트의 시식 코너에서 절대 시식을 하지 않는다. 공짜를 좋아하지 않는다. 나와 등짐은 주로 쓰레기통을 뒤져서 먹고, 청치마와 빨간 가방은 땀 뻘뻘 흘리며 관절에서 뚜둑 하는 소리가 날 정도로 일해서 먹고 산다. 또 서로 모르는 척하는 게 우리의 불문율이다. 하지만 한동안 안 보이면 어디서 죽었나 하는 궁금증 정도는 가진다.

언젠가 빨간 가방과 이야기를 나눈 적이 있다. 그날은 비가 거칠게 내리는 데다 평일이라 외국인 노동자가 나오지 않아 빨간 가방과 나는 의자에 마주 보고 멀뚱히 앉아 있었다. 둘 다 정신이 조금 말간 상태였다. 먼저 말을 건 것은 빨간 가방이었다.

— 야, 이년아. 좀 씻어라. 아무리 미쳤어도 그렇지. 어떻게 이렇게 똥내가 진동하도록 씻지를 않냐. 미쳐도 곱게 미쳐야 한다는 말 너도 들어봤지. 나 봐라. 곱게 미쳤잖아.

— 빨간 가방아. 내가 씻지 않는 이유가 있다. 저 역에 노숙하는 놈들이 끌고 가 레슬링을 하잖아. 그래서 안 씻는다. 냄새라도 나야 그놈들이 나를 건드리지 않지. 그 등짐 봐. 여러 놈이 밤마다 레슬링 해 애까지 가졌었다잖아. 나도 저번에 어떤 놈이 끌고 가 옷을 벗기고 레슬링을 하려다 좀 씻으라며 귀퉁배기를 때리더라. 나쁜 놈. 때리기는 왜 때리고 지랄이야. 제 놈한테 나는 냄새도 썩는 소똥 냄새보다 더 지독하더구만. 똥 묻은 개가 겨 묻은 개 나무란다는 말 딱 맞더라.

하하하. 우하하하. 우리는 둘이서 배꼽을 쥐고 웃었다. 웃는 우리를 보고 이마트 계산원들이 소곤거렸다. 비가 오니 더 미치나 봐. 그런데 미친 것들도 웃네. 미친것들끼리는 대화가 통하나 보지. 뭐가 저리 우스울까. 차라리 부럽다. 미쳤으니 아무 고민도, 근심 걱정도 없을 것 아냐. 계산원들이 소곤거리거나 말거나 우리는 웃었다. 하하하. 우하하하.

— 야, 이 미친년아. 구더기 무서워 장 못 담느냐는 말 기억하지. 레슬링이 무서워 씻지를 않냐. 그럴 땐 어떤 놈 하나를 그저 죽지 않을 정도로 배를 칼로 쑤셔. 그 소문이 나면 그 담부턴 누가 네 옷 벗길 생각 아무도 안 할 테니. 난 그래서 항상 가방에 칼 갖고

다닌다.

— 그런데 빨간 가방아. 넌 왜 외국인 하고만 레슬링을 하니.

— 그건 레슬링이 아니고 내가 그들의 그리움과 외로움, 두려움, 공포를 달래 주는 거야. 그들은 돈을 주고 그걸 사는 거고. 말하자면 그들은 고향에 다녀가는 것이나 마찬가지. 그들은 순수해. 그리고 그들은 내가 미친 줄 모르거든. 내 나이가 이렇게 많은 것도 모르고. 나 벌써 삼 년 전 폐경 됐잖아. 이건 네년한테만 말하는데 이렇게 거리에 있으니 맞지 않아서 좋다. 나 남편한테 많이 맞았다.

우리의 대화는 여기까지였다. 빨간 가방이 갑자기 제대로 정신이 나가 남편이 바람을 피우던 상황을 떠들기 시작했기 때문이다. 빨간 가방이 미친 사연은 이마트 판매원들이나 이마트에서 오래 장을 본 사람이면 누구나 다 안다. 하루에도 몇 번씩 그녀가 남편과 내연녀가 레슬링하던 순간을 잡은 상황을 생생히 떠들기 때문이다. 둘이 엎어져 있던 장면에서는 두 주먹을 허공에 대고 마구 휘두르고 발을 구르며 눈에 살기가 돌아 입에 거품을 물고 그 상황을 그대로 재연했다. 하루에도 몇 번을 그녀는 이제 막 신 내린 무당처럼 혼자서 그 장면을 떠든다. 미친 이후로 계속이니 아마 수천 번은 되지 않을까. 그녀가 이마트에 나타난 지가 개점과 함께였다니 그것만도 십 년이다. 그렇게 오래 떠들었어도 빨간 가방의 분노와 상처는 가라앉지도 아물지도 않는 모양이었다. 이마트에 오래 근무한 사람들은 그녀를 보며 소곤거린다.

미치면 늙지도 않나 봐. 십 년 전이나 지금이나 똑같잖아. 얼굴에 주름도 없어.

스티로폼 뚜껑을 소중히 쥐고 4층에 오니 다행히 나의 공간에는 아무도 없다. 난 기분이 좋아 우쭐해졌다. 자판기 옆 쓰레기통을 뒤지니 콜라 캔에 제법 콜라가 남아 있는 것이 있어 얼른 그것을 주워 들었다. 자판기 옆의 바닥에 주워 온 스티로폼을 놓으니 제대로 딱 맞다. 이렇게 모든 것이 각이 딱딱 맞아야 한다. 나는 싱글벙글 웃으며 나의 식탁 위에 불어 터진 국수와 쉰 열무김치가 든 검정 비닐봉지와 콜라 캔을 정성스럽게 놓고 만족감에 손바닥을 탁탁 털었다.

식탁을 차리자마자 숨어 있던 배트맨이 날름 자리에 앉는다. 내 앞에 앉은 배트맨을 보자 나는 입이 찢어지라 웃었다. 이제 배트맨이 나를 엄마~라고 다정히 한 번만 불러주면 좋겠다. 한 번만 엄마~ 하는 소리를 들을 수 있다면, 나는 이 사무치는 그리움에서 벗어날 수 있을지도 모른다.

배트맨은 조금 뚱한 표정이다. 배가 고팠던 모양이다. 배트맨은 변신을 잘한다. 어느 때는 다섯 살, 어느 때는 내 앞에서 사라지던 그날의 열아홉 살, 어느 때는 열 살, 제 마음대로 변해서 내 앞에 나타난다. 오늘은 열 살로 변신해서 내 앞에 앉아 있다. 나는 초조해져서 허둥거렸다. 배트맨이 사라질까 봐서다.

— 오, 내 아기. 배가 고팠구나. 엄마가 식탁을 마련하느라 좀 늦었어. 어때, 식탁이 좋지? 여기 네가 좋아하던 코카콜라도 있다. 내 아기. 왜 안 먹고 표정이 그리 뚱하지? 그동안 식탁이 없어서 밥도 안 먹고, 말도 하지 않았던 거야? 식탁이 멋지지 않아. 미안해. 엄마

가 이제야 식탁을 마련해서. 오늘은 학교에서 무슨 일이 있었어?

배트맨은 여전히 찡그린 표정으로 그대로 앉아 있다. 난 애가 달았다. 배트맨이 또 사라지면 어쩌나 싶어서였다. 어쩌다 한번 불쑥 나타나곤 하는데 그럴 때마다 나는 배트맨이 사라질까 봐 초조함에 오줌을 지렸다. 처음 배트맨이 내 앞에 나타났을 때는 오줌을 지리다 못해 싼 적도 있었다. 그때 난 울었다. 배트맨 앞에서 오줌을 싸 엄마로서의 체통이 여지없이 무너진 게 슬퍼서가 아니고, 배트맨이 빨리 사라질까 봐서였다. 그리고 내 앞에 나타나 준 것에 대한 전율 때문이었다. 처음 나타났을 때는 일곱 살 모습이었는데 그땐 식탁이 없었고, 변변한 음식도 없이, 봉지에 버려진 새우깡을 먹고 있을 때였다. 그 후로 나는 배트맨이 나타날 때를 대비하여 제대로 된 음식을 장만하려 애썼다. 내가 집에 있을 때 배트맨은 절대 나타나지 않았다. 내가 이렇게 거리에 있을 때 나타나 근심 가득하거나 뚱한 표정으로 말없이 나를 바라보곤 했다. 나는 배트맨을 만나기 위해서라도 거리에 있어야 한다.

— 먹어 봐. 열무김치가 새큼한 게 먹을만해.

그러는 나의 눈에 다시 눈물이 맺혔다. 열 살의 배트맨이 먹기엔 어려운 음식이다. 이때는 맥도널드 햄버거와 켄터키 치킨 그리고 피자를 좋아했었다. 그런데 시큼한 비빔국수를 먹으라니 뚱한 표정일 수밖에.

배트맨에게 눈물을 보이지 않으려고 눈을 크게 깜박인 사이 배트맨이 사라졌다. 난 새까만 때가 낀 손에 들린 불어 터진 비빔국수를 입안으로 쏟아 넣으며 울었다. 배트맨을 잡을 수도 부를 수도 없다.

배트맨이 좋아하는 요리 하나 제대로 장만하지 못하면서 이름을 부를 자격이나 있겠는가. 식탁이 맘에 안 드나 싶어 걱정되었다.

— 미친년. 너 또 아들이 나타났었구나. 울고불고 소란 떠는 거 보니. 그런데 그렇게 냄새 풍기다간 너 이마트에서 쫓겨난다. 여기 장 보러 온 진짜 미친년들이 냄새난다고 사무실에 항의하면 너 저번처럼 또 그렇게 쫓겨나. 그리고 미친 것도 억울한데 매일 그렇게 상한 음식 주워 처먹다간 네 명에 못 돼져. 미친것도 억울한데 살기라도 오래 살아야지.

비빔국수를 입에 밀어 넣으며 보니 여인숙에서 한바탕 레슬링을 하고 깨끗이 씻었는지 빨간 가방에게서 싸구려 로션 냄새가 났다.

— 여기서 이렇게 냄새를 풍기시면 어떡해요. 얼른 일어나세요.

누군가 냄새가 난다고 사무실에 항의했는지 이마트 직원이 둘이나 왔다. 건장한 청년들이다. 나는 내 몸에서 나는 냄새 때문인지, 아니면 나를 존중해서인지, 아니면 이마트 안의 많은 사람 시선 때문인지는 몰라도, 차마 나를 끌어내지 못하는 청년들을 보며 가슴이 울컥했다. 배트맨도 사라지지 않았다면 지금 이 청년들처럼 건장한 모습으로 내 앞에 서 있을 텐데 싶어 그 두 사람에게서 눈을 떼지 못했다. 손이라도 만져보고 싶어 주춤주춤 그들에게 다가가자 두 청년은 두려운 표정으로 내가 다가가는 그 거리만큼 주춤주춤 물러났다.

— 가지 마, 가지 마.

내가 두 청년에게 다가가며 말을 하자 내 입속의 열무김치와 삭은 국수가 주르륵 바닥으로 떨어졌다. 내 두 눈에 눈물이 그렁그렁

괸다. 안타까운지 빨간 가방이 나에게 소리를 질렀다.

― 야, 이 미친년아. 쟤네 손이라도 잡고 싶으면 화장실에 가서 씻어. 씻으라구. 그렇게 더러우니 쟤네들이 도망가지.

난 손을 씻기보다 씻어서 지울 수만 있다면, 배트맨이 사라지던 그날 밤을 씻고 싶었다. 빨간 가방을 향해 물었다.

― 내가 그렇게 더러워?

― 미친년!

빨간 가방은 다시 여행 가방을 끌고 유유히 사라졌다. 부천역에서 외국인 노동자를 만나 여인숙으로 또 레슬링을 하러 갈 것이다. 그 사이 이마트의 청소하는 남자가 와서 나의 식탁을 치우려 하고 있었다.

― 으아아!!

나는 벼락같은 비명을 지르며 청소하는 남자에게 달려들어 그를 밀쳤다. 내 안에서 나오는 괴력에 남자는 꿍하고 바닥에 나가떨어졌다. 나는 소리 질렀다.

― 안 돼. 안 돼. 이건 안 돼! 이건 나의 식탁이야. 나의 식탁이라고. 배트맨과 나의 징검다리라고.

얼마나 어렵게 장만한 식탁인데 이걸 치우려 하는가 싶어 화가 치솟았다. 오늘만 해도 배트맨이 왔을 때 부실하긴 하지만 맨바닥이 아닌 식탁에 밥을 차릴 수 있어서 조금은 체면이 섰다. 나는 스티로폼을 품에 꼭 안고 이마트를 빠져나오며 소리 질렀다.

― 미친것들 때문에 너무 피곤해. 미친것들이 나를 편히 밥도 못 먹게 해. 너희 미친 것들 때문에 배트맨이 내게서 사라진 것이라고.

그래도 분이 풀리지 않아 이마트를 향해 주먹을 휘두르고 발을 구르며 고함 질렀다.

― 미, 친, 것, 들.

한바탕 소동 후 어디서 나타났는지 빨간 가방이 내게 말없이 불쑥 빵빠레 아이스크림을 내민다. 빵빠레는 나를 위로하는 빨간 가방의 마음이다. 빵빠레를 먹으며 나와 빨간 가방도 남은 인생에서 빵빠레를 울릴 일이 있을까 하는 생각이 들었다. 나와 빨간 가방의 입가에 하얀 아이스크림 포말이 진주처럼 빛났다.

여름이 절정에 이르니 노숙인들은 부천역 지하에서 늦도록 구걸한 돈으로 술을 사서 마시고 싸우거나 같은 여자 노숙인을 끌고 가 여럿이 레슬링을 하기도 했다. 여자 노숙인들은 누구에게도 보호받지 못해 맞지 않으려면 고스란히 그 레슬링을 감당해야 했다. 바로 옆에 경찰서가 있지만 그들은 보호받지 못했다. 똑같은 법의 테두리 안에 있는 시민도 등급이 있는 모양이었다. 등짐도 한 번 대들었다가 앞니가 세 개나 빠지는 매를 맞았었다. 이가 세 개 빠진 후 등짐도 더 이상 남자 노숙인들에게 대들지 않았다.

중복이라 이마트 매장의 산더미 같은 닭이 다 팔려나가 저녁도 되기 전에 닭이 떨어져 버렸다. 인간의 먹성이 무서울 정도였다. 밤 열두 시가 되자 이마트와 부천역사가 문을 닫았다.

― 염병할 놈들.

난 내려가는 셔터를 보며 이마트와 부천역사의 모든 사람, 심지어 건물과 셔터에까지 욕설을 퍼부었다. 할 수 없이 부천역 지하 근처로 가서 잠을 자야 했다. 노숙인들과 부딪치지 않으려고 냄새나고 어두운 후미진 곳에 자리를 잡고 보니 등짐을 강제로 끌고 가는 남자 노숙인이 보였다. 끌려가는 등짐은 짐 때문에 걸음이 뒤뚱거렸다. 등짐은 오늘이 중복인데 아직도 겨울 솜바지를 입고 있다. 노숙인들은 왜 등짐을 저렇게 괴롭힐까 하는 생각에 한숨을 쉬며 식탁이 신경이 쓰여 자리를 잡느라 뒤척였다. 나의 스티로폼 식탁은 장점이 많다. 가벼워서 항상 들고 다닐 수 있고, 아무 곳에서나 즉시 식탁으로 사용할 수가 있다. 하지만 쉽게 부서질 수 있는 단점이 있다. 나는 나의 식탁이 부서지거나 깨지지 않도록 소중히 들고 다녔다. 행여 식탁이 깨질세라 조심히 품에 안고 까무룩이 잠이 드는데 누가 나를 발로 툭 찼다. 깜짝 놀라 고개를 드니 소주 냄새가 진동한다. 히죽이 웃는 놈을 바라보니 이가 듬성듬성 빠져 아주 이상해 보였다. 본적이 있다. 저번에도 나에게 지분거리다 나를 팬 놈이다. 노숙인 중에 제일 술주정이 심한 놈이다. 그러다 보니 같은 노숙인한테도 인간 취급을 못 받고 맞기도 많이 맞는 놈이다. 술에 취한 놈은 바지춤을 내리고 제 성기를 꺼내 덜렁거리며 내 앞으로 다가오고 있다. 난 어찌할 바를 몰라 흥분하기 시작했다.

─ 가, 가, 가!

식탁이 망가질까 소중히 안고 놈에게 가라고 악을 썼지만, 놈은 성기를 손으로 흔들며 점점 다가왔다. 놈의 손에서 흔들리는 성기를 보며 부들부들 떨렸다. 몸이 들썩였다. 죽지 않을 정도로 배를 칼로 콱 쑤시라던 빨간 가방의 말이 생각났지만, 아쉽게도 칼이 없다. 대체 칼을 어디 가서 구한단 말인가. 이런 더러운 봉변을 면하려면 칼부터 구해야 하겠다고 생각했다.

— 야, 이 미친년아. 만져줘. 어서!

놈이 내 손을 덥석 잡았다. 그 바람에 식탁이 내 손에서 덜렁 떨어져 바닥에 툭 떨어졌다.

— 내 식탁… 내 식탁!

나는 식탁에서 눈을 떼지 못하며 놈에게 손이 잡힌 채 버둥거렸다.

— 뭐 식탁?

놈이 나와 스티로폼을 번갈아 보더니 스티로폼을 발로 콱 밟았다. 퍼석 하는 소리가 나면서 식탁은 사정없이 부서져 버렸다. 놈은 식탁을 밟은 것이 아니라 내 인생을 밟았다.

아, 저것은 나와 배트맨과의 징검다린데. 저걸 부수면 배트맨이 어떻게 밥을 먹고, 말을 하라고. 식탁이 없으면 배트맨이 안 나타날지도 모르는데.

내 안의 용암이 분출해 흘러내렸다. 식탁을 부수는 일은 내게서 배트맨을 또 한 번 빼앗아 가 버리는 것과 같다. 나는 비명을 내지르며 놈에게 달려들어 놈의 성기를 물어 뜯어버렸다. 부천역사 지하 안은 나의 비명과 놈의 비명으로 커다란 메아리가 울려 퍼졌.

노숙인을 잘못 건드리면 큰일 난다. 노숙인들은 저희끼리 죽기 살기로 싸우다가도 제 무리 중 누구 하나를 건드리면 모두 떼로 달려든다. 내 몸 여기저기 발길이 날아들었다. 피가 흐르는 다리를 마구 흔들며 놈은 비명을 질러댔다. 놈의 비명이 점점 멀어지며 작아져 갔다. 나는 점점 이 세상과 멀어져 갔다. 아득한 절벽 아래로 계속 떨어졌다.

대체 끝이 어디인가.

․
․
․

— 엄마, 엄마, 눈을 떠 봐요. 나 윤호예요.

— 으응, 윤호.

— 그래요. 윤호예요.

가만히 보니 정말 열아홉 살의 윤호가 내 앞에 앉아 있다.

— 어디에 갔었니. 얼마나 걱정했다고. 널 찾아서 얼마나 헤맸다고.

— 엄마, 전 지금 여행 중이에요. 긴 여행이 될 거예요. 언젠가는 엄마도 저처럼 이렇게 여행을 떠나실 거예요. 그럼 우린 다시 만날 수 있어요.

상처 없이 깨끗한 얼굴의 윤호였다. 목도 뒤틀리지 않았고, 두 눈도 제자리에서 반짝이고 있다. 이마를 봐도 상처가 없다. 마음이 놓이며 깊은숨을 몰아쉬었다. 배 속의 공기가 모두 빠져나가는 것처럼 후련했다.

4년 전, 11월. 제법 찬바람이 불었다. 윤호는 수능을 보름 남겨 두고 있었다. 학교에서는 윤호를 서울대 법대 수석 합격을 기대했다. 모두 나를 부러워했다. 윤호는 공부만 잘하는 것이 아니라 바이올린 연주도 잘했다. 그림도 잘 그렸다. 인물도 보는 사람마다 한 번은 더 쳐다보게 하는 그런 인물이었다. 남편이 내 친구와 살고 있어도 그들의 사이에서는 결코 윤호 같은 아들을 낳지는 못하리라는 게 내가 그에 대한 복수였다. 윤호가 서울대 의대나 법대를 수석으로 합격하면 그 사람의 표정이 어떨지 궁금했다. 윤호가 자라면서 보통의 아이들보다 월등히 우수할수록 내 친구와 사랑에 빠졌던 남자는 기가 죽어갔다. 윤호를 서울대에 보내면 난 그게 나와 윤호를 두고 다른 여자도 아닌, 내 친구에게 간, 그 남자에 대한 복수라고 생각했다.

윤호가 사라지던 날 저녁, 윤호와 나는 함께 밀가루 반죽을 해 팬케이크를 만들었다. 윤호가 어릴 적부터 우리는 식탁에서 여러 가지 음식을 만들었다. 함께 채소를 다듬고 모양을 만들어 완성된 음식을 먹는 일이야말로 최상의 일치감을 느끼게 했다. 팬케이크를 함께 만들어 먹은 후 수능시험이 보름 남았기에 마지막 정리를 끝낸 윤호는 바이올린 연주를 했다. 연주는 내가 좋아하는 베토벤 바이올린 소나타 5번이었다. 난 연주를 듣다가 선율에 취해 잠이 들었다. 달디단 잠이었다. 오랜만에 심연의 끝까지 잠긴 잠이었다. 질긴 가뭄 끝에 대지를 흠뻑 적시는 장대비 같은 잠이었다.

아파트 관리사무소의 안내 방송에 눈을 떴다.

— 아파트 관리사무소에서 알려 드립니다. 101동 화단 앞, 바닥에 검은 운동복 바지를 입은 남자가 쓰러져 있으니 아파트 주민분들께서는 확인하시기 바랍니다.

하품하며 시계를 보니 새벽 다섯 시였다. 깜짝 놀랐다. 윤호 간식을 주는 것도 잊고 냅다 자 버린 것이다. 곤히 자고 있을 윤호를 생각하며 방문을 열어보니 윤호가 없다. 어딜 간 걸까? 화장실에 있나 싶어 배트맨, 하고 거푸 두 번을 불러도 조용하다. 화장실 문을 열어보니 없다. 어디 간 것일까. 그사이 다시 안내 방송이 나온다. 101동 화단 앞, 바닥에 검은 운동복을 입은 사람이 쓰러져 있으니 나와서 확인하라는 방송이었고, 119가 오는지 왱왱거리는 소리가 났다. 난 윤호가 혹시 방송을 듣고 화단에 갔나 싶어 나가 보기로 했다. 이미 사람들이 모여 있었고 경찰과 119도 도착해 있었다. 사람들이 내가 다가가자 주춤주춤 자리를 피했다. 난 의아해하며 화단 밑을 살펴보았다. 사람이라고 하기엔 이상한 물체가 널브러져 있었다. 널브러진 물체의 위아래 운동복이 윤호가 입는 것이었다. 보이지 않는 힘이 나를 끌고 있었다. 나는 아무 생각 없이 가까이 다가갔다. 두개골이 터져 으깨지고 피가 쏟아져 있었다. 안구는 돌출돼 흘러나왔다. 윤호였다.

— 윤호야, 너 왜 여기 누워 있어. 윤호야. 이봐. 배트맨. 배트맨.

까만 밤처럼 침묵이 흘렀다.

— 윤호야!

윤호는 결국 배트맨이 되지 못했다. 윤호에겐 배트맨이 가지고 있었던 위험에 부딪히면 날 수 있는 망토와 가면이 없었기 때문이었다. 나는 그에게 배트맨이란 애칭만 주었을 뿐 날 수 있는 망토나 가면을 주지 못한 무능한 엄마였던 것이다. 망토나 가면은 고사하고 13층 베란다도 없는 윤호의 창문에 안전조치를 하지 않았던 천치 같은 엄마였다. 아들이 사라지는 것도 모르고 단잠을 잔 엄마였다.

윤호야! 하는 비명과 함께 나는 모든 것을 놓아 버렸다. 윤호의 돌출된 눈과 꺾이고 터진 머리, 바닥에 흘러내린 피를 내 손으로 만져보고 나는 온전한 정신으로 다시 돌아오지 못했다. 너무 무섭고 두려워 나 스스로 정신이 돌아가는 것을 거부하고 있는지도 모른다.

세상엔 말이 많았다. 그 많은 말 중에 참말이 아닌 말을 사람들은 떠들었고, 거짓말도 여럿이 떠들면 참말보다 더 힘을 지녔다.

신문과 방송이 입시의 중압감을 이기지 못하여 성적도 최상위권인 고3 학생이 13층에서 투신자살했다고 떠들었다. 유서는 없었지만, 그의 컴퓨터에 매일 영어로 일기를 썼고, 그 영어 일기에는 유독 엄마 이야기가 많았으며, 엄마를 웃게 해주고 싶다는 내용이 적혀 있었다고 했다. 나는 배트맨을 다 안다고 생각했었는데 배트맨이 영어로 일기를 쓰는지 몰랐다. 대체 나는 배트맨의 성적 말고 그 아이의 다른 무엇을 알고 있었단 말인가. 다 안다고 생각했지만 없었다. 주위 사람들은 나를 동정하기도 했지만, 엄마의 이기심이 아들을 죽음으로 몰고 갔다고 쑥덕거렸다. 주위의 무수한 말과 시선이 정신을 놓아 아무것도 모르는 나에게 말복의 한낮 땡볕처럼 쏟아졌다.

그럴지도 모른다. 나는 알게 모르게 남편에 대한 배신감을 윤호에게 풀었는지도 모른다. 꼭두각시 인형처럼 줄을 매어 윤호를 십구 년 동안 쥐고 흔들었는지도 모른다. 설령 내가 그랬다 하더라도 이런 식으로 나를 배신하다니. 윤호 이 녀석. 이 나쁜 녀석.

정신을 놓은 나를 돌보느라 엄마는 힘에 겨워했다. 자꾸 집을 나가서 붙잡느라, 집을 나가면 찾느라, 엄마는 빠르게 기운을 잃어갔다. 형제 중에는 다시 시설에 나를 넣자고 하는 사람도 있었지만, 언니와 엄마는 반대했다. 처음 시설에 넣었다가 약에 절어 뿌리가 뽑혀 길가에 팽개쳐져 말복 땡볕에 시든 잡초 같은 나를 본 엄마는 몸을 떨며 그 길로 나를 데려왔다.

— 저게 남편 빼앗기고 정신적으로 감옥살이했는데 시설에 가두면, 이제 몸마저 감옥살이를 시킨단 말이냐. 난 그렇게는 못 한다. 설사 돌아다니다 교통사고나 불의의 사고로 죽더라도 훨훨 자유롭게 돌아다니게 두련다. 내가 죽고 나서도 시설일랑 보낼 생각 마라. 거리를 떠돌더라도 그냥 둬라. 훨훨 승희 돌아다니고 싶은 대로 돌아다니게. 다행인 것은 윤호가 죽었던 순간을 기억 못 하는 것 같다. 그 순간을 기억하면 정신이 나갔어도 살기 어려울 텐데.

— 엄마, 그걸 선택적 기억이라고 하는데, 너무 고통스러운 순간을 뇌가 잊게 한다는 거야. 살기 위해서.

언니의 대답에 엄마는 한숨을 쉬었다.

— 그나마 다행이다. 아마 쟤가 정신이 온전했으면 목숨 끊었을 거다. 개똥밭에 굴러도 이승이 좋다고 내가 살아 있는 동안 저렇게 거리를 헤매더라도 살았으면 좋겠다.

— 그래, 엄마. 어쩌면 승희는 처음으로 완전한 자유를 누리고 있는 건지도 몰라.

엄마와 언니의 이런 반대가 없었더라면 나는 시설에 갇혀서 약에 절어 죽어갔을 것이다. 시설이나 집에서는 사지를 비틀다 굳어지는 발작을 자주 하여 실신하곤 했다. 거리를 헤맬 때는 약을 먹지 않아도 발작하지 않았다. 그래서 엄마는 나를 거리에 두었다. 휘휘 발 가는 데로 크게 다치지만 말고 돌아다니라고 했다. 거리를 싸돌아다니느라 나는 모르지만 가족들은 순번을 정해 내 주위를 맴돌며 간간이 나의 안녕을 확인하였다.

엄마는 가끔 나를 데려다 씻기고 먹였다. 처음에 엄마는 나를 씻기며 한숨을 쉬거나 울었다. 나중엔 울지 않았다. 상처 난 곳엔 약을 발라주며 엄마는 혼잣말을 했다.

― 내가 너 두고 못 죽는다. 내가 오래오래 살게. 오래오래 살아서 씻기고 먹여 줄게. 내가 이제 아주 독해질 거다. 그래야 너 돌보지. 그래야 너 지키지. 이젠 울지 않는다.

씻기고 먹인 내가 스르르 나가면 엄마는 또 나를 찾아다니기 시작했다. 우리는 숨바꼭질을 하는 셈이다. 나는 윤호를 찾고, 엄마는 나를 찾으니 말이다. 그 중 들키지 않고 가장 꼭꼭 숨어 있는 사람은 윤호다. 윤호는 절대 들키지 않는다. 엄마는 나를 잘 찾는데 나는 왜 윤호를 찾지 못할까. 그 생각만 하면 가슴이 터질 듯 뛰었다. 엄마는 내게 주소와 전화번호가 적힌 플라스틱 팔찌와 플라스틱 목걸이를 만들어서 걸어줬다. 난 윤호에게 그것을 해주지 않아 찾지 못하는 것일까.

윤호가 사라진 후 남편이 돌아왔다. 그는 내 발등에 자신의 이마를 얹고 울었지만, 나는 그가 누군지, 왜 내 발등에 이마를 대고 우는지, 알 수 없었다. 그 남자의 눈물이 내 발등을 타고 흐를 때 간지러워서 나는 아주 맑고 청아하게 웃었다. 그러나 눈빛만은 빙하처럼 차가웠다. 목소리는 웃는데 눈은 웃어지질 않았다. 웃다 발작해 정신을 잃었다. 그가 가까이 오면 내가 발작해 정신을 잃기에 그는 길에서 떠도는 나의 안전을 먼발치에서 확인하며 야위고 늙어갔다. 아들을 잃고 미친 전처를 바라보며 늙어간다는 건, 어쩌면 그가 나보다 더 치명적인 질병을 앓고 있는지도 모를 일이었다. 정신을 놓아 버린 내가 자기 도피를 위한 이기적인 무의식적 선택일 수도 있는 것이다.

노숙인들에게 무수히 맞던 날 혹시나 해서 나를 찾아다니던 남편이 조금만 늦었으면 아마 그 밤 나는 윤호처럼 훌쩍 사라졌을 것이다.

— 엄마, 엄마는 내가 본 여자 중 가장 아름다운 분이었어요. 그런데 왜 이렇게 안 씻으셨어요. 이것 보세요. 머리가 아주 떡이 졌잖아요.

윤호가 왔다.

윤호가 처음으로 내게 말을 했다.

윤호가 내 머리카락을 쓰다듬었다. 난 그런 윤호의 손을 만졌다. 따듯했다.

— 윤호 손이 정말 따듯하네.

— 엄마 손은 항상, 언제나, 따듯했어요.

— 윤호야, 엄마가 미안해. 네 아빠에게 복수하겠다는 일념으로 너에게 너무 공부만 닦달하고… 아빠를 만나지도 못하게 하고… 아빠를 미워하게 하고… 그렇게 힘들었으면 엄마에게 말하지….

— 엄마, 아니에요. 난 자살한 게 아니에요. 새벽 한 시에 잠을 쫓으려고 창문을 열고 방충망에 기대어 내 방 창틀에 걸터앉았는데, 그만 균형을 잘못 잡아 방충망이 떨어져 나가면서 나도 떨어진 거예요. 엄마가 걱정할까 봐 말하지 않았지만, 잠을 쫓으려고 종종 극

한의 방법을 썼었거든요. 그렇게 창틀에 걸터앉으면 균형을 잡으려고 집중하느라 잠도 확 달아나고 긴장감과 스릴에 안 풀리던 문제도 풀리곤 했었어요. 그런데 그날 새벽은 균형 잡기에 실패했어요. 방충망이 그렇게 힘없이 떨어져 나갈 줄 몰랐어요. 전 제 방 창문의 방충망이 단단한 줄 알았어요.

엄마, 미안해요. 하지만 엄마가 이렇게 거리에 있는 건 싫어요. 그러면 제 긴 여행이 힘들 거예요. 엄마를 기다리기도 어렵고요. 엄마, 눈을 뜨세요. 그리고 머리도 감고 깨끗이 씻으세요. 엄마의 식탁으로 종종 갈게요. 제가 보이지 않아도 엄마의 식탁 맞은편에 제가 앉아 있다고 생각하세요. 엄마와 내가 늘 같이 앉아 밥을 먹고, 책을 읽고, 처음으로 내 이름을 종이에 썼던 그 식탁 말이에요. 그리고 아빠를 보내 드릴게요. 아빠도 저를 잃은 것으로, 저희를 떠난 것에 대한 충분한 대가를 치르셨어요. 부디 아빠를 받아들이세요. 그럼 전 돌아올 수도 있어요.

— 돌아올 수도 있다고?

— 네.

— 정말 돌아올 거니?

— 네. 엄마가 아빠를 받아들이면요.

윤호가 내 머리카락을 계속 쓰다듬자 나의 머리칼은 찰랑거리기 시작했으며 냄새도 사라졌다.

— 오, 나의 배트맨. 내 아기. 윤호!

배트맨이 내 이마에 입술을 맞추었다. 이마가 서늘했다. 서늘한 기운이 이마를 뚫고 정수리 가장 깊은 곳까지 들어와 나를 흔들었다. 쩍하고 이마가 갈라지는 느낌이었다.

배트맨의 손을 잡으려 하자 배트맨은 스르르 일어났다.

— 엄마, 가야 할 시간이에요. 눈을 뜨세요. 다시 올게요. 엄마의 식탁으로 저를 초대해 주세요.

배트맨이 점점 멀어져갔다. 그 눈은 한없이 맑고 투명했다. 흔들림 없는 눈빛은 담담했다.

— 배트맨!

나는 벼락처럼 소리를 질렀다.

눈을 뜨자 여러 사람이 나를 내려다보고 있었다.

— 언니, 나 보여?

— 누나, 나 보여?

— 승희야, 나 보이니?

— 아이고, 이 미친것아. 에미다.

— 승희야, 나 복순이야.

— 권사님이 눈을 뜨셨네.

— …여보! …나요….

아, 아, 모두가 낯설다. 오직 한 사람 익숙한 배트맨이 없다. 배트맨도, 나도, 남편도, 우리 가족은 결국 모두 균형 잡기에 실패했다. 그래서 우리는 모두 뿔뿔이 흩어졌다. 나는 과연 제대로 균형을 잡을 수 있을까. 산다는 것은 어쩌면 13층의 안전망도 없는 창틀에 걸터앉아 균형을 잡으려 안간힘을 쓰는 것인지 모른다. 평생을 균형을 잡으려 애쓰다 사라지는 게 인생인지도 모른다.

나는 모두를 향해 또한 나 자신을 향해 돌아온 지상에 첫 마디를 쏟아냈다.
― 식탁!

모두가 나를 내려다보며 근심과 어리둥절함, 내가 깨어나 말을 한 것에 대한 기쁨이 뒤엉긴 표정으로 동시에 나에게 되물었다.
― 식탁? 무슨 식탁?

나는 고개를 끄덕이며 다시 이 지상에 두 번째 말을 쏟아냈다. 식탁은 내가 균형을 잡는 데 반드시 필요한 것이다. 또 배트맨이 돌아오는 데도 반드시 필요한 것이다.
― 나의 식탁!

피안으로 가는 길

우리가 무슨 가치를 위해서 사랑한다고 생각한다면
그건 착각이다.
사랑이 바로 가치를 부여하는 힘이기 때문이다.
―토마스 만―

이번이 벌써 네 번째다.

나이는 마흔을 코앞에 두고 있다. 그래도 유경은 포기할 기세가 아니다. 포기는커녕 이제는 오기로 바뀌었다. 애 낳는 일을 무슨 적군의 사지에 갇혀 탈출을 시도하는 병사처럼 사뭇 비장하기까지 하다. 애가 없으면 어떤가. 그냥 둘이 여행이나 하며 살자고 유경을 설득해 보지만, 유경의 집념에 가까운 아기 낳기의 시도를 준서로서는 말릴 방도가 없다. 유경도 유경이지만 준서가 유경이 아이 갖기의 포기를 바라는 것은 더 이상 준서 자신이 그 역할을 견뎌내기 어렵기 때문이었다.

유경이 시험관 아기를 갖겠다며 준서의 동의를 구했을 때 그 시험관 아기라는 것이 어떤 것인지 잘 몰랐던 준서는 흔쾌히 응했다.

준서는 말 그대로 시험관에서 아기를 키워 데려오거나 뭐 하여튼 그 비슷한 것으로 여겼다. 그렇게 복잡한 과정을 거치고 아픔을 견디면서 단 한 번에 이루어지지 않는 일이라는 걸 알았더라면 처음부터 유경을 설득하여 시험관 아기 대신 입양을 택했을 터였다. 아기를 그렇게도 만들 수 있다는 사실을 알았을 때 의학의 발달이라고 해야 할지, 과학의 진보라고 해야 할지 준서로서는 당황스럽고 황망스러웠다. 나중에 생각해 보니 그런 방법이라면 준서가 동의하지 않을지도 모른다는 생각에 유경은 그냥 얼버무렸는지도 모를 일이었다.

  난자를 채취하는 날이니 같이 병원에 가야 한다는 유경의 말에 준서는 회사에다 애꿎은 어머니를 팔고 유경을 따라 덜렁덜렁 병원엘 갔다. 신설동에 있는 불임 전문 병원인 그곳은 아기를 못 갖는 여자가 이렇게 많고 어떻게든 아기를 낳고 싶은 여자가 이렇게 많나 싶을 정도로 복도의 의자를 꽉 채우고 있었다.

  유경은 유경대로 들어가고, 준서는 간호사의 안내로 작은 방으로 안내되었다. 그 방엔 별 장식도 없이 작은 의자와 탁자 음료 등이 있고 티브이가 있을 뿐이었다. 뚜껑 있는 종이컵을 주며 간호사는 여기다 정액을 받으세요. 하며 아무렇지도 않게 말하고 나가 버렸다. 그 소리는 마치 여기다 씹던 껌을 뱉으세요. 하는 것만큼이나 심상한 소리였다.

  티브이에서는 곧 요란법석 한 포르노가 화면을 가득 채웠고 과장된 신음과 표정과 몸짓이 넘쳐흘렀다. 왠지 포르노를 보는 것 같지 않고 레슬링을 보는 기분이었다. 이렇게 멀쩡한 대낮에, 그것도 공개적인 장소에서 이런 것을 보아야 한다는 사실이 처음엔 당황스러웠다. 그러면서도 화면의 가쁜 호흡이 밖으로 새어 나가지 않을까 하는 짧은 걱정도 되었고, 방음 장치가 잘 되어있겠지, 하는 생각도 들었다.

때때로 남자의 몸은 남자인 자신도 이해하기 어려울 때가 종종 있다. 이런 순간이 바로 그런 경우이다. 머리와 몸이 완전히 따로 놀 수 있는 것도 다 그런 건 아니지만 대체로 남자가 갖는 특성 중 하나일 것이다. 그 경우가 섹스인데 사랑 없이도 가능한 게 남자의 분출 욕구이다. 내부의 것을 아낌없이 밖으로 쏟아내고자 하는 욕구 말이다. 준서도 포르노 비디오를 보면서 어느새 흥분하여 눈은 화면에 고정시키고 손으로는 마스터베이션을 하고 있었다. 어느 순간 음경이 뻐근해지면서 무엇인가 분출하는 듯한 짜릿한 쾌감과 함께 준서는 자신의 몸에서 뿜어져 나온 정액을 컵에다 받았다. 티브이의 화면에서도 노랑머리의 서양 놈이 자랑스럽게 정액을 여자의 얼굴에 뿌려대고 있었다.

방 안 가득 날 비린내가 진동하였다. 종이컵을 들고 간호사에게로 가는데 앞에도 종이컵을 들고 가는 남자가 있었다. 준서는 순간 날 비린내만큼이나 자기혐오에 빠졌다. 이렇게 해서까지 아기를 가져야만 하나 하는 생각이 들었기 때문이었다. 과연 컵에 든 이 액체가 생명체로 바뀌기나 하려는지 의심도 들었다. 대체 언제부터 인간은 신의 영역에 도전장을 내밀게 된 것일까.

병원을 나와 집으로 돌아오면서 유경과 준서는 둘 다 내내 말이 없었다. 그 이후로도 세 번을 더 반복하여 이번이 네 번째인데 또 실패한 것이다. 그럴 때마다 유경은 가벼운 우울증과 함께 슬픔을 넘어 자기 연민에 빠져 비탄에 잠기곤 하였다.

유경의 철학은 사람 새끼로 이 땅에 와서 새끼 하나 남기고 가지 못하면 그건 하잖은 짐승 새끼만도 못하다는 거였다. 그러니 사람으로서 완성 되어 지려면 모름지기 새끼를 낳아야 한다는 것이다. 그런 유경의 굳은 철학을 깰 철학을 준서는 갖고 있지 못하였다.

첫 시험관은 실패였고, 두 번째는 자궁 외 임신이 되었는데 모르고 한탄강에 낚시 갔다가 나팔관이 터져 아기도 실패하고 유경도 위험했었다. 세 번째는 칠 개월 만에 아들 쌍둥이를 조산했는데, 둘 다 폐가 형성되지 않아 조산 사흘 만에 인연을 달리했다. 아기를 처음으로 낳아 본 유경은 아기를 잃고 그 충격으로 깊은 상심에 잠겨, 근 일 년을 시험관 아기를 중단했다. 그러다 올봄 다시 시도했는데 실패였다.

유경에게 줄 가물치 즙을 건강원에서 찾아 들고 집으로 가며 준서는 이제는 중단시켜야지 더 이상은 안 되겠다는 생각으로 마음을 다부지게 먹었다. 역시나 유경은 실망으로 이불을 뒤집어쓰고 누워 있었다. 울었는지 눈이 퉁퉁 부어 있었다.

욕조에 뜨겁다 싶을 정도의 물을 반 정도 받고 청주 반병을 쏟은 후 장미꽃 한 송이의 꽃잎을 따 욕조에 띄웠다. 유경이 제일 좋아하는 목욕법이었다. 밝고 경쾌한 비발디의 봄을 작게 틀어 놓고 이불을 젖혀 유경을 안았다. 유경은 준서의 목에 팔을 둘러 안겼다. 준서의 목덜미로 뜨거운 액체가 흘렀다.

"미안해요."

유경은 들릴 듯 말 듯 떨리는 음성으로 말했다.
"미안하긴. 울지마. 다음이 또 있잖아."
유경의 울음에 맘이 약해진 준서는 집에 오기 전의 결심은 까맣게 잊고, 유경이 조르기도 전에 자신의 입으로 먼저 다음을 약속하고 말았다. 아이구, 이놈의 주둥이. 하며 입을 원망해 봐야 벌써 그 말은 유경의 머리에 가 콕 박혀 버렸다.
"…다음엔 꼭 될 거야. 왠지 그런 느낌이 들어."
준서의 말에 다시 의기충천해진 유경은 금세 눈에서 오기가 똑똑 떨어지는 여자로 바뀌었다. 유경의 말은 실패할 때마다 했던 얘기였다.
"그래. 다음엔 꼭 될 거야."
준서는 속으로 휴. 하고 유경이 모르게 한숨을 쉬면서 자신의 남근을 가만히 내려다보았다. 유경의 몸을 목욕수건으로 미느라 움직일 때마다 시계추처럼 덜렁거리는 남근이 애처로웠다. 대체 그 종이컵에 몇 번이나 더 그 짓을 해야 한단 말인가. 나오느니 한숨이었다.
청주로 목욕을 한 준서와 유경은 옷을 벗은 채 서로 살을 부비대며 편안해져 깊은 잠으로 빠져 들었다.
"소리 지르거나 허튼수작하면 죽을 줄 알아. 만약 허튼수작하면… 그 순간 바로 이 날카로운 칼끝이 네 놈의 목 깊숙이 박힐 거다. 그렇게 되면 네 놈 좆 쓸 일은 없게 되는 거지."
깊은 잠에 빠져 있었던 준서의 목에 섬짓한 느낌과 함께 누군가가 우악스럽게 머리칼을 뒤로 잡아챘다. 처음엔 무엇인가 감을 잡지 못하다가 정신을 차리고 보니 얼굴에 시커먼 털모자를 뒤집어쓰고 시커먼 옷을 입은 남자가 시커먼 눈동자만 보이는 모자 속에서 준서를 노려보고 있었다.
강도였다.
준서는 그제야 잠이 확 달아나며 유경을 찾았다. 유경을 본 준서는 자신의 목에 들이대어져 있는 칼보다도 유경의 모습이 더 큰 두려움으로 준서를 휩쌌다. 유경은 벌거벗은 채로 정신이 나가 준서의 목에 들이대어져 있는 강도의 칼에 시선이 고정되어 있었다. 이 놀라운 상황이 유경 자신이 옷을 벗고 있다는 사실조차 깨닫지 못하고 있는 것이다.
"…옷 …옷 …옷 …옷…."
준서는 강도의 칼도 아랑곳없이 유경에게 빨리 옷을 입으라는 소리를 덫에 걸려 기가 다 빠진 짐승처럼 외마디로 내뱉었다. 유경은 준서의 목덜미에 대어져 있는 강도의 칼끝에 시선을 고정시킨 채 옷을 다 벗은 채로 온몸에 소름이 돋아 굳어 있었다. 이를 딱딱 마주치며 덜덜 떨고 있을 뿐이었다.
고요한 방안에 유경이 이를 딱딱 마주치는 소리가 캐스터네츠 소리만큼이나 크게 울렸다.
"…옷 …옷 …옷…."
준서는 다시 유경을 재촉하였다.
"이 좆같은 새끼. 아가리 열지 말라고 그랬지! 명줄 끊기고 싶어?"
강도의 칼끝이 준서의 목덜미를 스쳤다. 무언가 뜨끈한 것이 흐르는 것 같았다. 준서는 긴장 때문에 아픔을 느낄 수 없었다. 벌거벗은 채 눈알이 금방이라도 눈 거죽 밖으로 튀어나올 듯 불거지는 유경을 보며 준서는 강도가 자신의 목을 그었나보다 느꼈다. 준서는 자신보다 정신을 놓으려는 사람처럼 창백해지는 유경이 더 걱정되었다.

침착해야 한다. 그래. 침착. 정신을 붙잡아야지. 정신을 불러와야지. 그래. 침착.

"원하는 건. 다 줄 테니… 제발 이 칼은 치우고…."

"새끼… 좆 빠는 소리 하고 있네. 원하는 걸 다 준다고? 좋아. 그건 내가 바라는 바지. 하지만 칼은 못 치워."

그러는 사이 유경이 겨우 정신을 수습하고 여전히 이를 딱딱 마주치며 주섬주섬 되는대로 옷을 몸에다 꿰고 있었다.

"야, 이년아. 옷 도로 안 벗어? 누가 옷 입으랬어. 벗어!"

유경이 몸을 옴츠리며 도리질을 하자 강도는 제법 깊게 준서의 목에 칼자국을 내었다. 준서의 목에서 순식간에 피가 솟구치며 목에서 가슴을 지나 사타구니로 흘러 방바닥으로 떨어졌다. 방바닥에 떨어지는 피는 그의 음경에서 흘러나오듯 그곳에서 방바닥으로 흘렀다.

너무 공포스럽고 몸서리쳐지는 장면이었다. 준서는 아찔한 현기증을 느꼈다. 머리가 핑 돌았다. 그런 준서의 모습을 보며 거의 혼이 나간 모습으로 유경은 제 몸을 감쌌던 옷을 벗으려 버둥대었지만 놀라고 긴장된 손은 말을 들어주지 않았다.

"그 가방에서 끈하고 테이프 꺼내."

강도는 유경이 옷을 벗자 방바닥의 시커먼 가방을 가리켰다. 기겁한 유경은 울지도 못하고 딸꾹질까지 해대며 허둥거렸다. 딸꾹질과 이를 딱딱거리는 것을 반복하며 유경은 겨우 끈과 청테이프를 꺼냈다.

"묶어!"

강도는 준서의 손을 유경에게 묶으라고 윽박질렀다. 피는 여전히 흘렀다. 유경이 도리질을 하자 강도는 다시 칼을 곤추세우며 유경을 몰아세웠다.

"서방 명줄 끊고 싶냐."

당장이라도 준서의 목 깊숙이 칼을 찌를 기세였다.

"살려주세요… 뭐든 다 드릴게요… 살려만 주세요…."

"뭐든 다 주는 것은 이놈 묶은 다음 일이고… 이 새끼 살리고 싶으면 빨리빨리 해. 안 그럼 이 자식 좆 다시는 구경 못 해."

준서의 목에서는 계속 피가 흐르고 있었다.

유경은 강도가 시키는 대로 준서의 팔을 뒤로 돌려 묶고 입은 청테이프로 붙이고 발도 묶었다. 그리고 나자 강도는 유경이 묶은 준서의 팔과 다리를 확인한 다음 준서를 침대의 기둥에 묶었다. 그리곤 유경을 우악스럽게 잡아챘다.

"자, 여기다 신용카드. 돈. 귀금속. 죄다 담아…. 허튼짓하면 저 새끼나 너나 내일 떠오르는 찬란한 태양을 못 볼 줄 알아."

"…시키는 대로 할 테니… 살려만 주세요."

유경은 카드와 돈과 금반지 귀고리 팔지 되는대로 쓸어 담았다.

"카드 비밀번호 적어."

강도는 용의주도하고 면밀했다. 적어도 초범은 아니었다. 강도짓이 업인 놈이었다. 유경은 비밀번호가 생각나지 않아 놈에게 닦달을 당하고야 겨우 적었다. 준서는 침대 기둥에 묶여 이것을 지켜보며 어질한 머리로 어서 강도가 돈과 귀금속을 챙겨 가지고 가기만 바랄 뿐이었다.

챙길 건 다 챙겼다. 그러나 놈은 준서의 바람을 비웃듯 유경에게 다가가기 시작했다.

"살려만 주면 뭐든 다 하겠다고 했지… 자."

복면 속의 강도는 눈을 번들거리면서 천천히 혁대를 풀고 있었다.

준서는 혼미해지던 정신이 갑자기 뚜렷해지면서 몸부림치기 시작했다. 입에 청테이프가 붙여져 있어서 아무 소리도 낼 수 없었다. 준서가 몸부림치자 침대가 방바닥을 두드려 울렸다. 그 소리는 고요한 새벽의 침묵을 흐트러뜨리며 크게 울렸다.

"에잇, 좆같은 새끼. 그거 성질 돋우네. 살려주려고 했더니…."

강도는 칼을 다시 꼬나 쥐었다. 형광등 불빛 아래 칼은 섬짓하다 못해 요염하게 푸른빛을 내뿜고 있었다.

"살려주세요. 부탁이에요."

유경은 자신이 옷을 벗은 사실조차 까맣게 잊은 채 강도에게 매달렸다. 강도는 유경을 흘깃 보더니 준서를 바라보다 다가가 주먹으로 힘껏 준서의 머리를 내리쳤다. 어떡하든 정신을 차려야 한다는 생각과 달리 준서는 머리가 하얗게 비어 가며 곧 아무 생각도 할 수 없었다.

"그래. 차라리 그렇게 정신을 놓고 있는 게 낫겠다. 오늘이 내 생일이라 내가 더 이상 칼에 피 묻히지 않는 줄 알아라."

자신의 생일날 강도짓이라니.

강도는 천천히 뒤돌아서서 바지의 혁대를 풀고 지퍼를 내리며 유경에게로 다가왔다. 유경은 까무룩하니 정신을 잃고 정신을 잃은 가운데서도 자신의 하체가 뻐근하게 아파지는 것을 느꼈다.

하루를 시작하는 티브이의 아침 뉴스가 끔찍한 강도 강간 소식을 유경과 준서의 이름을 밝히지 않은 채 내보내며 수술을 받은 남자는 다행히 생명에 지장은 없으나 중태에 빠졌다고 전했다.

무슨 일이 일어 난 것인가.

유경은 자신에게 무슨 일이 일어 난 것인지 믿기지 않았다. 욕조에 물을 받아 씻고 또 씻었다. 너무 씻다 보니 그녀의 몸은 핏자국이 맺혀 쓰리고 아렸다. 그래도 그녀는 씻기를 멈추지 않았다.

중환자실에서 일반병실로 옮겨진 준서는 목숨은 건졌으나 목이 한쪽으로 기우는 장애가 남았다. 칼이 신경을 건드렸다고 하였다. 게다가 심하게 말을 더듬었고 말문을 열기가 어려웠다.

의식을 회복한 준서는 유경을 외면하였다. 유경도 준서를 외면하였다. 그것은 그 자신들을 스스로 외면하는 일이기도 하였다. 유경을 보면 준서는 견딜 수 없는 자기 모멸감에 빠졌다. 그 수치심은 살아나 다시 햇살 아래 자신을 드러내는 것이 부끄러웠다. 그때 의식을 잃어 유경에게 일어난 일을 보지 못하였다. 보지 못하였기에 상상 속에서 일어나는 일은 더욱 끔찍하게, 여러 가지 형태로 준서의 머릿속에서 부풀려지고 있었다. 그것은 자신이 목숨을 잃을 뻔하고 자신에게 남겨진 장애보다 더 한 무게로 준서를 눌렀다. 누구의 탓도 아닌, 둘 다 피해자였지만 다시는 건널 수 없는 루비콘강처럼 두 사람에게 깊은 상처를 남겨 그 상처는 서로를 감싸안는 게 아니라 이유 없이 서로를 증오하고 스스로를 가혹하게 다루었다.

유경은 준서가 무의식에서 돌아와 자신을 외면하자 그 후로 병실을 찾지 않았다. 목이 비뚤어지고 말더듬에 걸린 준서를 보는 것도 괴로웠지만, 그 밤의 악몽이 겹쳐져 유경의 뇌는 폭발할 듯 팽창하곤 하였다. 시간이 흐를수록 그날의 장면들은 생생히 떠올라 머리를 벽에 짓찧게 만들었다.

더 견딜 수 없는 것은 범인을 잡아야 한다며 그때의 상황을 묻는 수사관들이었다. 그들은 피해자가 받았을 정신적 고통이나 두려움은 염두에 두지 않았다. 오로지 그들의 관심사는 범인을 기필코 잡아 승진 고가를 올려야 한다는 데만 있는 것 같았다.

유경은 준서가 죽지 않은 것이 다행이라고 생각하며 가슴을 쓸어내렸다. 살다 보면 기억은 흐릿해지고 그러다 종내엔 잊히듯이, 준서의 머릿속에서 잊히지 않는다 하더라도 흐릿해지기는 하겠지. 하며 유경은 욕조 가득히 물을 받고 청주를 따르고 장미 꽃잎도 띄웠다. 준서와 즐기던 청주 목욕이었다. 그리고 핏빛 같은 와인 한 잔을 따라 마셨다. 며칠 전 준서가 틀었던 비발디의 사계도 틀었다.

'봄이 오는데… 봄이 코앞인데…'

그런 생각을 하며 탁자 위에 편지를 올려놓았다. 편지 위에 곱게 접은 학 한 마리를 얹어 놓고 날렵한 면도날로 손목을 그었다.

…여보, 사랑해… 사랑했어….

피안으로 가는 길   263

다시 태어난다면… 당신 다시 만날 수만 있다면…
당신이 내 사랑 받아주지 않는다 하더라도
그래도, 당신 사랑할 거야.
당신 눈 닮은 아기 낳고 싶었어.
미안해.
여보.
남들 다 낳는 아기 한 명 못 낳고 당신 홀로 남겨둬서…. 여보.
준서야. 당신 사랑해.
당신은 이 지옥에서 벗어나 학처럼 날개를 달았으면 좋겠어.
사랑해.

"정신이 좀 드니. 아이구, 이 미친 것아. 그래, 생떼 같은 목숨을 버리려고 해. 그 목숨이 네 것인 줄 아니. 그 목숨 누가 줬는데. 내가 줬어. 내가 내 배 속에서 열 달간 키워 너한테 목숨 줬어. 그런데 에미 허락도 없이 네 마음대로 목숨을 버려. 네 목숨 주인은 네가 아니고 나야. 이 에미란 말이다. 아이고, 이 미친 것아."

고요한 병실에 부여 댁의 낮으나 힘 있고 호소가 담긴 넋두리가 흘렀다. 유경이 깨어난 기쁨이 부여 댁을 수다스러운 여자로 만들고 있었다.

"어젯밤 꿈에 너를 그리도 이뻐하던 외할머니가 나타나 네 배내옷을 내 손에 쥐여주시며 자꾸 손사래를 치시더라. 내가 왜 그러냐고 묻자 화를 내시며 내 등짝을 후려갈기기에 잠에서 깨어나 너한테 무슨 일이 있구나 싶어 부랴부랴 택시 타고 네 집으로 갔더니… 아이구, 조금만 늦었어도… 외할머니가 돌아가셔서도 널 보살피시는 구나…."

　병원에서 왼쪽 손목에 칼자국을 남겨 집으로 돌아온 유경은 집을 정리하기 시작하였다. 준서는 퇴원 후 친가에 가 있었다. 이건 우리 거에서 이건 내 거. 이건 준서 거. 하며 모든 물건을 분리하였다. 준서는 남성용 화장품의 향이 너무 짙어 유경과 같이 여성용을 썼었다. 화장품 병을 들여다보며 누구 걸로 해야 할지 유경은 우두커니 양쪽으로 나누어진 짐 가운데 넋 놓고 앉아 있었다.

　화장품보다 더 괴로운 것은 앨범 정리였다. 앨범을 보았다. 거기 준서와 유경의 십 년이 정물화처럼 유경을 올려다보았다. 샤워하고 타월로 상반신을 가리고 욕실에서 나오는 유경을 찍은 사진. 준서가 억수로 술에 취해 쓰러져 잠든 모습을 증거로 남기겠다며 유경이 찍은 사진. 여의도 밤 벚꽃 놀이. 가을의 내설악과 외설악에서 밤하늘을 배경으로 찍은 사진. 다산초당에서의 포옹. 북한산 일출. 강화의 일몰. 대학로에서 초상화를 그리느라 거리 화가 앞에 쭈그리고 앉아 있는 모습… 그리고 결혼식 사진… 십 년간 찍은 건 사진밖에 없는 것처럼 여겨질 정도로 사진이 많았다. 사진은 단지 지난 세월의 증명과 부재가 아니라 지난 세월을 그때의 감정까지 고스란히 불러내는 힘을 갖고 있었다. 모든 동물 중 제 모습을 찍어대는 동물이 인간 말고 누가 있는가. 과거와 미래를 한 선상에 놓고 생각하는 것도 인간밖에 없다. 사진은 지나간 시간을 유경의 앞에다 턱하니 불러내어 놓고 너 그때 이랬지. 하며 유경을 빤히 바라다본다. 증명과 기억이란 때로는 이렇듯 잔인하기도 한 것이로구나 하는 것을 유경은 처음으로 알았다. 유경은 준서의 사진만을 골라 따로 정리하여 쌌다. 그에게도 사진은 상처가 되리라. 벽에 걸려 있는 결혼 사진 속의 준서와 유경은 활짝 웃고 있다. 인생이 저 사진처럼 웃을 수 있는 일만 있다면 고뇌와 사색은 없겠지. 예술과 철학 또한 없었으리라.

서른을 꽉 채우고 준서와 결혼하여 산 십 년이었다. 뜨겁게 사랑했다기보다는 온돌방 아랫목처럼 묵지근하니 두 사람은 사랑했다. 그렇게 산 십 년이었다. 십 년 동안 산 집이었다. 곳곳에 준서와 유경의 손때와 추억이 서려 있는 집이었다. 하지만 그 밤 이후로 그것은 한순간에 악몽으로 변해 버렸다.

"짐 정리를 했어. 내 것은 천호동으로 보냈어. 당분간은 적당한 절을 찾아가 있을 생각이야."

유경은 준서의 핸드폰에 문자를 남겼다. 핸드폰 번호를 바꿀까 하다가 행여나 하는 심정으로 그 번호를 그대로 쓰기로 했다.

준서는 목이 한쪽으로 기울어 말더듬에 걸린 채 매일 술을 마셨다. 아무나 붙들고 시비를 걸어 흠씬 두들겨 맞기 일쑤였고, 아무 곳에서나 술에 취해 거리에 뒹굴어져 자는 일이 잦아졌다. 노상방뇨를 했으며 견딜 수 없는 가슴의 터질 듯한 중압감으로 세워둔 자동차 타이어 스무 대를 펑크 내 뉴스에 나오기도 하였다. 그러고는 노숙자 대열에 자연스럽게 끼었다.

목이 기울어지고 말을 더듬는 것처럼 그의 인생은 사정없이 기울어 인생의 밑바닥을 더듬고 있었다. 술이 깨서 멀쩡한 정신이 되면 가슴속에서 토네이도 같은 회오리가 몰아쳐 아무것이나 부수고 찌르고 싶은 충동과 살의에 몸을 떨어야 했다. 그러면서도 스스로 목숨을 끊지 못할 정도로 죽음은 두려움이기도 했다. 차라리 죽지. 저 지경이 되어 왜 살까. 하는 생각을 예전에 지금의 준서 자신 같은 사람을 보면 한 적 있었다. 그들도 아마 자신처럼 이렇게 죽음이 두려움으로 버티고 있었는지도 몰랐다.

그날도 지하철 역사에서 자고 나오다 준서는 우연히 거리에 물건을 진열해 놓고 파는 것 가운데 칼을 발견하였다. 다가가 보니 칼은 날렵하였고, 햇빛에 반사되어 번쩍였으며, 칼끝은 아낙의 버선코처럼 위로 솟아 있었다. 골똘히 들여다보니 독일제 지멘스였다. 가짜든 진짜든 그 칼은 준서를 유혹하였다.

"얼마?"

"만 원입니다. 거저예요. 그거 진짜 독일제 지멘스 칼이예요. 멋지죠? 독일 놈들 밥솥하고 칼은 끝내준다니까요. 칼도 그 정도면 예술이에요. 이 가죽 칼집과 손잡이 보세요. 얼마나 멋진가."

밤색 가죽의 칼집과 손잡이를 씌우자 칼은 중후하고 멋지게 바뀌었다.

"줘."

준서는 만 원과 칼을 바꾸었다. 씻지 않아 냄새를 풍기는 그의 바지 주머니에서 나온 만 원을 거리의 행상은 준서가 칼을 들고 사라지자 냄새난다는 듯 흔들어 옆으로 비딱하니 메고 있는 가방에다 넣었다.

준서는 칼을 구입하고 목욕탕으로 가 목욕을 한 후 다시 남대문시장으로 가 검은 털모자와 검은 가죽 장갑을 샀다. 검은 운동화도 새로 사서 신었다. 검은 가방과 포장 끈과 청테이프도 샀다. 그리곤 청파동의 한 골목 가로 접어들어 칼을 빼서 다시 한번 살펴본 다음 높지도 얕지도 않은 집의 담을 넘었다. 새벽 두 시였다. 가장 곤히 사람들이 잠들어 있을 시간이었다. 담을 넘기 전 준서는 소주 한 병을 안주도 없이 마셨다. 안주라면 캬 소리가 전부였다.

"꼼짝하면 죽인다."

길게 말하려면 몹시 더듬었는데 긴장 탓인지 말을 더듬지 않고 잘할 수 있었다.

준서가 들어간 집은 공교롭게도 신혼집이었다.

준서는 강도가 했던 대로 칼을 남자에게 겨누었다. 그들은 그래도 여자는 가슴이 훤히 들여다보이긴 하였지만 잠옷을 입었고, 남자는 팬티만 입고 있었다.

강도가 준서에게 하였듯이 준서도 남자의 머리채를 손으로 잡아 뒤로 젖혔다.

"살려주세요. 우린 돈도 별로 없어요. 하지만 있는 것 다 드릴게요."

여자는 의외로 떨기는 하였지만 침착하였다. 떨기는 준서가 더 떨었다. 소주를 한 병이나 마셨는데 긴장이 늦추어지지 않았다. 염병할 것. 이 짓도 아무나 하는 건 아니구나. 지랄맞게 왜 이렇게 떨리는 거야. 가만있자. 그다음 어떻게 해야지.

준서는 떠느라 다음이 생각나지 않았다.

"거기 가방에서 끈하고 테이프 꺼내. 안 그럼 이놈 좆은 다 본 줄 알아라."

맞아. 그놈도 그렇게 말했어.

"손을 뒤로하고 묶어."

여자는 침착하게 남편의 손을 묶고 입에 청테이프를 붙이고 발도 묶었다. 준서는 그런 남자를 침대의 다리에 묶었다.

"있는 대로 돈 다 가져와. 금붙이도."

준서는 강도와 달리 순서를 거꾸로 하여 남자를 묶은 후 금붙이를 요구하였다. 여자는 매우 침착하게 가방을 뒤져 돈을 꺼냈다.

"이게 다예요…."

얼마인지 모를 돈을 여자는 준서 앞으로 내밀었다. 여자의 얇은 가슴속의 젖무덤이 움직일 때마다 살랑거렸다. 그 위로 유경이 이를 딱딱 마주치고 딸꾹질까지 해대며 허둥대던 벌거벗은 몸이 겹쳐졌다. 그러자 준서에게서 두려움과 긴장이 사라지고 그 자리에 분노가 들어섰다. 눈에 핏발이 서며 분노는 살의를 동반하였다.

"옷 벗어."

여자는 말귀를 못 알아듣겠다는 듯이 멍청하게 준서를 바라보고 있었다.

"말 안 들려? 옷 벗으라니까."

여자는 순간 준서 눈에서 살의를 감지했다. 살인은 계획적이라기보다는 대부분은 충동적이고 우발적인 것이다. 여자는 지금이 그런 상황이라는 걸 느꼈다.

"살려주세요… 제가 임신 중이라… 살려주세요."

임신 중이라는 소리는 준서의 분노를 더 자극하여 뇌관 역할을 하였다.

"임신 중이라고? 그래도 벗어. 어디 임신 중인 배는 어떤가 보자."
"그것만은… 대신 다른 건 다 드릴게요. 카드도 드릴게요."
준서는 강도와 달리 카드를 빼앗는 것도 잊어버렸다. 여자는 순간 칼을 든 남자가 초범이라는 것을 느꼈다. 그리고 딱히 강도나 강간을 저지를 사람으로 여겨지진 않았다.
"필요 없어. 옷 벗어."
"그것만은…."
여자가 얇은 잠옷을 움켜쥐며 못 벗겠다는 의사를 밝혔다. 그녀의 거부는 준서의 분노를 폭발시켰다. 유경과 자신은 제대로 반항 한번 해보지 못하고 당했기 때문이다.
"못 벗겠다고?"
준서는 침대 다리에 묶어 둔 남편에게로 순식간에 쫓아가 그의 손목을 그어 버렸다.
슬쩍 건드리는 시늉만 하였는데 제법 피가 많이 솟아올랐다. 피를 보자 준서는 새로운 두려움과 공포에 휩싸였다.
"이래도 안 벗을 거야? 안 벗음 네 남편 목을 베겠다."
목에 칼을 겨누자 여자는 표정이 달라졌다.
"알았어요. 벗을게요. 그 대신 남편에게서 물러나요."
"좋아. 빨리 벗어."
준서가 남자의 곁을 벗어남과 동시에 으얍! 하는 짧고 암팡진 목소리와 함께 여자가 붕 뜨는가 싶더니 준서의 손목에 묵직하고 얼얼한 통증이 왔다. 준서의 손에서 칼이 방바닥으로 툭 하니 떨어졌다. 방바닥에 떨어진 칼에선 위협이 사라졌다. 위협이 사라짐과 동시에 무기로써의 역할도 상실하였다. 여자는 기회다 싶은지 다시 돌려 차기로 준서의 가슴팍을 내질렀다. 불같은 통증이 오면서 숨을 쉴 수가 없었다. 그러나 준서도 남자다. 곧 준서와 여자는 난투극이 벌어져 준서는 어딘지 모르지만 여자의 신체에 몇 방의 펀치를 날렸다. 하지만 자신과 배 속의 아기와 남편을 지켜야 한다는 여자의 신념은 준서의 분노보다 컸다. 여자에게 있어 배 속의 아기는 칼이나 총보다 강한 존재다. 여자는 혈이 있는 자리를 차거나 때렸다. 여자의 손과 발은 어찌나 매운지 정신을 차리기 어려웠다. 준서는 비틀거리며 주저앉았다. 여자는 그런 준서의 턱을 향해 올려 차기를 하였다. 준서는 입에 비릿한 냄새를 느끼면서 구역질과 동시에 정신이 어질해졌다.

"…어제 청파동에 복면강도가 들었으나 임신 3개월의 여경이 강도를 잡았습니다. 합이 무술 7단인 여경은 검도, 태권도, 유도로 단련된 몸입니다. 김영진 기자에게 들어보도록 하겠습니다. 김영진 기자!"

아나운서의 멘트와 함께 화면에 얼굴을 푹 숙이고 취조원의 책상 앞에 몸이 포승줄로 묶인 남자의 등짝이 나타났다. 사람의 뒷모습이란 왜 그리도 애잔한지. 강도라 하더라도 그것은 마찬가지여서 강도의 등짝은 애처로워 보였다.

"얼마 전 나도 같은 일을 당하여 세상에 복수하고 싶었습니다. 나를 구원하고 싶었습니다. 어느 절엔가 있을 나의 사랑하는… 아내도 구원하고 싶었습니다. 이 지옥에서 벗어나고 싶었습니다."

남자는 울먹였다. 티브이 뉴스를 보던 유경은 가슴을 쓸어내리고 일어나 법당으로 향했다.

당신… 준서… 어떻게 그런 바보 같은 짓을….

법당에서 몇 번인지 헤아릴 수도 없는 배(拜)를 하며 유경의 이마엔 땀이 흘렀고, 횟수가 거듭될수록 그녀는 준서와 자신을 향한 연민에서 벗어나 평안의 세계로 걸어 들어갔다.

준서는 매우 이성적이고 사리 분별이 분명한 사람이다. 그런 사람이 그런 마음을 가지고, 그걸 실행에 옮기고, 마이크를 들이대는 기자에게 그렇게 말할 정도로 그의 마음은 아수라인 것이다.

"청련화! 너무 무리하면 태아한테 해로워. 사실 배는 굉장한 체력을 요구하는 일이야. 이제 그만해."

아마 정화 스님이 말리지 않았더라면 유경은 밤새 배(拜)를 올렸을 것이다. 자신이 쓰러질 때까지. 그러고 보니 아랫배에 묵직한 통증이 느껴졌다. 유경은 한없이 인자한 미소로 자신을 굽어보고 있는 부처를 향해 깊은 배를 정념을 다하여 올리고 법당을 나왔다.

벌써 가을인가. 입덧도 가라앉고 식욕이 지나칠 정도로 당겨 유경은 요즘 곤란을 겪는 중이었다. 이해할 수 없을 정도로 밥을 많이 먹고 돌아서면 또 먹고 싶었다. 숨이 차 헐떡이면서도 무엇인가가 끝없이 먹고 싶었다. 태아가 배 속에서 원하고 있기 때문이었다. 배 속의 태아는 자신이 어떤 존재인지 어떻게 태어나는지 모르고 그저 오로지 유경에게 모든 것을 의지하여 생명을 키워가고 있었다. 태아의 입장에서 본다면 유경이 신이었다. 유경이 포기를 한다면 이 세상에 그 존재를 드러낼 수가 없다. 태아에게 신은 바로 자신을 잉태한 모태인 것이다.

유경이 동맥을 끊었다. 병원에서 퇴원한 후 어머니가 다니던 양평의 모성암으로 왔을 때 임신인 줄 몰랐다. 자꾸 헛구역질이 나고 잠이 오는 게 사건 당시의 충격과 스트레스로 인하여 위산이 과잉 분비되어 그러려니 했다. 생리가 삼 개월이나 없어서 산부인과를 들렀던 유경은 그대로 의식을 잃었다.

임신이라니….

대체 무슨 소리란 말인가. 그렇게 낳으려고 애를 쓰고 시험관 아기도 네 번씩이나 실패했는데 임신이라니… 그렇게 모질게 인생을 살지도 않았는데 어떻게 이런 일이 나에게 계속 일어난단 말인가.

"극도의 긴장감은 갑작스러운 배란을 촉진하고 그런 경우에는 임신 확률이 높습니다."

의사의 말은 유경에게 충격이었다.

잊으려야 잊을 수 없게 확실한 고통의 흔적을 강도는 유경의 배 속에 남긴 것이다.

"수술하게 되면… 수술비용은 얼마죠?"

유경은 바로 수술하려고 마음먹었다.

"30만 원입니다."

지갑을 뒤져보니 5만 원밖에 없었다.

병원을 벗어나 얼마를 어떻게 걸었는지 몰랐다. 눈물도 나지 않았다. 죽음에 한 번 실패한 그 공포감이 밀려오면서 죽을 수도 없다는 걸 알았다. 왜 그때 엄마는 와서 나를 죽지조차 못하게 만드는가 싶어 원망스러웠다. 엄마. 난 이제 어떻게 해. 어떡해야 살 수 있는 거야. 얼마를 걸었는지 어디를 헤맸는지 몰랐다. 다만 해가 졌다는 것만을 알뿐이었다.

　그녀는 신설동에서 두물머리 입구까지 걸어왔다. 대체 얼마를 걸은 것인가. 주위가 캄캄해진 것도 몰랐다. 정신을 차리고 보니 어둠이 엷게 깔리기 시작하고 산 정상 부근에 두물머리를 굽어보고 있는 모성암이 올려다보였다. 그러고 보니 하루 종일 먹은 거라곤 포도알이 둥글 거리며 돌아다니는 음료수가 전부였다. 산 정상 근처의 모성암을 올려다보며 이제 세상에는 유경이 갈 곳이 없다는 걸 알았다.

　유경은 천천히 발걸음을 떼어 산 정상의 암자를 향해 옮기기 시작했다. 평상시라면 무서워서 엄두도 내지 못할 밤의 산길이었다. 위로 올라갈수록 가팔라지는 산길은 차가 다니지 못하는 좁은 길이었다. 그믐이라 달도 없다. 양쪽 소나무 사이로 길은 숨바꼭질하듯 이리저리 숨어 있다가 나타나곤 하였다. 가끔씩 밤바람이 불어 나뭇잎들을 흔들어 소리를 내주지 않는다면 그 고요하기가 자신의 존재조차 잊을 만큼 깊었다. 유경은 두려움이나 무서움도 느끼지 못하였다. 다리가 아픈지 힘든지도 느끼지 못했다. 휘적휘적 산길을 올랐다. 다 잠들었는지 절의 마당은 고요하였다. 새벽 두 시면 도량석을 돌기 위하여 일어나야 하기 때문에 스님들은 밤 아홉 시면 취침에 들었다. 그러니 필경은 아홉 시가 넘은 모양이다.

　유경은 불 꺼진 법당으로 들어가 부처님 앞에 모로 쓰러져 누웠다.

　만약 이렇게 당신 앞에 모로 쓰러져 누운 내가 버릇없다고 여기신다면 당신은 중생의 고통을 모르시는 분입니다. 당신이 중생의 고통을 아신다면 지금 나를 이 어둠에서 구해 주세요. 대체 나더러 어느 곳으로 어떻게 나아가란 말입니까. 길이 어디입니까. 나를 죽음에서 구한 게 내 배 속의 생명을 위해서였습니까. 어쩌자고… 어쩌자고… 당신은 계시기나 한 겁니까.

유경의 눈가로 눈물이 흘러 오랜 세월을 죽은 채로 엎드려 있는 마룻바닥 위로 굴렀다. 처음 눈물이 흐를 땐 어깨만 들썩였으나 곧 흐느낌으로 변했고, 흐느낌은 통곡으로 바뀌더니 포효에 가까운 울음으로 어둠에 잠긴 산을 뒤흔들었다. 참고 참았던 울음이었다. 몰래몰래 숨어서 울거나 수치심과 치욕에 몸이 떨려 울지조차 못하거나 했다. 그러나 터진 울음은 유경의 가슴속에 갇혀 이리저리 떠도는 분노를 한순간에 쏟아냈다. 법당의 마루를 뒹굴며 유경은 상대에게 물려, 죽기 직전의 이빨을 드러낸 승냥이처럼 울부짖었다. 밑바닥에 납작 엎드려 있던 분노가 이빨을 드러내자 거칠 것이 없었다.

말해 보세요. 그렇게 웃지만 말고… 내 의지와 상관없이 일어난 이 일들을 어떻게 받아들이란 말입니까. 이런 고통을 왜 내가 받아야 합니까. 당신은 이 고통을 통하여 제게 무엇을 깨닫게 하시려는 겁니까. 왜 제 배 속에 증오의 뿌리를 자라게 하는 겁니까.

유경의 울음소리에 잠에서 깨어 달려온 정화 스님은 너무 처절한 유경의 모습에 감히 그녀에게 다가가지 못하였다. 법당 밖에서 합장하고 지장경을 읊을 뿐이었다. 인간에게 주어진 삶이란 수수께끼를 풀다가 결국은 다 풀지 못하고 다음 생을 희망하며 자신을 삭혀서 그 흔적을 남기지 않고 자연 속으로 돌아가는 게 아닌가 하는 생각이 들었다. 몸속의 수분은 대지에 숨어 말갛게 정화된 물로, 뼈와 살은 땅속의 벌레가 와서 깃들기 좋은 부드럽고 따스한 흙으로… 그렇담 유경은 이번에야말로 가장 어려운 수수께끼에 부닥친 모양이었다. 유경의 울음과 정화 스님의 지장경 읊는 소리가 서로 섞어졌다 흩어졌다 하며 법당 안은 점차 고요와 침묵이 찾아들었다.

기가 다 빠진 유경은 거의 탈진 상태로 정신을 잃듯 모로 쓰러져 잠이 들었다. 눈물 자국이 볼에 남은 그녀의 얼굴 위로 아무 일도 없었다는 듯이 부처의 오묘한 미소가 머물렀다. 삶의 고(苦)가 바로 삶 그 자체라는 듯이.

유경은 두 번이나 산부인과엘 갔었지만 수술하지 못했다. 한 번은 마취 직전에 일어났고, 한 번은 자신의 이름을 부르자 병실로 들어가는 대신 나와 버렸다. 번번이 무언가가 유경을 방해하였다. 세 번째 갔을 때는 개월 수를 넘겨 수술하지 못한다는 의사의 진단이었다.

쉭쉭거리며 아기의 심장 뛰는 소리를 들었을 때, 그녀의 가슴은 요동쳤다. 오로지 그 생명을 자신에게 의지하여 배 속의 생명체는 있었다. 처음 듣는 심장 뛰는 소리. 존재의 알림. 나 여기 있어요. 난 살고 싶어요. 대지에 두 발을 딛고 햇살을 받고 싶어요.

4개월이 되면 태아는 태반이 생기기 때문에 수술하지 못한다는 얘기였다. 태반이란 태아가 그전까지는 배 속에 그냥 떠 있는 상태였다면 이제는 엄마의 자궁벽에 탯줄로 연결되어 수술이 힘들다는 것이었다. 그 탯줄을 통하여 태아는 모태로부터 영양을 공급받고 진정한 생명체로 진화해 나간다는 것이다. 그것을 과연 진화라고 할 수 있을까. 그것은 진화라기보다는 모든 순수한 것의 가장 순결한 상태가 아닐까.

입덧이 너무 심하여 노란 똥물까지 올릴 정도로 토하고 얼굴은 기미로 뒤덮였다. 입덧은 태아가 자신의 존재를 확실하게 모태에게 알리는 신호라고 했다. 임신반응 검사를 위하여 병원을 방문한 가임부에게 처음 검사하는 소변 검사의 양성 반응은 HCG라는 호르몬으로 태아가 자신의 존재를 처음으로 외부에 알리는 구조 신호이다. 나 이렇게 당신 몸에 깃들었으니 모든 것을 조심해 주세요. 먹는 것도 잠자리도 행동도 조심해 주세요. 그렇지 않으면 나는 당신을 만나지 못할지도 모릅니다. 그러니 모든 것을 조심해 주세요. 라는 구조 신호라고 해도 별반 틀린 말은 아닐 것이다.

입덧도 마찬가지인 것이다. 자신의 존재를 알릴 방법이 배 속의 한 점에 지나지 않는 존재로선 달리 그 방법밖에는 별도리가 없는 것이다. 그래서인지 유경은 입덧이 정화 스님이 가슴을 졸일 정도로 심하였다. 아마 유경의 고통과 고뇌가 태아에게 전해져 어쩌면 자신은 태어나지 못할지도 모른다는 두려움 때문에 더욱 강하게 자신의 존재를 유경에게 알리는지도 몰랐다. 유경만큼이나 배 속의 태아도 고통과 두려움의 바다에서 허우적거리고 있는 셈이었다. 고통과 고뇌와 두려움의 바다에서 유경의 배는 불러갔다. 유경의 배꼽은 배가 불러가자 뽈록하니 단추처럼 도드라졌다.

유경은 문득문득 수많은 전쟁에서 적군이라 불리는 남자들에게 여자들이 강간당하여, 원치 않는 임신을 하고 출산을 한 걸 생각했다. 그래도 그녀들은 아기를 낳고 사회는 그 아이들을 받아들여 키웠다. 간혹 그로 인해 죽음을 택하기도 하고 버려지는 아이들도 있었지만 대부분은 아이를 낳았고 누군가는 그 아이를 키웠다. 환향녀라는 이름을 낳은 멀리 원나라 때의 조공 품목 중의 하나였던 여성들. 우리 엉덩이에 남겨진 슬픈 몽고반점… 일본의 잦은 침략… 그녀들도 나같이 이렇게 고통과 번민을 겪으면서 아기를 배 속에서 키웠을까…

 유경은 가을 산등성이 억새풀을 꺾어 입으로 질근거리며 너른 등성에 오줌을 누었다. 유경의 오줌은 쏴 하고 겨울을 몰고 오는 가을바람처럼 소리를 내며 대지에 스며들었다. 오줌을 다 누자 태아가 배 속에서 힘껏 발길질하여 유경의 배를 냅다 걷어찼다. 웃 하며 유경은 어처구니없다는 듯이 웃어버렸다. 염치라고는 모르는 배 속의 순수와 순결이었다. 준서는 잘 견디어 내고 있을까 하는 생각이 들자 눈에 슬며시 물기가 고여왔다. 한없는 쓸쓸함이 밀려왔.

 준서는 결국 모든 걸 다 빼앗겼다. 그것은 잃어버린 게 아니라 빼앗긴 것이다. 잃어버린 것은 자연스러운 것이라면 빼앗긴 것은 물리적인 힘이 가해진 것이다. 그는 가정과 아내와 자신에 속해있던 모든 것을 어느 날 밤 몽땅 빼앗겨 버리고 종내에는 자신의 이름마저 빼앗겨 버렸다. 이름이란 세상에 자신을 알리는 부표 같은 것이다. 그 이름마저 준서는 빼앗기고 1767번이라는 번호를 부여받았다. 자신이 왜 1767번으로 명명되었는지 설명해 주지도 않은 채 집행자들은 강간미수 살인미수 강도미수 모두 미수라는 딱지를 딱딱 그에게 붙이더니 번호를 부여했다. 더 이상 김준서라는 이름은 존재하지 않고 1767번이 있을 뿐이었다. 그의 인생 자체가 미수로 현재 진행 중인 상태가 되어버렸다. 이름을 빼앗긴 자신이 과연 세상에 존재한다고 해도 그게 맞는지조차 의심스러웠다.

　감옥에서는 목이 삐딱한 그를 동정했다. 그들도 이름을 빼앗기고 모두 번호를 부여받은 수감자였다. 수감자들은 준서가 한마디도 하지 않았음에도 준서에 대해서 다 알고 있었다. 말이란 공기에 섞인 먼지와도 같은 것인지 둥둥 떠서 이리저리 흘러 다니다 아무에게나 깃들어 떠돌아다녔다. 강도에게 목을 칼에 찔려 목숨을 잃을 뻔했다가 목이 비뚤어진 얘기며, 그가 잘나가는 회계사였는데 거리의 부랑아로까지, 그의 비뚤어진 목만큼이나 비뚤어져 결국은 미수에 끝난 그의 범죄를 동정하였다. 정말 재수 더럽게 없는 놈이라는 것이 그들의 결론이었다. 어쩌다 택한 것이 무술의 합이 7단이나 되는 여경의 집이며, 무엇하나 범죄라고 불릴만큼 격정적인 사건도 없이, 그저 무료한 사람들의 입요기 거리만 만들어 주고 감옥에까지 오게 된 그의 삶을 동정하였다.

　감옥에서 준서는 말을 잃었다. 면벽 수도하는 수도승처럼 그는 말을 잃고 멍하니 침묵으로 하루를 보낼 뿐이었다. 자신에게 무슨 일이 일어났으며, 자신은 무슨 일을 저지른 것인가. 무리 속에 섞여 있어도 준서는 절대 고독의 한가운데에 있었다. 그를 동정하던 수감자들은 그의 침묵을 시간이 흐르면서 두려움으로 받아들였다. 그가 자살이라도 할까 봐 교정원들은 자신의 근무 시간에 신경을 곤두세우고 엉덩이에 힘을 줘 항문의 괄약근을 긴장시키곤 하였다.

　시간은 매우 더디 흐르는 것 같았지만, 누구에게나 공평해서 가을을 넘어 첫서리가 내렸다. 그 뒤를 따라 추위가 왔고 새해가 되었다. 지난해의 반성과 새해의 희망으로 세상은 떠들썩하였지만 감옥은 추위와 냉기만 있을 뿐이었다. 다만 출소를 앞둔 사람들은 조바심치며 얼마 남지 않은 시간을 초조해하였다. 이런저런 세상의 잡일들처럼 소소한 잡범들이 모여 있는 준서의 방에는 나름대로 질서와 정이 있었다. 감옥에 갇힌 사람들은 아무 희망도 없을 것 같지만 실지 그들의 희망은 뜨거웠다. 다만 소박할 뿐이었다.

다시는 이곳에 들어오지 않는 것과 밖에 나가 사람들과 어울려 소주잔을 기울이며 그들의 이웃으로 다정하게 살아가는 것이 대부분의 희망이었다. 한번 이렇게 감옥에 왔다가 나가면 이웃은 이들과 다정하게 소주잔을 기울이는 것을 두려워하여 그 희망은 잘 이루어지지 않았다. 이들이 다가가도 이웃들은 쉽게 이들을 향한 마음의 빗장을 잘 열지 않는 것이다. 하지만 이들은 결코 그 희망을 버리지 않는다. 지금 준서에겐 그런 희망조차 없다. 준서는 감옥의 바닥에서 1755호가 읽다가 둔 책을 집어 들었다. 1755호는 인삼밭의 인삼을 밤에 주인 몰래 업어오다 잡혀서 들어온 사람이다. 우습게도 그는 우리나라 최강의 대학 법학과를 중퇴한 사람이다. 집도 어려운 게 아니고 무엇 하나 부족한 게 없는 그는 왜 남의 인삼을 훔쳤을까. 그의 답변은 단지 자신의 존재를 확인하고 싶었을 뿐이라는 말 뿐이었다.

책은 신영복의 옥중 서간으로 『감옥으로부터의 사색』이었다. 신영복은 20년 20일을 감옥에서 보냈다. 그는 자신을 가두고, 자신을 가혹하게 다루었으며, 자신과 불화의 관계인 그들을 어떻게 용서했을까 하는 생각이 들었다. 더구나 그는 사람을 죽인 것도 아니고 사상이 보편적이지 못하다는 이유로 20년 20일을 감옥에서 보낸 것이다. 그에게서 빼앗아 간 20년 20일을 무엇으로도 보상받을 수 없음에도 그는 그들을 향한 원망이나 항변이 없었다. 긴 세월을 갇혀서 보내면 증오도 무디어져서 점점 굳어지는 게 아니라, 부드러워져서 용서나 화해까지는 아니더라도 묵인 정도는 할 수 있게 되는 것일까.

자신에게도 그런 날이 올 수 있을까. 준서로서는 아직은 알 수 없는 일이었다. 아직도 준서에겐 검은 털모자 속에서 한밤중 곡식 창고의 쥐 눈깔 눈처럼 빛나고 충혈되었던 그놈의 눈이 머릿속에 콱 박혀 있으니까. 놈을 잡기만 한다면 가장 잔인하게 오래도록 고통스럽게 죽이고 싶으니까.

…눈이 오네. 첫눈이네…. 1755호의 목소리는 낮고 아련하고 애잔하였다. 곧 울음을 터트릴듯한 목소리였다.

…눈이 오면 유리가 좋아했는데… 유리…. 1755호는 흑하고 흐느끼더니 얼굴을 두 무릎 사이에 묻었다.

유리는 그가 중학교 일 학년 때부터 구 년이나 사랑했던 그의 집 가사도우미 아줌마의 딸이었다. 1755호의 집에서 두 사람의 사랑을 극심히 반대하여 유리는 삶을 포기하였다. 그때부터 1755호도 자신을 학대하며 부모를 조롱하듯 감옥을 들락거리기 시작하였다.

모두들 보호막이 설치된 창으로 날리는 눈을 멍하니 바라보았다. 눈이란 묘해서 한없이 마음을 가라앉혔다. 갇혀있는 그들을 세상 밖의 그리움을 향하여 달려가게 하였다. 세상을 달려오며 순수라 불리던 시절로 그들을 데려다 놓았다.

"씨브랄 것. 지랄하고 눈은 또 왜 와서 사람 오장을 뒤집고 지랄이냐. 안 그려도 딱 죽고 잡은 맘인디… 눈까장 와 쌌고 지랄이냐. 지랄이. 염병할 것."

옆집 여자와 사랑에 빠져 간통으로 들어온 1742호는 자신은 바람이 아니라 진정한 사랑이었노라며 자신을 집어넣은 아내를 향해 이를 뿌득뿌득 갈곤 하였는데 눈이 오자 안절부절이었다. 구치소 밖의 눈은 어느새 함박눈으로 바뀌어 목련 꽃송이가 바람에 지듯 하르르 몸을 떨며 내리고 있었다.

"으매, 경자 씨 젖통이 그리운 거. 이 손으로 잡으면 한 손에 쏙 하니 들어와서 그 보드랍기가 봄날 아지랑이 같다니께. 뽀얀니 동그란 게 그 뭐시냐 꼭 수밀도 같당께로. 눈에 삼삼해쁘네. 그나저나 감빵 바닥이 이리 차서 경자 씨 치질이나 안 걸리라나 몰라… 안 그려도 치질이 있는디… 고 싸가지 없는 예편네 땜시… 나가 나가기만 혀 봐라. 혓바닥을 잡아뽑아 불라니께."

1742호는 눈을 바라보며 몹시도 경자 씨 타령을 해댔다. 모두들 창밖으로 하르르 떨어지는 눈을 바라보며 가슴속의 아픔과 숨겨진 그리움들을 들여다보았다.

준서의 눈에도 눈물이 차오르며 유경이 떠올랐다. 자신보다 더한 아픔을 겪은 그녀를 그는 그냥 방치해 버렸다. 그날 밤 그녀를 보호하지 못했다는 자책감이 그를 부끄럽게 하였다.

준서는 사건 이후 근 일 년 만에 종이 위에 써보았다. 왠지 지금 쓰지 않으면 영원히 못 쓸지도 모른다는 생각이 들었다.

사랑하는 유경.

그렇게 써놓고 나자 고통 사이로 그리움이 왈칵 밀려오면서 종이 위로 눈물이 뚝 떨어졌다.

정신없이 모두 침묵 속으로 빠져들어 창밖의 눈을 바라보는 모습을 보다가 준서는 다시 종이 위에 힘주어 조각도로 돋을새김하듯 사랑하는 유경이란 글자 밑에 썼다.

侍(받들 시, 모실 시)

다시 유경을 만난다면 이 글자의 뜻대로 그녀를 위해 살고 싶었다. 그녀가 자신을 다시 받아줄지 모르겠지만.

유경이 있는 모성암에도 눈이 내려 쌓이기 시작하였다. 소나무 가지 위로 내려 하얀색으로 만들어 버리더니 지붕과 마당을 덮기 시작하였다. 밤이 온 산사는 너무도 고요하여 사락사락 눈 내리는 소리가 귀 기울이고 있으면 들렸다. 유경은 삼 일 전부터 진통이 왔음에도 불구하고 정화 스님에게 말하지 않고 이를 악물고 견디었다. 그러나 지금은 3분 간격으로 진통이 왔다. 노산이라 만약을 대비해 병원으로 가야 했지만 그녀는 가지 않았다. 이 생명이 자신에게 깃든 어떤 비밀이 있다면 그 비밀을 위하여 자신과 배 속의 생명이 만날 수 있겠지 하는 생각이었다.

그녀는 소독해서 싸두었던 가위와 배내옷과 기저귀와 아기의 탯줄을 묶을 끈과 천을 챙겼다. 정화 스님은 잠들었을 터였다. 그녀는 진통을 참느라 이마에 땀이 솟기 시작했다. 시간이 지날수록 진통에 비례하여 땀방울은 굵어졌다. 아랫입술을 하도 힘주어 물어서 입술엔 피가 맺혔다. 시간은 밤 12시를 넘고 대지의 모든 고통과 슬픔을 덮겠다는 듯이 눈은 내렸다. 진통은 1분 간격으로 왔다. 유경은 출산준비물을 싸둔 보따리를 들고 법당으로 향하기 시작했다. 진통 때문에 한 걸음 걷고 숨을 몰아쉬어야만 했다. 힘들여 걷는 그녀 머리 위로 눈이 내려앉았다. 법당으로 향하는 길은 바로 옆임에도 불구하고 아득해 보였고 진통은 견디기 어려웠다. 아무래도 밑으로 무언가 쏟아질 것 같은 느낌이 아기를 눈 위에 낳을 것만 같았다. 눈앞이 아찔해졌다 보이곤 했다. 유경은 보따리를 움켜쥐고 겨우 법당 문을 열었다. 들어서자마자 난로를 틀고 부처님께 배를 하는 시늉을 한 다음 무명천을 바닥에 깔았다. 진통이 너무 극심하여 이 사이로 단말마 같은 비명이 새어 나왔다. 눈에선 눈물이 흘러 땀과 뒤섞여 흘렀다.

 도와주세요. 정말이지 제겐 당신의 힘이 필요해요. 만약 당신이 정말 중생을 어여삐 여긴다면 이 생명을 온전히 보여주세요.

 유경은 노산이었다. 그녀의 골반뼈는 이미 그 쓰임을 망각할 나이인 것이다. 골반이 열리지 않는다면 아기는 죽을 것이다. 유경의 증오를 고스란히 열 달 동안 배 속에서 견딘 생명체였다.

 아, 아, 악!

 유경의 외마디와도 같은 비명과 함께 이마엔 뜨거운 진땀이 순식간에 소복이 솟고 온몸의 솜털이 곤두섰다. 아아아 어머니! 어머니! 유경은 외마디와도 같이 어머니를 외치고 어머니를 부르자 눈물이 홍수를 이루었다. 그의 어머니가 어머니였고, 그 어머니의 어머니가 어머니였듯이, 그녀도 이제 막 어머니가 되기 위하여 눈에서 붉은 핏물이 금방이라도 흘러내릴 듯 산통은 극심한 것이었다. 태초에 천지창조가 있었다는 말은 바로 여자의 자궁문이 열리면서 생명을 이 대지에 쏟아 놓는 그 순간을 말했던 것인지도 몰랐다.

그 순간 유경은 분수가 힘껏 솟구치는 듯한 느낌과 함께 자신의 질을 통하여 무언가 뜨겁고 거대한 것이 빠지는 것을 느꼈다. 화산이 분출했을 때 이랬을까. 용암이 흘러 모든 걸 집어삼키듯 그렇게 뜨거운 덩어리가 유경의 질을 통하여 분출하였다. 그리고 그 불덩어리를 유경은 벽에 등을 기댄 채 앉아서 두 손으로 받았다.

피와 배 속의 이물질로 범벅된 새로운 세계였다. 새로운 세계로 나아가는 길은 반드시 고통과 피가 함께 해야 하는 격랑의 길인 모양이다.

개벽이었다.

눈물과 땀으로 범벅된 유경이 와들와들 떨리는 손으로 아기의 탯줄을 자른 후, 다리를 잡고 거꾸로 들자 아기는 비로소 이 세상의 첫 숨을 들여 마셨는지 으앙 하고 울었다. 두 손을 꼭 쥐고 절대로 이 세상에서 떨려나지 않겠다는 듯이 바르르 떨며 힘차게 울었다. 탯줄에서 갈라진 그 생명은 비로소 하나의 세계로 자신을 드러낸 셈이다. 자신이 어찌 유경에게 깃들어 유경을 빌어서 이 세상으로 왔든 간에 그 새로운 세계는 개의치 않고 힘찬 울음으로 자신의 존재를 이 세상에 알렸다. 커다란 먹자두 같은 두 주먹을 앙칼지게 쥐고서 그는 두려움이라곤 모른다는 듯이 울었다. 작은 두 다리 사이로 새로운 생명을 탄생시킬 새끼손가락 같은 고추가 차가운 냉기에 오그라져 있었다.

아기 울음소리에 놀라서 달려온 정화 스님은 나무 관세음보살을 외치며 경이 생각나지 않아 부처님 고맙습니다. 지장보살님 고맙습니다만 연발하였다. 아기를 따뜻한 방으로 옮긴 후 물을 끓이고 산

모를 옮기느라 모성암은 소란스러웠다. 모성암 창건 이래 처음으로 도량석을 건너뛰었다. 정화 스님은 따뜻한 물로 아기를 씻기며 중얼거렸다.

부처님도 이해하실 거야. 아니 기뻐하실 거야. 청련화 당신을…. 그래. 당신을 바로 연꽃으로 여기실 거야. 그런데 아기 고추는 원래 이렇게 작은 거야. 등치가 자라면서 고추도 커지나 보지. 정말 눈이 축복처럼 내리네. 넌 대단히 큰 인물이 될 게다.

정화 스님은 아기를 씻기는 내내 흥분하여 중얼거렸다. 그녀의 가슴도 말할 수 없는 모성으로 뜨겁게 벅차올라 있었다. 여전히 눈은 내리고 있었다. 내려서 대지의 추하고 부끄러운 것들은 다 덮겠다는 듯이 푸지게 내렸다.

온 산에 노란 산수유가 뒤덮였다.

모성암 마당의 땅강아지와 노느라 정신이 없는 무영은 또래의 네 살보다는 덩치가 컸다. 게다가 그는 아무도 가르치지 않았는데 벌써 한글을 읽는다. 읽을 뿐만 아니라 그 의미도 대략은 헤아린다. 정화 스님은 김시습의 환생이라며 무영을 놀라워했다.

모성암에는 정화 스님과 지난해 가을에 계를 받은 무아 스님이라 불리는 또 한 분의 비구니 스님이 이 암자에 있다. 그리고 절 살림을 맡아 해주는 처사 한 분이 역시 지난 가을 암자 식구로 들어왔다. 비구니들만 있는 절이라 어려운 일이 많았는데 처사가 와서 노역이 한결 가벼워졌다.

"스님, 무영을 그만 씻길까요."

느릿하니 무아 스님에게 묻는 그의 목이 한쪽으로 비뚤어져 있다.

 바람이 불자 산수유 노란 잎이 후루루 흔들리며 자신이 지고 난 다음에 필 다른 꽃을 위하여 자신이 바람에 지는 것을 슬퍼하지 않으며 기꺼이 대지에 자신을 뉘이고 있었다.

저, 너머 샹그릴라

이준옥 지음

발행처	도서출판 청어
발행인	이영철
영업	이동호
홍보	천성래
기획	육재섭
편집	이설빈
디자인	이수빈 ǀ 구유림
인쇄	정우인쇄

등록   1999년 5월 3일
      (제321-3210002510019990000063호)

1판 1쇄 발행   2025년 11월 20일

주소   서울특별시 서초구 남부순환로 364길 8-15 동일빌딩 2층
대표전화   02-586-0477
팩시밀리   0303-0942-0478
홈페이지   www.chungeobook.com
E-mail   ppi20@hanmail.net

ISBN   979-11-6855-402-3(03810)

이 책의 저작권은 저자와 도서출판 청어에 있습니다.
무단 전재 및 복제를 금합니다.